Scarlet
스칼렛

www.bbulmedia.com

너의 목소리가 속삭이고 있어

홍반야
장편 소설

SCARLET
ROMANCE STORY

CONTENTS

1. 여름, 시작

1
여름, 시작

눈을 감으면 그날이 선명하게 떠오른다.

유난히 뜨거웠던 그해의 여름. 싱그러운 신록의 잎사귀와 눈부신 태양, 흐르는 땀방울 위를 스치던 한 줄기 바람.

뜨거운 여름을 닮은 작은 소우주를 누비던 너.

그 눈부신 초명 아래에서, 너는 반짝반짝 눈부시게 빛났다.

지구온난화. 그 말을 실감케 하듯, 유난히도 무더운 날씨였다. 고작 6월인데. 가만히 앉아 있어도 이마에 송골송골 땀이 솟아오른다. 소파에서 몸을 일으키자 가죽에 달라붙어 있던 끈끈한 살이 작은 마찰을 일으키며 떨어져 나왔다.

얼음 잔에 물을 채워 거실로 돌아오는데, 테이블 위에 아무렇게

나 던져 둔 얇은 책자가 눈에 들어왔다. 최근 인기를 끌고 있다는 소극장 뮤지컬의 팸플릿이다. 빠듯한 예산을 온몸으로 보여 주듯 조잡한 디자인과 한눈에도 썩 좋아 보이지 않는 재질. 천천히 손을 뻗어 선홍빛 팸플릿을 집어 든다. 어쩐지 이 녀석도 뜨거운 더위에 지쳐 한껏 흐물흐물해진 것만 같다.

미주는 선 채로 팸플릿을 펼쳐 들고 대강 내용을 훑었다. 한 달 전과는 다르게 '롱런 예감'이나 '연일 매진 행렬' 등의 광고 문구가 추가되어 있다. 얼음으로 차게 식은 물을 한 모금 삼키며 다시 페이지를 넘긴다. 극단 대표의 인사말과 주연 배우들의 프로필을 훌훌 넘기고 마지막 페이지에 다다르자, 깨알 같은 글씨로 나란히 늘어선 스태프들의 명단이 보였다. 눈여겨보지 않으면 지나칠 만큼 작은 글씨다.

음악감독 한지원.

팸플릿을 테이블 위에 던지듯 내려놓았다.

비라도 내렸으면 좋겠는데. 올여름은 유난히도 무더울 것 같다.

☆

"그 여자 또 온 거 봤어?"

"아아, A열 15번!"

"확실히 선우 자식 맞지, 그거?"

"역시! 나만 그렇게 느낀 게 아니었어!"

에어컨과 선풍기가 부지런히 돌아가고 있지만, 무대에서 한바탕 열정을 터뜨린 후의 대기실은 언제나 땀내 섞인 열기로 가득하다. 마지막 무대인사와 퍼포먼스 직전, 배우들에게 주어진 휴식 시간은 5분. 생수병을 통째로 비워 가며 갈증을 달래고 거울 앞에서 재빨리 메이크업과 머리를 점검한다.

"꼭 그 자리에서만 본다니까. A열 15번."

"우리 그렇게 인기가 없나? 원하는 자리 마음대로 골라서 예매할 만큼 좌석이 남아도는 거야?"

"야야, 무슨 소리! 지금 티켓 매일 매진이구만. 이거 냄새가 난다. 보통 사건이 아니야."

객석의 끊이지 않는 박수와 함성 소리가 무대 뒤에 마련된 단출한 대기실로 환청처럼 밀려들었다. 그 사이를 신랄하게 파고드는 성량 좋은 목소리들을 애써 무시한 선우는, 조금 전 전신을 에워쌌던 무대 위 쾌감의 잔상에 몸을 떨며 수건을 집어 들었다. 목덜미를 타고 흐르는 땀 위로 후끈한 선풍기 바람이 스쳤다.

"그 여자 설마 두 달 치 티켓을 몽땅 사 뒀다든가, 그런 건 아니겠지?"

"꼭 선우 자식 나오는 날뿐이라니까."

"이런 게 바로 더블캐스팅의 폐해 아니겠냐. 야, 남궁선우! 뭐라고 말 좀 해 봐. 그 여자 대체 누구야? 스토커?"

요란한 분장의 배우들이 선우를 사방에서 에워싸듯 포위한다. 가뜩이나 더워 죽겠는데. 계속되는 추궁에 막 뭐라고 항의하려는 찰나, 스태프의 요란한 고함 소리가 들려왔다.

"자자, 라스트! 무대인사 준비하세요!"

선우는 안도의 한숨과 함께 자리에서 벌떡 일어났다. 눈이 마주친 스태프를 향해 엄지손가락을 치켜세우자, 영문을 알 길이 없는 스태프는 고개를 갸웃거리며 뒤따라 제 엄지를 세운다. 선우 씨, 파이팅. 입을 벙긋대며 격려의 메시지를 보내는 것도 잊지 않았다.

"에이 좋다 말았네."

김샜다는 듯 입술을 비죽이던 동호를 시작으로, 모여든 사람들이 하나둘 발을 굴러 용수철처럼 튀어 올랐다. 땀으로 번들거리는 얼굴 가득 만연한 미소. 그 꽃 같은 웃음 사이로 굶주린 야수처럼 눈을 빛낸다. 하긴. 이 순간만큼은 모두 무대에 굶주린 야수나 다름없다고, 선우는 속으로 그렇게 생각했다. 채워지지 않는 갈증, 무대를 향한 그 끝없는 욕망은 자신 역시 너무나 잘 알고 있는 터였다.

"자자, 그럼 나가 보실까!"

"오늘도 대박이다!"

"선우 넌 이따가 두고 보자!"

줄지어 무대로 뛰쳐나가는 배우들을 바라보며 선우는 크게 심호흡을 했다. 10분 남짓의 춤과 노래. 이미 본 공연은 끝났지만 이런 마지막의 퍼포먼스는 이미 흥이 오를 대로 올라 절정에 다다른 에너지를 부담 없이 쏟아 내는 축제와도 같은 시간이다. 그런 의미에서 이번 뮤지컬의 성대하기까지 한 라스트 연출은 특히나 더 선우의 마음에 쏙 들었다.

무대로 통하는 비좁은 통로가 마치 보석처럼 반짝반짝 빛난다. 틈새로 새어 나오는 강렬한 조명 탓이겠지만, 이곳을 지나칠 때마다 선우는 늘 황홀한 기분에 젖곤 했다. 그 순간만큼은 내가 주인공이고 나를 위한 무대다.

손을 내민 스태프와 요란한 하이파이브를 주고받으며 선우 역시 무대 위로 뛰쳐나갔다.

그리고, 보였다.

화려하게 무대 위를 비춰 내는 조명과 음악 소리, 한껏 고조되며 달아오른 객석의 박수와 함성 소리 한가운데.

"왔다, 왔어. 그 여자."

군무 도중 은근슬쩍 뒤로 다가선 형욱이 선우의 귀에 대고 속삭였다.

"시끄러워."

"유후."

휘파람까지 불어 대는 형욱을 낮은 목소리로 윽박지른 선우의 시선이 자연스레 여자를 향했다. 굳이 귀엣말로 전해 듣지 않아도 충분히 신경 쓰였다.

오늘은 새하얀 원피스다. 항상 단정하게 모아 묶었던 머리카락이 어깨 위로 보드랍게 드리워져 있다. 적당한 길이의 윤기 도는 생머리. 묶지 않는 쪽도 어울린다. 오늘로 벌써 열 번째였다. 선우는 여자가 친근하게 느껴졌다. 이렇게 무대 위에서 몇 번이고 바라보자니 마치 전부터 잘 알고 지낸 사람인 듯 착각까지 이는 것이었다.

처음에는 반신반의했다. 저 사람, 정말로 나를 바라보고 있는 건가? 눈이 마주친 것은 우연일 거라 생각했다. 선우를 향한 시선을 가장 먼저 눈치챈 것은 상대역을 맡은 동호였다. 대체 누구냐, 그 여자? 평소 눈썰미 좋기로 소문난 대선배가 추궁하자 전 배우가 개떼처럼 달라붙어 선우를 닦달하고 나섰다. 정말로 모른다며 손을 내두르는 선우의 항변은 아무런 소용이 없었다. 그 즈음부터 선우 역시 여자를 의식하기 시작했던 것 같다. 습관처럼 그 언저리의 좌석을 더듬는 선우의 시선을, 역시 가장 먼저 눈치챈 동호가 대기실에서 원 없이 소문내는 바람에 선배들에게 지갑이 두 번이나 털렸다. 무죄에 삼겹살 턱이라니, 억울하기 짝이 없다.

텀블링을 하며 무대로 튀어나온 선우가 다시 객석으로 시선을 던졌다.

여자는 언제나처럼 자그마한 입술을 꼭 다문 한결같은 표정이다. 여느 때와 같은 자리의 빨간 시트에 몸을 묻은 채 무대를 물끄러미 응시한다. 박수는커녕 미동조차 없다. 여자가 앉아 있는 공간만이 홀로 다른 세계를 이루고 있는 것만 같다.

'꼭 그 자리에서만 본다니까.'

'그 여자 대체 누구야?'

……누구냐고?

내가 묻고 싶은 말이야. 선우는 주먹을 쥔 채 안무에 맞춰 힘껏 점프했다.

공연이 끝난 후, 로비에서 관객들과의 간단한 사진 촬영회가 있었다. 모두 이런 종류의 포토타임에는 익숙한 듯 포즈까지 연출해 가며 사진 촬영에 여념이 없지만, 선우는 연신 제 발끝 보기에 여념이 없다. 무대 위를 제 안방처럼 헤집고 다니던 배우가 이제 와서 쑥스러움이라도 타는 것이라 여겼는지 여성 관객들이 재미있어하며 선우 주위에 우르르 몰려들었다. 사실 배우들 중 가장 눈에 띄는 화려한 외모이기도 했다.

무대 위라면 얼마든지 광대가 되어 줄 수 있어. 하지만 무대 밖에서까지 사람들에게 둘러싸여 나를 팔고 싶진 않아. 뚱한 모습으로 서 있는 선우를 힐끔 쳐다본 동호는 얼마 전, 선우와 대기실에서 나누었던 대화를 떠올렸다.

외모도 실력도 빼어나다. 오랜만에 스타 하나 나겠군, 하고 생각했는데 이건 성격이 영 글러 먹었다. 사교성이 없는 것도, 딱히 모난 성질머리도 아니다. 오히려 능글맞은 구석까지 있어 뵈는 녀석이 저리도 융통성이 없단 말이야. 동호는 속으로 쯧쯧 혀를 차다가 카메라를 들고 다가온 여대생에게 환한 웃음을 지어 보였다.

선우는 슬슬 짜증이 치밀어 오르는 것을 느끼며 운동화 끝으로 지면을 툭툭 두드렸다. 배우라는 직업은 결국 자신을 상품화해 파는 일이다. 모르는 바는 아니었지만 이런 유의 쇼맨십은 딱 잘라 싫다. 어떤 얼굴로 사람들을 대해야 할지 난감해 죽겠다. 새삼스레 쑥스러움을 타는 것도 아닌데, 자신을 둘러싼 사람들이 무어라 외칠 때마다 얼굴이 화끈 달아오른다. 그것은 외모에 대한 일종의 콤플렉스였다.

연극과 재학 당시, 선배들과 동기들은 항상 선우를 불편한 시선으로 바라보았다. 곱상하고 잘빠진 그 얼굴로 배곯는 공연 바닥에 남을 리가 없지, 결국 이러다 연예계로 빠질 거 아니겠느냐며 잘난 외모를 흠잡아 비아냥거렸다. 그래서 더 이를 악물고 연습했다. 오기였다. 외모가 아닌 스스로의 실력으로 인정받고 싶었다. 춤과 노래로만 평가받고 싶다. 나의 연기로만 사랑받고 싶다. 처음 극단에 들어왔을 무렵에는 신인 주제에 복 터지는 투정한다며 호되게 꾸지람도 들었다.

언제쯤 끝나려나. 연신 터지는 플래시 세례와 십 분째 계속된 억지 미소에 슬슬 경련이 일 무렵, 선우의 시야에 무언가가 보였다.

그 여자다.

시선을 사로잡은 것은, 팸플릿을 손에 쥔 채 사람들의 틈새를 헤집고 지나가는 새하얀 원피스의 여자였다.

A열 15번.

"저기, 잠깐만요!"

빼곡하게 늘어선 인파를 헤치며 튀어나가는 선우를 본 동호는 하마터면 혀를 깨물 뻔했다. 아니, 저 자식이 미쳤나.

"야, 남궁선우!"

하늘 같은 선배의 부름도, 웅성대며 동요하는 관객들도 뒤로한 채, 선우는 좁다란 복도를 힘껏 내달렸다. 쿵쿵 발소리를 내면서 제 뒤를 쫓는데도 여자는 전혀 개의치 않는다. 참 이상한 일이라 여기면서도 마침내, 선우는 여자를 따라잡았다.

"저기요……!"

그렇게 홀린 듯 그 뒤를 따라가 말을 건넨 것은 지극히 충동적인 일이었다.

분명 그랬을 거라고 생각한다.

"뮤지컬 좋아해요?"

적어도 선우에겐, 심사숙고 끝에 떨리는 마음으로 말을 건넬 만큼 진지한 마음이라고는 눈곱만큼도 없었다. 딱히 말을 건넬 이유도 물론 없었다.

"항상 같은 자리죠?"

막상 여자를 붙들고 나니 몹시 난처했다. 무슨 말을 해야 하나.

가까이에서 본 여자는 생각보다 훨씬 미인이었다. 선우는 애써 입꼬리를 말아 올리며 고개를 갸웃해 보였다.

"무대 위에서 의외로 객석이 잘 보이거든요. 더군다나 그렇게 늘 같은 자리에 같은 사람이 앉아 있으면, 그러니까 솔직히 신경이 안 쓰일 수가 없잖아요."

음, 음. 잠시 숨을 골랐다.

"……혹시 나 보러 오는 거예요?"

코끝을 문지르며 툭 꺼내 놓은 질문. 여자는 대답 대신 선우의 얼굴을 뚫어져라 바라보았다. 누군가의 시선이 그토록 집요하게 얼굴에 와 닿는 것은 처음이었다. 그 당혹스러운 느낌에 놀라 반사적으로 눈동자를 굴린다.

웃음기라곤 조금도 없는 여자의 얼굴은 선이 고왔다. 역시 미인이다. 하얀 피부, 어쩐지 예민해 보이는 입술과 높지도 낮지도 않은 코. 쌍꺼풀 없는 또렷한 눈매. 오밀조밀한 얼굴에 건조한 표정이 오히려 매섭다는 인상을 주었다.

문득, 등줄기가 뻣뻣해졌다. 입술을 꾹 다문 채 이쪽을 응시하는 여자를 보고 있자니 제가 무척 경솔한 행동을 한 게 아닐까 싶었다.

"아, 저기…… 실례했습니다."

선우는 도망치듯 자리를 피했다. 큰 보폭으로 발걸음을 옮기는데도 오늘따라 유난히 복도가 길다. 씨이. 괜히 속으로 투덜거려 본다. 내가 미친놈이지. 한숨을 삼키며 한껏 얼굴을 구겼다.

등 뒤가 따갑다.

여전히 여자의 시선이 자신을 향하고 있다. 선우는 본능에 가까운 감각으로 그렇게 느꼈다.

그 무렵의 나는 텅 비어 있었다. 금방이라도 붙잡을 수 있을 것만 같던 꿈은 여전히 멀기만 했고, 간신히 손에 넣은 것 같아 뒤돌아보면 그곳엔 아무것도 없다.

노래하고 춤을 춘다. 불안함을 잊기 위한 유일한 방법은 오로

18

지 그것뿐이었다.

그리고.

그 흔들리는 푸른 나날 속에서, 나는 너를 만났다.

☆

문자메시지가 도착했음을 알리는 착신 램프와 함께 진동이 요란하게 울렸다. 2분 간격으로 벌써 다섯 번째지만 미주는 조금도 개의치 않는다. 베란다 창 너머를 한참 동안 응시하던 미주가 간신히 휴대폰으로 시선을 돌린 것은, 막 아홉 번째의 착신 램프가 반짝였을 때였다.

[공연 잘 보고 왔어? 지원 씨가 걱정 많이 하던데.]

주혁의 문자메시지였다.

[걱정할 것 없는데. 가끔 보면 지원이도 은근히 소심하다니까요.]

자신이 몇 번이나 공연을 보러 갔다는 사실을 주혁이 지원에게 전했던 모양이다. 그럼에도 불구하고 연락 한 통 없음에 지레짐작, 쩔쩔매며 발을 동동 굴렸을 지원을 떠올리자 그만 쓴웃음이 나왔다. 하긴, 축하한다는 말 한마디 얼굴 마주하고 전하지 못하는 내 탓이 크다. 미주는 자신의 그런 나약함이 싫었다. 소중한 친구의 행운을 마음껏 기뻐하지 못하는 자신의 뒤틀린 음울함이 싫었다.

[정말 괜찮은 거지? 당신이 무리하지 않았으면 좋겠어.]

이 남자의 이런 점도, 싫다.

나 정말 괜찮아요. 걱정 마세요. 그렇게 작성한 메시지를 전송할까 말까 망설이다가 버튼을 꾹꾹 눌러 내용을 지웠다. 잠시 액정화면을 노려보던 미주가 심호흡을 했다.

[내일 지원이 만날 거예요. 첫 작품인데 친구가 꽃다발이라도 안겨 줘야죠.]

메시지 전송이 완료되었습니다.

도착한 내 메시지를 보며, 그는 분명 흐뭇하게 미소 짓겠지. 미주는 짧은 한숨을 토했다. 어쩐지 가슴께가 답답해져 오는 기분이었다.

눈을 감으면 세상의 모든 것이 사라져 버린다.

보이지 않고 들리지 않는다.

나의 세상은 오로지, 어둠이다.

미주가 주혁을 처음 만난 것은 유난히 눈이 많이 내렸던 어느 겨울, 수화교실에서였다.

"안녕하세요."

첫 시간에 배운 수화로 미주에게 인사를 건네 왔다. 선한 미소였다. 하지만 그 미소에 답할 만한 여유가 당시의 미주에게는 없었다.

사고로 청력을 잃었다. 평생을 바쳐 이루고자 했던 음악가로서의 삶을 송두리째 빼앗겼다.

원망과 체념으로 가득한, 암흑과도 같은 절망의 나날.

사고로부터 석 달이 지나도록 방에 틀어박혀 도통 나올 생각을 하지 않던 미주의 방에 베토벤의 초상화를 들여놓은 것은 그런 딸을 지켜보며 눈물로 가슴을 쳤던 미주의 어머니, 현옥이었다. 귓병과 싸우며 음악사에 길이 빛날 걸작을 남긴 그 위대한 악성을 통해 현옥은 미주에게 어떠한 말을 전하고 싶었던 것일까. 벽 한가운데 자리한 베토벤을 바라보며 미주는 간신히 모든 미련을 내려 두고 마음을 추슬렀다. 학교에는 자퇴서를 제출하고 독화(*讀話-입술의 움직임을 읽어 언어를 이해하는 방법)와 수화를 배웠다.

주혁은 모 대학 수화동아리의 늦깎이 회원이었다. 단체로 수화교실을 찾은 동아리 신입생들 사이에 자리한 대학 졸업반의 군필자 사내는 졸업 전까지 수화를 모두 익히는 것이 목표라고 했다. 그 덕에 첫인상이 나빴다. 어쩔 수 없이 수화를 선택해야만 했던 자신과는 달리 스스로의 의지로 수화를 배우고자 하는 태도에 거부감이 일었던 것이다. 자신의 마지막 권리까지 박탈당하는, 그런 유의 터무니없는 상실감마저 들었다. 그가 오랜 세월 존경해 오던 은사님이 병으로 청력을 잃게 되었다는 사실은 수화교실을 졸업할 무렵에 알았다.

마지막 날, 주혁이 다시 미주의 앞에서 손짓을 해 보였다.

―또박또박 말씀해 주시면 입술을 읽을 수 있습니다.

필사적으로 서툰 수화를 해 보이는 주혁에게 미주가 빳빳하게 코팅된 메모지를 내밀었다. 독화를 배운 직후에 만든 것이었다.

정식으로 고백을 받은 것은 그 이듬해. 물론 곧바로 거절했다. 그러나 그해 봄이 끝나 갈 무렵 다시 고백을 받았고, 미주가 망설이는 사이에 주혁은 또다시 고백을 해 왔다.

"내가 당신의 귀가 되어 주고 싶어."

미주는 주혁의 입술을 뚫어져라 바라보았다. 품 안에 한가득 안긴 장미꽃 사이로 황홀하게 내려앉았을 그 목소리가, 마치 제 귓가에 생생하게 들려오는 것만 같았다. 그런 착각이 잠시나마 일었다.

주혁은 자상한 남자였다. 서투르기만 했던 수화는 교제를 시작한 뒤 몰라보게 좋아졌고, 이내 완벽한 수화를 구사하게 된 주혁 덕분에 미주가 애써 필담을 시도하지 않아도 모든 의사소통이 가능해졌다. 주혁의 페이스는 언제나 미주와 같은 보폭으로 느릿하게 흘렀다. 벌써 삼 년째다.

가벼운 샤워를 마치고 나온 미주가 휴대폰으로 손을 뻗었다.

수신된 문자메시지, 하나.

[플라워 숍에 꽃다발 주문해 놓았어. 장미는 너무 흔한 것 같아서 작약으로 했는데, 괜찮지? 몇 시쯤 출발할 건지 알려 줘. 시간 맞춰서 점원한테 전화해 둘게.]

메시지를 확인하는 순간 갈증이 밀려들었다. 이 남자에게는 언제나 미안한 마음이 앞선다. 연인이란 원래 이런 감정을 끌어안고 마주하는 것일까. 그래야 하는 걸까.

[고마워요.]

미안한 마음이 피어오를 때면 으레 고맙다는 말을 전한다. 메시지를 전송한 미주가 침대 속으로 파고들었다. 내일 지원을 만나면 어떤 표정을 지어야 할까. 가능한 한 활짝 웃을 수 있다면 좋을 텐데.

☆

차로 데려다 주겠다는 주혁의 제안을 물리치고 지하철에 올라탄 미주는 출입문 근처에 자리를 잡았다. 안내방송이 들리지 않으니 역에 멈춰 설 때마다 역 이름을 확인해야 한다. 주혁이 주문한 작약이 미주의 품에 안겨 진한 향을 풍겼다.

[열차 출발하겠습니다.]

출입문이 막 닫히려는 순간이었다.

"세이프……!"

미주의 코앞으로 한 사내가 넘어질듯 뛰어들었다. 흠칫 놀란 미주가 그만 작약을 바닥에 떨어뜨리고 말았다.

위험하잖아요! 미주는 순간적으로 그렇게 외칠 뻔했다. 가슴을 쓸어내린다. 지난 삼 년간 열리지 않았던 입 덕분에 말은 밖으로 튀어나오지 않았다. 소리를 내는 대신 고개를 들어 눈앞의 사내를 노려보았다.

"어? 어어어!"

탄성을 내지른 것은 사내 쪽이었다. 상대의 얼굴을 확인한 미주
역시 가볍게 미간을 찌푸렸다. 그 사람이다.

"나 기억 안 나요? 어제, 우리 만났잖아요!"

리허설에 늦을까 봐 부랴부랴 지하철에 올라탔던 선우는 미주를
보고 깜짝 놀랐다. 맙소사, 이런 곳에서 다시 만날 줄이야. 묘한
기분마저 든다.

"공연장에서도 늘 봤었는데, 오늘은 지하철에서도 만나고. 이런
걸 두고 인연이라고 하죠?"

선우는 우연히 마주친 미주가 반가운 나머지 어제의 어색함도
깡그리 잊은 채 주절주절 말을 이었다.

"어디 가는 길이에요? 아! 혹시 우리 공연장?"

신이 나서 한껏 떠들던 선우가 미주의 시선에 멈칫했다. 두 눈
이 자신의 입술을 뚫어져라 바라보고 있다. 입술의 움직임을 낱낱
이 분해하려는 듯, 노골적이고 집요한 시선이다. 순간 머쓱해져 고
개를 돌리자 바닥에 떨어진 꽃다발이 눈에 들어왔다.

선우는 아차 싶었다.

"아, 이거⋯⋯."

선우는 재빨리 몸을 굽혀 꽃다발을 집어 들었다. 큼직한 꽃잎이
자신의 발에 밟혀 온통 엉망이었다.

"어쩌죠? 죄송합니다, 이거 제가 변상을⋯⋯."

-아뇨, 괜찮습니다.

순간, 선우의 눈빛이 크게 흔들렸다. 미주의 새하얀 손이 우아

한 호선을 그리며, 허공에서 천천히 움직인다.

……수화?

생각이 미처 정리되기도 전에, 미주가 정차한 지하철에서 내렸다. 출입문이 닫힌다. 천천히 움직이기 시작하는 열차의 차창 너머로 이쪽을 바라보는 미주의 얼굴이 보였다. 멍하니 그 얼굴을 응시하는 선우의 손에 들린 자줏빛 작약이 열차의 진동에 맥없이 흔들렸다.

"정말, 이제야 얼굴 보여 주고. 송미주 너무 비싸게 군다."

눈을 가볍게 흘긴 지원이 환하게 웃었다. 역을 빠져나온 뒤 근처 꽃집에 들러 장미라도 몇 송이 살까 싶었지만 결국 그만두었다. 지원이 점원을 불러 커피를 주문하는 사이 미주가 가방 속에서 수첩과 펜을 꺼냈다. 수화가 서툰 지원과는 필담을 나누어야 한다. 극장 로비에 위치한 이런 소란스러운 가게라면 확실히 필담 쪽이 나을지도 모르겠다.

―첫 공연 대성공.

미주가 또박또박, 가지런한 글씨로 첫 줄을 메웠다. 일렁이는 작은 질투는 심장에 꾹꾹 눌러 담았다. 지금만큼은 온 마음을 다해 진심으로 축하를 건네주고 싶었다.

"에이, 대성공은 무슨."

―한지원 음악감독님, 축하드려요.

"그런 말 하지 마, 쑥스럽게."

나직하게 중얼거리던 지원의 눈시울이 시큰해졌다. 작곡과 동기들 중 가장 촉망받던 미주였다. 함께 멋진 음악을 만들어 공연에 올리기로 약속했었다. 하필이면 미주에게 그런 불행한 사고가 일어나다니. 어째서 자신이냐며 울부짖던 미주의 얼굴은 지금도 가끔씩 꿈에 보인다.

지원이 펜을 집어 들었다.

–일부러 축하하러 와 주서 고마워.

–공연 보러 온 김이야. 한지원은 덤.

–덤?

–1+1 사은품.

장난스럽게 필담을 나누고 있자니 한결 마음이 누그러졌다. 지원과 마주 보고 쿡쿡대던 미주가 다시 수첩을 끌어당겨 펜을 놀렸다. 지원의 시선이 펜 끝을 따라 움직였다.

–마지막 앵콜, 8비트짜리 업 템포?

–정답! 어떻게 알았어?

–배우들 춤으로.

놀란 눈으로 자신을 바라보는 지원을 향해 미주가 자랑스레 웃어 보인다. 그 모습에 지원이 웃음을 터뜨렸다.

–사실은 진동도 좀 느껴지거든. 배우 중에 엄청 리듬감 좋은 사람 있던데? 그 사람 동작 보면 음악이 입혀.

–갈색 머리, 파란색 의상이지? 남궁선우.

남궁선우. 지원이 그 이름을 언급하는 순간 괜스레 가슴이 뜨끔했다.

–역시 보는 눈 정확해. 걔 느낌 있지?

무대 위에서 유난히 생기가 넘치던 그였다. 그의 모든 동작 하나하나가 반짝반짝 빛났다. 즐거워 보였다. 망가진 귀에 음악이 들려올 리 만무했지만 그를 보고 있노라면, 그 리드미컬한 움직임을 눈으로 좇고 있노라면 음악 소리가 귓가에 들려오는 것 같았다. 잠시나마 나의 세계에 음악이 살아 있다 여길 수 있었다. 그래서 지원을 핑계로 몇 번이나 공연을 보러 갔었는데. 설마 그쪽에서 말을 걸어올 줄은 꿈에도 몰랐다.

'이런 걸 두고 인연이라고 하죠?'

무시해도 될 일이었지만 부러 수화를 사용했다. 순간, 동요하는 남자의 눈빛을 보았다. 이것으로 완벽하게 선을 그은 셈이었다.

다가오지 마.

쓸데없는 관심도, 불필요한 호의도 딱 질색이다.

―연출가도 탐내는 눈치야. 잘하면 다음 공연에 데리고 갈 기세던데.

―흠. 곧 출세하겠네.

―그런데 이 바닥도 워낙 그래서 말이지. 연출에 선후배에. 마음에 안 차도 좀 굽신댈 줄 알아야 하는데 얘가 너무 꼿꼿해서.

―설마!

미주가 수첩 위에 글씨를 휘갈겼다. 능구렁이처럼 살살 말도 잘 걸어오던데, 아부도 떨 줄 모르는 대쪽 같은 성품이라고?

고개를 내젓는 미주를 지원이 의아한 기색으로 살폈다.

―너 선우 알아?

스트로를 잘근잘근 씹고 있는 미주를 지원이 쿡쿡 찌르며 수첩을 가리킨다. 아니. 미주는 다시 고개를 내저은 뒤 키위주스를 크게 한 모금 빨아들였다.

"이야, 이게 웬 꽃? 여자한테 받은 거냐?"

"하여간, 복도 많은 자식."

선우가 들어서자 대기실이 소란스러워졌다. 손에 들린 꽃다발 때문이었다.

"이거 왜 이렇게 망가졌어?"

"오다가 떨어뜨려서요."

선배들의 참견이 귀찮아진 선우가 대강 대답하며 꽃다발을 거울 옆에 놓아두었다. 기어이 꽃다발 주위를 기웃거리던 형욱이 별안간 눈을 빛내기 시작한다.

"야, 여기 카드 있는데?"

이번에는 꽃다발에 별 흥미를 보이지 않던 다른 동료들까지 우르르 달려들었다.

"카드?"

"이리 줘 봐!"

당황한 선우가 급히 몸을 일으켰다.

"형!"

막 개봉되려던 카드를, 한참의 실랑이 끝에 삼겹살을 내걸고 나서야 간신히 돌려받을 수 있었다. 어차피 자신과는 상관없는 카드였지만 다른 사람들이 함부로 내용을 읽어서는 안 될 것 같았다. 아니, 남들에게 보이는 것이 싫었다.

카드와 꽃다발을 챙겨 들고 대기실을 빠져나온 선우가 복도에 기대어 섰다. 이 망가진 꽃다발을 자신이 왜 주워 온 건지 다시 생각해 봐도 모르겠다. 손에 들린 작약을 바라본다. 짓뭉개진 자줏빛 꽃잎이 자꾸만 마음에 쓰였다. 날카로운 시선. 굳게 다문 입술. 자신을 경계하듯 바라보던 여자의 시선이 떠올랐다.

망설임 끝에, 조심스럽게 카드를 열었다.

한지원, 첫 공연 축하해. 미주.

간결한 문장이었다. 카드의 내용을 확인한 선우의 미간에 주름이 잡혔다. 한지원, 한지원이라. 우리 배우 이름은 아닌데. 낯설지 않은 이름을 들여다보며 한참을 고민하던 선우의 시선이 다시 가지런한 손글씨 위를 더듬는다.

첫 공연 축하해. 미주.

미주. 그 여자 이름일까. 선우는 조심스레 봉투 안으로 되돌린 카드를 바지 주머니에 집어넣었다.

☆

지원이 건네준 초대권으로 좌석을 지정하려니 무대가 한눈에 들어오는 A열 15번의 황금좌석은 무리였다. 역시 예매를 할 걸 그랬다.

수화도 필담도 난감하여 우물쭈물하다 공연 시작이 임박해서야 초대권을 교환한 것이 화근이었다. 좌석은 당연히 뒷줄의 사이드. 시설이 열악한 소극장인 데다가 설상가상으로 앞 사람의 뒤통수에 가려져 시야확보가 엉망이다. 대사도 음악도 들리지 않는 통에 배우들의 몸짓마저 제대로 보이지 않으니, 수차례 보았던 공연이 아니었다면 관람이 영 곤욕스러울 뻔했다.

퇴장했던 배우들이 무대 위로 튀어나왔다. 드디어 앵콜이다. 10분간의 화려한 퍼포먼스와 함께 배우들이 번갈아가며 관객을 향해 인사한다. 이번 공연에서 미주의 마음에 가장 쏙 드는 연출이었다.

무대에 시선을 집중한다.

'너 선우 알아?'

그 남자가 텀블링을 하며 튀어나왔다.

'이런 걸 두고 인연이라고 하죠?'

무대 중앙의 스포트라이트 아래. 힘차게 인사하며 얼굴에 드리운 그 미소가 환하다.

주위의 관객들은 너 나 할 것 없이 디지털 카메라를 꺼내 들고 셔터를 누르고 있다. 안내멘트를 듣지 못한 미주는 그 광경을 보고 나서야 사진 촬영이 허가되었음을 알아차렸다.

'혹시, 나 보러 오는 거예요?'

소리 없는 정적 속에서 움직이던 그 입술을 떠올린 미주가, 다시 무대로 시선을 옮긴다.

잠시 망설이다가 휴대폰을 꺼내 들었다.

새하얀 이를 드러내고 크게 웃는다. 땀으로 흐트러진 갈색 머리칼이 얼굴 위에 엉망으로 달라붙어 있다. 콧잔등에는 조그마한 주름.

소리 없이 담긴 화면 속 네 모습이 눈부셨다.

고요하기만 한 잿빛 세상에서, 오직 너만이 화려한 색색으로 물들어 살아 움직이는 듯했다.

찾았다.

관객들이 부지런히 빠져나오는 통로를 유심히 관찰하던 선우의 눈이 반짝였다. 끝나자마자 부리나케 달려왔지만 좀처럼 보이지 않아, 집으로 돌아갔을지도 모른다는 생각에 내심 초조하던 차였다.

인파를 헤치고 달려간 선우가 미주의 손목을 냅다 잡아끌었다.

"미안, 잠깐만요!"

선우를 알아본 관객들 사이에서 함성이 터져 나오며 길목이 혼잡해졌지만, 반대편 로비에서 때맞춰 시작된 주연배우 사인회에 자그마한 소동은 이내 가라앉았다. 먼발치서 그 소동을 지켜본 동호는 한숨을 내쉬었다. 저 자식 때문에 내가 이러다 제명에 못 살지.

스태프 통로까지 미주를 끌고 온 선우는 벽에 기대어 숨을 고르다 말고 제가 놀라 붙들고 있던 미주의 손을 엉겁결에 놓았다. 어찌나 꼭 붙들고 뛰었던지 손바닥에 땀이 흥건했다. 선우의 손에 붙들렸던 손목이 아픈 듯 미주가 가볍게 얼굴을 찡그렸다.

"아, 저기…… 그러니까……."

무작정 끌고 오긴 했지만 난감하다. 말해 봐야 듣지 못할 텐데. 수화는 당연히 할 줄 모른다. 잔뜩 긴장한 선우는 초조하게 입술을 깨물며 연신 뒷머리를 긁적였다.

"그게……."

ㅡ또박또박 말씀해 주시면 입술을 읽을 수 있습니다.

선우를 물끄러미 바라보던 미주가 지갑 속에서 낡은 메모를 꺼내 보였다. 언젠가 주혁에게 내밀었던 그것이었다.

"……아!"

메모의 내용을 확인한 선우의 얼굴에 화색이 돌았다.

"아까는 죄송했습니다!"

선배들에게 인사하던 습관 그대로, 허리를 직각에 가깝게 구부리며 목청껏 외치다가 아차 싶었다. 이러면 입술이 안 보이잖아.

"아까는, 정말 죄송했습니다!"

눈을 마주한 뒤 입을 크게 벌려 가며 또박또박 발음한다.

선우는 문득 대학시절의 발성법 수업을 떠올렸다. 대사에는 배우의 혼이 실려 있다. 돌아가신 지금도 마음속 깊이 새기고 있는 연극계의 대모, 최은숙 교수의 가르침이었다. 대사에는 배우의, 말에는 그 사람의 혼이 실리는 것이라면, 과연 이 여자에게는 말에 실린 나의 혼이 닿지 못하는 것일까. 선우는 그런 종류의 막연한 생각을 해 보았다.

죄송했습니다.

느릿하게 움직이는 선우의 입술로 그제야 인사의 의미를 이해한 미주가 지금의 상황을 납득했다. 지하철에서 망가진 꽃다발 때문이구나. 굳이 이렇게까지 사과할 필요는 없었는데. 미주는 선우를 향해 살짝 고개를 끄덕여 보였다.

"듣지 못하시는 줄도 모르고 제가 무례했습니다."

하지만 이어지는 선우의 말에 미주는 다시 당황했다. 사과의 이유는 꽃다발이 아니었다.

"앞에서 떠들어 대서 곤란하셨죠? 정말로 죄송합니다. 만약 진작 알았다면 수화를…… 아니지, 전 사실 수화도 쓸 줄 모르고……."

뚫어져라 제 얼굴을 응시하는 미주의 그 날카로운 시선에, 그렇지 않아도 잔뜩 긴장한 선우의 말이 횡설수설 뒤엉키며 점차 빨라졌다. 노골적인 시선은 입술의 움직임을 읽기 위한 미주의 오랜 습관이지만 선우는 당연히 그 사실을 몰랐다. 그저 난감하기만 한 상황이었다.

"저, 그러니까 제 행동이 불쾌하셨다면……."

-잠깐만요, 좀 천천히 말씀해 주세요.

"……아."

난감한 것은 미주 쪽도 마찬가지였다. 수화로 말해 봐야 통하지 않는다.

미주는 눈 밑을 긁적이는 선우에게 손짓을 해 보이곤 핸드백에서 수첩과 펜을 꺼냈다. 필담을 나누자는 뜻이었다. 꺼낸 수첩과 펜을 자신에게 건네는 모습에 의도를 알아차린 선우가 그제야 환하게 웃는다. 둘은 나란히 벽에 기대어 쪼그리고 앉았다.

참으로 미소가 예쁜 사내였다. 그런 생각이 들자 어쩐지 얼굴을 바라보는 것이 쑥스러워져, 미주는 재빨리 시선을 발밑으로 떨어뜨렸다.

수첩을 받아 든 선우는 선우 나름대로 놀란 가슴을 진정시키고 있었다. 미주가 건넨 수첩에 자신의 이름이 적혀 있었던 것이다.

─너, 선우 알아?

어떻게 된 일일까. 혹시 동명이인인가? 고개를 갸웃거리던 선우는 심호흡 후, 수첩의 다음 페이지를 펼쳐 메모를 시작했다.

─제 행동이 불쾌하셨을까 봐 걱정이 돼서요.

수첩이 미주의 손에 건네졌다. 아이처럼 서툰 선우의 글씨가 귀여워, 미주는 작게 웃었다. 얼굴이 달아오른 선우가 미주를 재촉하며 펜을 떠넘기듯 쥐어 주었다.

─괜찮아요.

카드를 훔쳐보았을 때도 느꼈지만, 참 정갈하고 예쁜 글씨다. 부지런히 펜을 움직이는 미주의 손을 어깨 너머로 훔쳐보던 선우는, 펜의 움직임이 멎자마자 황급히 시선을 돌렸다. 메모를 마친 미주는 선우의 손에 수첩을 건넸다. 흠, 흠. 선우는 괜한 헛기침까지 해 가며 수첩을 받아 들었다.

－꽃 다발도 정말 죄송해요.

－그것도 괜찮아요.

긴장이 풀린 두 사람이 마주 보고 웃는다.

－그 꽃 이름이?

－작약.

－처음 봤어요. 예쁘던데요.

－저도 처음 봤어요.

메모를 읽은 선우가 눈을 동그랗게 뜨고 미주를 바라봤다.

－직접 산 거 아니에요?

－네.

－그럼 직접 산 거였으면 화냈을 거에요?

－글쎄요. 모르죠.

미주는 재미있다는 듯, 선우를 향해 웃어 보였다. 그 시선과 마
주친 선우가 허둥지둥 수첩을 들여다보며 메모에 열중했다.

－오늘도 우리 공연 봤어요?

－네.

－어땠어요?

－오늘도 좋았어요.

선우는 한참 동안 수첩에 적힌 메모를 바라보았다. 좋았어요.
예쁘장한 글씨를 바라보고 있자니 마음 한구석이 따스해지는 것
같다.

선우는 모종의 결심을 했다.

-질문.

의미심장한 단어를 대한 미주의 얼굴에 호기심이 어린다. 선우
는 자신의 메모를 확인한 미주의 손에서 수첩을 빼앗아, 주고받은
메모가 빼곡한 페이지를 앞으로 두어 장 넘겼다.

-너, 선우 알아?

익숙한 지원의 필체를 발견한 미주가 소스라치게 놀랐다. 낮에
지원을 만났을 때 선우의 이름이 거론되었던 것을 그만 깜박했다.

이 일을 어쩌면 좋아.

미주가 급히 수첩을 빼앗으려고 했지만 역부족이었다. 당황하는
미주의 모습을 본 선우는 확신했다. 수첩 속의 '선우'는 틀림없이
저인 모양이라고. 미주의 팔을 여유롭게 피한 선우가 자리에서 일
어나 무어라 메모를 했다.

-혹시 절 아세요?

선우는 뒤따라 일어선 미주에게 수첩을 내밀어 자신의 메모를
보여 주었다. 여전히 토끼 눈을 한 미주가 고개를 강하게 저었다.

-그래도 제 이름은 알고 있죠?

미주의 얼굴에 난처한 기색이 역력하다. 선우는 빙그레 웃으며
뒷주머니에 찔러 둔 카드를 꺼냈다.

"괜-찮-아-요."

나도 그쪽 이름 알고 있으니까. 선우는 천천히, 입술을 벙긋대
며 미주의 손에 카드를 건넸다. 어쩔 줄 몰라 하는 미주의 볼이 발
갛게 달아올랐다.

"질문. 하나 더 있는데."

음. 음. 잠시 고민하며 숨을 고르던 선우가 뒤통수를 벅벅 긁으며 못내 어색하게 입을 열었다.

"한지원, 남자 이름?"

☆

"어제 지원 씨는 잘 만났어?"

주혁은 미주와의 대화에서 수화와 말을 함께 사용한다. 미주의 독화 연습에 도움이 될까 하여 병행한 것이었는데, 어느새 몸에 배어 입을 열면 자연스레 손이 움직였다. 덕분에 회사에서 당황했던 적도 여러 번. 그 능통한 수화 덕에 이제는 사내 봉사동아리의 대들보 회원으로 활약 중이다.

-그럼요. 잘 만났어요.

"봐, 마음만 먹으면 간단하잖아. 망설이다가 같은 공연만 대체 몇 번을 본 거야."

밉지 않은 핀잔을 주며 주혁이 부드럽게 웃었다.

평일 저녁의 데이트였다. 회사 일로 언제나 정신없는 주혁이지만 평일 저녁 한 번과 주말은 온전히 비워 미주와 함께 시간을 보낸다. 밖에 나서는 것을 꺼리는 미주가 늘 집에만 틀어박혀 있을 것을 염려해서다. 달래고 얼러 가며 외출에 나서지만 그나마도 사람 많은 곳은 싫어하는 미주였다.

수화를 사용하면 으레 주위의 시선이 모여든다. 힐끔대는 그 시선을 주혁도 익히 느끼고 있는 터라 미주의 마음은 충분히 이해한다. 그래도 미주 스스로가 움츠러들지 않았으면 좋겠다.

"당신이 수화를 사용하는 건 부끄러운 일이 아니야."

그녀가 세상에 당당했으면 좋겠다. 주혁은 미주에게 힘이 되어 주고 싶었다.

"나는 미주가 세상에서 제일 자랑스러워."

주혁은 틈만 나면 미주에게 그렇게 말하곤 했다. 네가 자랑스러워. 자랑스러운 내 연인이야. 미주가 그런 낯간지러운 말은 그만두라며 타박을 해올라치면 그 사랑스러운 연인을 품 안에 꼭 안았다. 품에 안긴 미주의 어깨는 금방이라도 부서질 듯 작고 여리기만 하다.

그 작고 여린 자신의 연인이, 주혁은 언제나 안쓰러웠다.

간단한 식사 후엔 늘 소극장에서 공연을 본다. 주로 보는 공연은 무용극. 무용수의 동작을 좇으며 미주는 리듬을 찾고, 머릿속에 음악을 상상하여 그린다. 소리의 분위기를 미주에게 전달하는 것은 주혁의 몫이다.

- 굉장히 낮고 어두워.

음악에는 도통 관심이 없던 터라, 처음 미주가 분위기를 설명해 달라며 물어 왔을 때엔 몹시 당황했었다. 하지만 이제는 제법 일가 견이 생겨 어지간한 음악 감상은 전문가 못지않은 수준이다.

- 느린 음악이요?

－응, 맞아. 무용수의 동작이 빨라지면서 음악은 점점 더 어두워져.

－예민하고 음산하게.

－응.

처음 주혁의 손에 이끌려 공연장을 찾았을 때에는 들리지 않는다는 것이 끔찍했다. 하지만 지금은 이렇게 음을 상상하며 관람하는 것도 나쁘지 않다. 모든 공연의 음악을 자신이 감독하는 셈이다. 창작무용극 꽃, 지다. 음악감독 송미주. 팸플릿을 들여다보며 미주가 슬그머니 미소 짓는다.

－이번에는 가야금.

－가야금 독주?

－응.

2막은 여자 무용수의 솔로 무대인 모양이었다. 학을 연상시키는 애처로운 손길. 그 동작 위에 가야금의 선율을 덧그리며 무대 위의 무용수에 집중하던 미주는 문득, 지원의 공연에서 보았던 그 남자의 춤을 떠올렸다.

격렬한 몸짓, 슬로우, 슬로우, 업. 리드미컬한 동작들에 이어지는 매끄러운 점프에서는 그 템포가 한껏 올라가며 분위기를 고조시킨다. 달음질치는 베이스, 리듬에 따라붙는 경쾌한 멜로디…….

어떤 음악에 맞추어 춤추고 있을까. 무대에 시선을 고정한 주혁의 셔츠를 미주가 콕콕 잡아당겼다.

－추말에 같이 지원이 공연 보러 안 갈래요?

주혁은 흐뭇한 표정으로 고개를 끄덕여 보였다.

그 시각, 막 공연을 마친 선우가 숨을 몰아쉬며 무대에서 내려
왔다.

"수고하셨습니다!"

"다들 고생 많이 했어!"

오늘도 호연이다. 비록 스타급 주연은 없지만 출연진 모두 수준
급의 춤과 노래를 자랑하는 실력파 배우인 데다가 무대연출도 특
색 있고 뛰어났다. 거기에 중독성 강한 매력적인 음악까지 더해져,
작은 소극장에서 시작한 이 저예산 공연은 어느새 관객들의 입소
문을 타고 연일 매진 행렬을 기록하는 중이었다. 이대로만 가면 오
픈 런도 가능하다는 말에 배우들은 한껏 들뜬 얼굴로 웃음꽃을 피
웠다.

"어이, 남궁!"

동호가 선우를 향해 생수병을 던졌다. 생수병을 받아 든 선우는
마실 생각도 하지 않고 동호를 향해 얼굴만 까닥해 보인다. 대기실
로 들어서는 얼굴이 아까부터 영 마땅찮다. 시무룩한 표정으로 소
파에 털썩 몸을 누이는 선우를, 동호가 흥미로운 표정으로 바라보
았다.

이유는 대강 짐작하고 있다. 가만 보면 참 단순하고 알기 쉬운
녀석이었다.

"그 여자, 안 왔더라."

"그래요?"

선우는 애써 관심 없다는 듯 심드렁하게 내뱉곤 생수병을 열었다. 순식간에 밀려든 갈증 덕에 목이 칼칼했다.

동호가 은근한 목소리로 묻는다.

"그래서, 어제 그 여자랑 뭐 했어?"

마시던 물이 목에 걸렸다.

"형!"

"아아, 내 님은 어디에 가셨나."

"동호 형, 진짜 그런 거 아니라니까요!"

흥얼거리며 툭 내뱉은 동호를 시작으로, 장난기 가득한 웃음을 머금은 선배들이 돌아가며 합창을 한다. 그립고 그리워라. 꽃 같은 나의 님, 곱고 고운 내 님.

"내 사랑 A열 15번."

"그리운 내 님은 보이지 않고."

"솔직히 말해 봐. 어제 꽃다발, 그 여자 거지?"

그 여자 게 맞긴 맞는데. 질문의 포인트는 그게 아닌 듯싶다.

"저도 몰라요!"

"이 자식, 내빼는 것 봐라?"

"아니, 안 그래도 임 아니 오셔서 심란할 애한테 왜들 그래?"

공연의 홍일점 지혜가 나서서 사태 진압에 나섰다. 이쯤 되니 선우 역시 항변할 기력조차 없다. 빌어먹을, 멋대로 떠들라지. 손에 쥐고 있던 수건을 얼굴 위에 덮어 버렸다.

"어쭈, 이 자식 시위하네?"

"……."

시위고 뭐고 간에.

……대체 오늘은 왜 안 온 거야.

공연 내내, 시선은 습관적으로 예의 그 좌석 언저리를 더듬었다. A열 15번. 미주의 지정석이나 다름없던 그 자리는 낯선 이가 차지하고 있었다. 혹여나 어제처럼 다른 곳에 앉았을까 싶어 내내 객석만 살피다 하마터면 동작마저 놓칠 뻔했다. 그런 자신이 스스로도 무척 당황스러웠다.

"자자, 오늘 회식 있습니다! 요 앞 고향마당. 아시죠?"

스태프 하나가 대기실 문을 벌컥 열고 들어와 호기롭게 외친다. 그 목소리에 소란스럽던 대기실이 일순 술렁였다.

"특별히, 오늘은, 존경해 마지않는 우리 김진만 감독님께서 한턱 쏘신답니다!"

"우오오!"

"그럼 오늘은 돼지 말고 소 한 마리 잡죠!"

한껏 들뜬 후배들을 흐뭇하게 바라보던 동호가 선우 옆에 털썩 걸터앉았다. 풀이 죽은 녀석이 괜히 안쓰럽다. 사실 선우는 여러 배우들 중에서도 동호가 가장 아끼는 후배였다.

"인마. 오늘은 소다, 소."

부스스 몸을 일으킨 선우가 얼굴 위의 수건을 걷어 냈다. 여전히 기분이 언짢다. 대체 뭐에 이토록 심통이 난 건지 제가 생각해 봐도 답답하고 어처구니없다.

……그나저나, 그 여자. 지금 뭐 하고 있을까.

"넋 빼지 말고 후딱 옷부터 갈아입어."

동호의 재촉에, 땀에 젖은 티셔츠를 벗어 던졌다.

아파트 입구에 들어선 주혁의 차가 천천히 멈춰 섰다. 조수석에서 내리는 미주의 뒤를 따라 주혁도 차에서 내린다. 굳이 차에서 내려 자신을 배웅하는 성실한 연인에게, 미주가 손을 한들한들 흔들어 보였다.

-잘 가요.

"집 앞까지 왔는데 커피도 권하지 않는 거야?"

-그럼, 들어왔다가 갈래요?

"농담한 거야. 늦었으니까 가 봐야지."

차에 비스듬히 기대선 주혁이 가벼운 웃음을 흘렸다.

"얼른 올라가. 들어가는 거 보고 갈게."

15층짜리 계단식 아파트에서 미주의 집은 3층, 엘리베이터는 이용하지 않는다. 주혁은 미주가 사라진 아파트 입구를 물끄러미 응시하다가, 천천히 시선을 옮겼다. 1층. 2층. 3층. 미주가 층계를 오를 때마다 켜지는 센서등이 계단실 창을 통해 환하게 빛났다.

303호. 거실에서 빛이 새어 나오는 것을 확인한 주혁이 차에 올라타 시동을 걸었다.

"진짜 소야, 소!"

"빈곤한 살림에 이래도 돼? 오늘 무슨 날이야?"

여러 차례의 회식은 모두 저렴한 삼겹살. 양이 푸짐하기로 유명한 고향마당은 지갑 얇은 극단 사람들의 단골집이었다. 상 가득히 차려진 한우에 다들 눈이 휘둥그레졌다.

"자자, 우리 감독님께서 한 말씀 하신답니다!"

흐뭇한 표정으로 주위를 둘러보던 연출 감독 김진만이 스태프의 주선 아닌 주선에 자리에서 몸을 일으켰다. 술이나 한잔 걸친 뒤에 입을 뗄 생각이었는데. 느닷없이 일장연설을 하려니 얼굴이 술기운이라도 오르는 듯 후끈 달아오른다.

"우리 배우들, 스태프들, 그간 열악한 환경 속에서 고생 참 많았습니다. 예산은 빠듯하지, 선뜻 도와주겠다는 후원자 하나 없는 상황에서 좋은 공연 만들어 보겠다는 욕심만으로 십 년을 버텼습니다. 극단 대표로서, 또 연출자로서 그간 모진 소리도 많이 하고 독하게도 굴었는데…… 저 욕 좀 거하게 먹었겠죠? 기왕이면 그 덕에 수명이 십 년쯤 늘었으면 좋겠습니다. 그러면 공연 하나 더 올릴 수 있을까요."

김진만의 눈에 슬그머니 눈물이 맺혔다. 이번 작품 〈로망스〉를 무대에 성공적으로 올리기 위해 그 얼마나 모진 고생을 했던가. 식구와도 다름없는 얼굴들이 자신을 응시한다. 두둑한 월급 한번 쥐여 주지 못했지만 오늘날까지 자신에게, 이 바닥에 모든 것을 걸었던 저 빛나는 눈동자들. 새삼 고마움과 미안함이 치솟았다.

"덕분에 우리 댄스뮤지컬 로망스는 연일 매진을 기록하며 금주 일요일 공연을 마지막으로 유종의 미를 거두게 되겠습니다!"

여기저기에서 환호 섞인 박수가 터져 나왔다. 김진만은 소주잔을 높이 들었다.

"자, 모두 잔 들고, 제가 선창하겠습니다! 로망스를 위하여!"

"위하여!"

잔을 맞부딪치는 소리, 서로를 격려하며 기뻐하는 소리 안에 그간의 땀방울이 스며 있다. 연출 감독 김진만은 입맛을 다시며 좌중을 한 바퀴 둘러보았다. 뭔가 전할 말이 더 있는 눈치였다. 흠, 흠. 목청을 가다듬은 김진만이 다시 입을 열었다.

"그리고, 우리 로망스는……."

잠시 뜸을 들인다.

"8월 15일부터 오픈 런에 돌입합니다!"

"우…… 우와아……!"

일순, 비명과도 같은 환호성이 터져 나왔다.

"오픈 런이래!"

"감독님, 진짜예요?"

"거봐, 괜히 소가 아니었다니까! 만세! 대박이다!"

장기 공연이 확정되었음을 알리는 김진만의 연설에 술자리의 분위기가 후끈 달아올랐다.

"아자! 아자! 아자!"

"대망의 오픈 런을 위하여!"

"마셔라!"

축하연이나 다름없던 술자리는 들뜬 기세를 타고 무르익어 여기 저기에서 사상자가 속출했다. 흥겨운 마음에 과음과 속음이 난무했던 탓이다.

그렇게 술잔이 오가는 사이, 한 병 반의 주량을 훌쩍 넘긴 선우는 이미 술기운이 오를 대로 올랐다. 작정하고 선우를 둘러싼 선배들 덕택이었다. 선우의 빈 잔을 돌아가며 채우곤 취조를 시작한다. 이들의 목적은 이제나 저제나 오직 하나.

"고로 취중진담이라 했거늘."

"이제 그만 이실직고하지 그래. 그 여자 누구야?"

"에이, 몰라요."

"손목 붙들고 냅다 뛰는 거 봤어, 이 자식아."

"내가 선배 손도 붙잡고 냅다 뛰어 준다."

"이거 이거, 미쳤구만?"

"후배님, 진정 이성을 상실했지?"

선배들의 집중 포화를 술기운에 버텨 내며 부지런히 젓가락을 놀리는 선우 앞에 술잔 하나가 불쑥 끼어들었다.

"나도 좀 끼워 줄래요, 잘생긴 총각님들?"

낭랑한 여자 목소리에 남정네들의 눈이 번쩍 뜨였다. 선우는 내심 안도의 한숨을 내쉬며 찬물을 벌컥벌컥 들이켰다. 언제까지 들 볶을 심산이야. 거머리도 이보단 낫겠다.

"아니, 이거 우리 아리따운 한 감독님 아니십니까!"

귓불까지 벌겋게 달아오른 형욱이 잽싸게 엉덩이를 일으켜 자리를 마련했다.

"고마워요."

여자는 산뜻한 웃음과 함께 사내들 틈새로 태연스레 자리를 잡는다. 청바지, 쇄골이 보이는 프린팅 티셔츠에 큼직한 이어링, 단발머리. 이목구비도 시원하다. 강한 인상이 화려하고 대담한 여자였다. 한 감독? 대체 누구야. 선우는 눈을 가늘게 뜨며 고기 한 점을 입에 쑤셔 넣었다. 막판에 공연에 합류한 선우는 여느 배우들과 달리 지원으로부터 트레이닝을 받지 못했다.

"우리의 꽃 같은 홍일점! 감독님, 제 술 한 잔 받으세요."

"아니, 지혜 씨는 어쩌고 홍일점이래요?"

"지혜 걔가 어디 여잡니까? 남자보다 더하면 더했지."

"어머, 남자들의 이런 발언이 여자를 정치판에 뛰어들게 하는 거 몰라요?"

화기애애한 분위기 속에서 술잔을 받아 든 여자는 맑은 술을 한입에 털어 넣고 맞은편의 선우에게 빈 잔을 내밀었다.

"공연, 아주 멋졌어요, 남궁선우 씨."

"……아, 감사합니다."

일단, 권하는 술부터 받아 들었다. 즉각 볼멘소리가 터져 나온다.

"뭐야. 감독님도 선우부터 챙기시는 거예요?"

"당연하죠. 처음부터 내가 얼마나 눈여겨봤다고."

"하여간 이 자식, 여자 복은 터졌다니까."

"아무래도 선우 씨는 날 모르는 모양인데, 정식으로 소개부터 하죠."

가벼운 웃음으로 응수한 여자가 선우에게 잔을 들어 보였다.

"이번 공연 음악을 맡은 한지원이라고 해요."

한지원이라고?

순식간에 술기운이 싹 가셨다. 자리에서 퉁기듯 일어선 선우가 금방이라도 달려들 기세로 지원에게 손을 뻗었다.

"작약……!"

느닷없는 삿대질에 당황한 것은 선배들 쪽이었다. 아니, 이 자식이 좀 많이 취했나 보네요. 억지로 자리에 앉히려는데, 술기운에 힘까지 천하장사가 되었다. 꿈쩍도 않는다.

"……작약?"

"한지원! 작약요!"

영문 모를 소리에 지원이 고개를 갸웃거렸다. 제기랄, 술 탓인지 말이 꼬인다. 답답해진 선우가 큰 소리로 외쳤다.

"미주 씨 꽃다발!"

이번에 놀란 것은 지원이었다.

"미주 알아요? 송미주?"

"송미주인지 성까진 모르겠고, 왜 그 수화 쓰는……."

"잠깐 나 좀 봐요."

벌떡 일어난 지원이 선우의 손목을 붙들고 밖으로 향하자, 술잔을 비우는 것도 잊은 형욱이 그저 눈만 끔뻑거렸다. 대체 뭐가 어떻게 돌아가는 거야. 선우의 취조도, 미인과의 술자리도 순식간에 물 건너갔다. 닭 쫓던 개 신세가 된 형욱을 위시한 선배파가 지붕을 응시하며 씁쓸한 입맛을 다신다.

"……그런데, 미주는 또 누구야?"

찬바람을 쏘이자마자 시원하게 속부터 비워 냈다. 나 원 참, 혈기 왕성하네. 요란스레 구역질을 해 대는 선우의 등을 두드리던 지원은 미주와 나누었던 필담을 떠올렸다.

'너, 선우 알아?'

흐음. 아무래도 뭔가 있긴 있는 모양인데.

"이제 좀 괜찮아요?"

"아아, 네…… 죄송합니다."

퀭한 얼굴로 몸을 일으킨 선우는 지원이 건넨 생수로 대강 입을 헹구었다. 속이 좀 가라앉는다 싶다가도 여전히 머릿속이 팽글팽글 돌며 눈앞이 흔들리는 것이 이거야 원, 취해도 단단히 취한 모양이었다. 후우. 한숨을 길게 내쉰 선우가 비틀대며 담장에 기대앉자 지원도 그 옆에 쪼그리고 앉았다.

"……송미주예요?"

선우가 혼잣말처럼 물었다.

"네? 아, 네."

느닷없는 질문에 지원이 반사적으로 대답하자 빙그레, 천진한 웃음이 입가에 피어오른다.

"성은 몰랐는데. 송미주…… 송미주."

송미주. 예쁜 이름이다. 선우는 그렇게 생각했다. 지원은 그런 선우를 물끄러미 바라보다가 팔꿈치로 그의 옆구리를 툭툭 건드렸다.

"미주 어떻게 알아요?"

"친구예요?"

물었더니 되레 질문이다. 지원은 당황했다.

"네?"

"그러니까 미주…… 그분하고 감독님하고, 친구냐고요."

"네, 뭐."

"남자 아니었네."

술기운 때문인지, 아니면 그리도 기분 좋은 일이 있는 건지. 연신 싱글대던 선우가 제 무릎에 고개를 박았다.

"……에이, 뭐야. 나 보러 온 게 아니었잖아……."

좋다 말았네. 잠들던 순간, 조금 분했던 것 같기도 하다.

지원은 혼자 중얼거리다가 그대로 잠에 빠져든 선우를 기막힌 표정으로 바라보았다. 거참 가지가지 하는 녀석일세. 그러거나 말거나 선우는 숙면 삼매경이다. 그 모습을 물끄러미 지켜보다 지루해진 지원이 이내 엉덩이를 털고 일어났다.

뭐, 잠시 이대로 놔두어도 괜찮겠지.

지원은 날이 밝는 대로 미주를 찾아가리라 마음먹으며 한껏 기지개를 켰다.

수첩 위의 가지런한 예쁜 글씨. 뜻 모를 말을 내게 전하는 예쁜 손놀림.

한 번도 듣지 못한 그녀의 목소리는 얼마나 예쁠까, 나는 잠속에 스르르 빠져들며 조심스레 상상했다.

☆

―그래서?

―부딪혀서 꽃다발을 떨어뜨렸거든. 밟혀서 엉망이 된 거야.

―작약?

―응.

―이름은?

―꽃다발 속 카드.

"아하."

지원이 조그맣게 탄성을 질렀다. 그렇게 된 거였군. 이제야 대강의 정황이 파악되었다. 생각했던 것보다 싱거운 스토리였다.

―역시 센스가 좋아.

―누구?

―허주혁.

머리 좋은 엘리트에 훤칠한 키, 호감 가는 외모. 눈치까지 빠른 그 잘난 남자는 벌써 삼 년째, 오매불망 일편단심 송미주다. 동화 속 왕자님이 따로 없다. 저런 남자 건질 거라면 귀 하나쯤이야, 하는 불손한 상상마저 용서하던 시기도 있었더랬다. 저런 근사한 애 인을 옆에 두고도 이 새가슴 친구는 뭐가 그리 겁나는지, 매번 뒷 걸음질에 제 몸 사리느라 바쁘다. 좀 더 벽을 허물면 좋을 텐데.

지원은 저만치 밀쳐 두었던 쿠션을 끌어당겼다.

─남자들은 열이면 열, 흔해 빠진 장미잖아? 작약. 역시 남달라.

보통은 꽃을 미리 주문해 둔 걸로 센스가 좋다고 말하지 않아? 미주는 그렇게 되묻고 싶었지만 쓰는 것이 번거로워 그만뒀다. 필 담이란 여간 불편한 게 아니다. 내용은 간결해지고, 꼭 그만큼의 온기도 사라져 버린다. 미주는 펜 끝을 톡톡 두드리며 작게 한숨을 내쉬었다.

─작약 무슨 꽃이야?

─큰 꽃잎, 자주색.

─설명 한번 난감하네.

─검색.

─귀찮아.

느긋한 일요일 오후였다. 차는 골목길에 버려둔 채 첫차를 탔다 며 새벽같이 들이닥친 지원은 속을 한 번 게워 내고 나서 미주의 소파로 직행, 네 시간의 숙면 후 되살아났다. 소금으로 간신히 구 색만 맞춘 콩나물국을 한 사발 대령하자 깨끗이 비워 내곤 신선놀 음이다. 사흘째 술독에 빠져 있었다고 한다. 공연 판에 뛰어든 후로 늘어난 것은 주량과 뱃살뿐이라며 지원이 너스레를 떨었다.

이 귀여운 불청객이 미주는 내심 반가웠다. 지난밤부터 울적한 차였다.

[정말 미안해. 내일 급한 회의가 있어서 약속 못 지킬 것 같아.]

공연을 보러 가지 못하게 되었다는 주혁의 메시지를 받자마자 풍선에서 바람이 빠지듯, 부풀었던 기대감이 순식간에 새어 나갔다. 괜찮다며 답신을 보내고 나자 까닭 모를 고독감까지 밀려들어 침대에 몸을 웅크리고 누웠다. 기분이 울적해질 때면 으레 나오는 습관과도 같은 행동이다. 그대로 잠이 들었나 싶었는데, 새벽녘 갑자기 지원이 들이닥쳤다. 잠은 설쳤지만 덕분에 우울할 틈은 없었다.

테이블로 시선을 옮기자 팸플릿이 보인다.

로망스.

벌써 족히 열댓 번은 보았던 공연인데, 그토록 가슴 설레며 기다리고 있었을 거라곤 미주 자신도 미처 예상치 못했다.

쿠션을 끌어안고 엎드려 한참을 뒹굴던 지원이, 노트를 다시 끌어당겼다.

ㅡ그래서 그걸로 끝?

미주도 펜을 향해 손을 뻗는다.

ㅡ뭐가?

ㅡ작약 사건.

ㅡ끝.

−아닌 것 같은데.

−끝. THE END.

아닌 것 같은데…… 지원은 눈을 가늘게 뜨고 노트 위에서 춤추는 글자들을 노려보았다. 자신의 감은 한 번도 틀린 적이 없다.

'성깔은 모르겠고, 왜 그 수화 쓰는……'

어쩌면 혹시.

지원은 벌떡 일어나 방으로 달려갔다. 화장대 위에 가지런히 놓인 미주의 가방이 눈에 들어온다. 자신을 만났던 날 들고 있던 베이지색 핸드백이었다.

손을 넣자 두툼한 수첩이 잡혔다. 수첩을 펼쳐 내용을 훑은 지원의 입가에 빙그레 미소가 떠오른다.

"빙고."

깡충대며 방으로 달려가는가 싶더니, 이내 거실로 돌아온 지원의 손에 자신의 수첩이 들려 있다. 그 의미를 잠시 가늠해 보던 미주가 경악했다.

−오늘도 우리 공연 봤어요?

−네.

−어땠어요?

고스란히 남아 있는 필담의 흔적.

−혹시 절 아세요?

−그때도 제 이름은 알고 있죠?

발뺌도 할 수 없다. 의기양양한 얼굴로 지원이 잽싸게 펜을 집어 들었다. 디 엔드. 미주가 적어 넣은 'END' 위에 큼직하게 가새표를 그린다.

　-AND.

그리 고쳐 쓰곤 흡족한 미소를 지어 보였다.

　-바람둥이.

뒤이어 장난 삼아 적어 내렸더니 대번 정색을 하는 미주다. 지원은 혀를 끌끌 찼다.

　-농담이고. 제대로 소개해 줄 테니까 한번 만나 볼래?

　-됐어. 뭘 하려.

　-그냥 친구로 만나는 건데 뭐 어때.

　-싫어.

지원이 가벼운 한숨을 내쉬었다. 예전의 미주였다면 가볍게 되받아쳤을 것이다. 본디 사교성 많고 쾌활한 성격이었다. 소리와 함께 건강하게 빛나던 밝음마저 잃었다. 한껏 움츠러든 친구가 지원은 몹시 안타까웠다.

사고 이후 지난 4년간, 미주의 세계 속에 존재하는 사람은 오직 자신과 주혁뿐이었다. 누구에게도 마음을 열려 하지 않았다. 즐겁게 어울려 놀던 동기들이 찾아와도 만나지 않았다. 넉살 좋기로 둘째가라면 서러울 제가 그 단단한 벽을 타 넘으려 공들인 시간이 무려 일 년이었다. 화도 내 보고 애원도 해 가며 굳게 닫힌 방문에 매달리던 당시를 떠올리면 지금도 뒷골이 묵직하게 당겨 온다.

지원은 미주가 좀 더 많은 사람들과, 세상과 소통하길 원했다. 작은 세계에선 삐딱해지기 십상이다.

　-까칠하긴. 스물넷짜리 어린애가 뭘 아쉽다고 연상녀

상대를 해 주겠어? 그쪽에서 노땡큐야.

지원이 휘갈긴 노트를 보며 미주가 입을 삐죽거렸다.

—나도 연하는 사양이거든.

심성이 올곧고 건강한 청년. 지원이 지켜본 선우의 느낌은 그랬다. 선한 눈을 하고 있었고, 참 선하게 웃는 사람이었다.

어떤 종류의 만남이건 좋다. 적어도 그 애라면, 아무런 편견 없이 미주에게 다가갈 수 있을 테다. 벽쯤이야 거뜬히 타 넘을 테지. 그 애라면. 지원은 활기차게 무대 위를 누비던 선우의 얼굴을 떠올렸다.

—이따가 나랑 같이 대학로 가자.

갑자기 왜? 의문을 담은 미주의 시선이 지원을 향한다.

"피날레. 오늘 로망스 막공이야."

덜컥. 미주의 심장이 조심스레 반응했다.

[한지원이에요. 오늘 송미주 공연 보러 갑니다. B열 27번.]

막 분장을 끝마친 선우는 다시 한 번 휴대폰을 들여다보았다. 정오 무렵, 갑자기 날아든 문자에 느지막이 단잠에서 깨어났다. 낯선 번호의 발신인은 자신을 한지원이라 했다. 회식 때 보았던 그 미인 감독이다.

선우는 문자의 내용에 몹시 난감했다. 이런 메시지를 보내 온 까닭이 무얼까.

예의 그 회식 날, 취한 와중에 무슨 짓을 저지르긴 한 모양인데

도통 기억이 나지 않는다. 과음에 필름이 군데군데 끊어져 있다. 생각해 보니, 오바이트 내내 한 감독이 등을 두드리고 있었던 것도 같다. 영상은 그럭저럭 돌아가는데 정작 중요한 대화는 죄다 음소 거 모드다.

미치겠네.

대체 뭐라고 떠들어 댄 거야.

"선우 씨! 시간 다 됐어, 스탠바이 해!"

"네!"

스태프의 재촉에 자리에서 일어선 선우가 다시 휴대폰 슬라이드를 밀어 올렸다. 수신메시지 확인. 010-****-4206.

마른침을 삼켰다.

[오늘 송미주 공연 보러 갑니다. B열 27번.]

B열 27번.

머릿속으로 좌석배치도를 더듬으며 대기실을 빠져나갔다.

지원이 보낸 문자대로, 미주는 B열 27번에 앉아 무대를 응시하고 있었다. 뒤통수로 그러모아 묶은 로우 포니테일과 시원해 보이는 쉬폰 블라우스 차림이 썩 어울린다. 미주를 확인한 선우가 음악에 맞추어 크게 뛰어올랐다. 마지막 공연이니만큼 전신에서 에너지가 넘쳐흐르고 있다. 춤을 추다 몇 번인가 시선이 마주친 것 같았다.

무대를 박차며 힘차게 발을 구른다.

솟구치는 아드레날린.

이대로 죽어도 여한이 없을 만큼, 최고의 기분이었다.

객석에서 바라보는 무대는 마치 작은 우주 같았다. 어둠을 비춰 내는 조명 사이로 무수한 별들이, 그들의 땀방울이 눈부시게 반짝이며 빛을 발한다.

나는 숨을 죽인 채 그의 동작을 눈으로 좇았다.

오늘이 마지막이라 해도 후회하지 않을 만큼, 가슴속에 깊이 새겨 두고 싶었다. 그의 모든 것을.

"끝났다!"

탄식과도 같은 비명이 대기실을 울린다. 생수병을 비우며 여기 저기 나동그라지는 배우들의 탈진한 얼굴에는 만족스러운 피로감 이 역력하다. 오늘이야말로 최고의 무대였다. 끝내주는 피날레라며 모두가 시원하게 웃는다. 좋은 공연이었고 좋은 동료들이었다.

"우리 남궁, 수고 많았다."

대기실 한쪽 벽에 쪼그리고 앉아 생수병을 비우는 선우에게 수 건을 건넨 동호가 능청스럽게 웃어 보인다. 그 옆에 나란히 주저앉 자 선우가 생수병을 건넸다.

"멋진 데뷔 축하."

"형 도움이 컸죠. 감사합니다."

"어쭈, 많이 컸다? 빈말도 다 할 줄 알고. 오픈 런 오디션은 진짜로 안 볼 거야? 내가 봤을 때 넌 백 프로 통과야."

"다른 공연도 서 보고 싶어서요."

"쪼끄만 게 욕심은."

웃음을 터뜨리는 동호를 보자 선우의 마음 한구석이 푸근해졌다. 여러모로 의지가 되는 훌륭한 선배였다. 함께 무대에 오르는 것은 오늘로 마지막이다. 또 다른 마음 한구석이 씁쓸하다. 그런 마음을 눈치챘는지, 선우의 어깨를 툭 내리친 동호가 부러 내뱉듯 말했다.

"이걸로 마지막이네."

마지막.

순간 선우의 뇌리를 스치는 것이 있었다.

"아아, 의문의 여성 A열 15번도 아직 못 캤는데."

이걸로 마지막이다.

별안간 선우가 벌떡 일어났다. 그 기세에 놀란 동호가 짧게 욕설을 했지만 그러거나 말거나, 선우는 아무렇게나 던져두었던 휴대폰에 손을 뻗었다.

수신메시지 확인.

[한지원이에요. 오늘 송미주 공연 보러 갑니다. B열 27번.]

메시지를 띄운 액정화면을 뚫어져라 바라보았다. 어쩐지 초조한 마음이 피어올랐다. 손가락이 차마 누르지는 못하고 글자판 위를 맴돌았다.

수화를 사용하는 그 자그마한 여자에 대해 아는 것이라곤 송미주, 달랑 이름 석 자뿐이다. 하지만 그런 건 아무래도 좋았다. 오늘이 정말 마지막일지도 모른다. 하지만.

그래서 대체 뭘 어쩌자는 거야. 괜스레 애꿎은 의자를 발끝으로 툭툭 건드리며 바싹 마른 입술을 깨물었다.

……마지막.

심호흡을 한 선우가 통화버튼을 꾹 눌렀다.

액정에 뜬 발신자번호를 확인한 지원이 흠흠, 목소리까지 가다듬곤 느긋하게 통화 버튼을 누른다. 미주는 제 친구를 돌아보며 입술을 모았다. 대체 누구이기에 저리 뜸을 들이며 전화를 받나 싶었다.

"여보세요?"

[아, 저…….]

머뭇거리는 목소리에 지원이 쿡쿡대며 웃었다. 기다리던 전화였다.

"미주, 로비에서 기다리고 있으니까 얼른 뛰어와요."

만족스러운 표정으로 전화를 끊는 지원에게 미주가 물었다.

- 누구야?

지원은 명랑하게 웃으며 입술에 손가락을 대 보였다.

"비밀."

일방적으로 끊긴 전화에 다시 난감해진 것은 선우 쪽이었다. 휴대폰을 주머니에 쑤셔 넣곤 안절부절못했다. 갈증이 밀려와 옆에 놓인 생수병을 절반이나 비웠다. 배 속이 묵직하게 차오르는 기분에 또다시 초조해지고 만다.

그래서 대체 뭘 어쩌자는 거야.

'로비에서 기다리고 있으니까 얼른 뛰어와요.'

모르겠다.

생수병을 마저 비운 선우가 로비를 향해 달리기 시작했다.

달리는 사이 운동화 끈이 풀어졌다. 묶을까 말까 망설이다가 거추장스러워 묶기로 했다. 멈춰 서서 끈을 동여매는 동안 머릿속으로 이런저런 말들을 떠올려 봤다. 만나면 뭐라고 말을 건네야 할까. 안녕하세요. 우리, 또 만났네요. 오늘 공연 마지막이었는데. 어땠어요?

들리지 않을 테니 종이에 적어 오는 편이 좋았을까.

복도 끝에서 선우는 다시 한 번 숨을 골랐다.

"……하아, 하아……."

비좁은 소극장 로비를 가득 메운 관객들 사이에서 누군가를 찾아내는 것이 이리도 간단한 일인가 싶었다. 로비에 들어서자마자, 채 둘러보기도 전에 미주가 한눈에 보였다. 자그마한 체구, 까만 포니테일, 고운 선의 오밀조밀한 얼굴. 참으로 이상한 일이었다. 사람들 사이로, 오로지 미주의 얼굴만 선명하게 도드라져 보였다.

먼저 선우를 발견한 것은 지원이었다. 생글 미소를 머금으며 미주에게 손짓을 한다. 미주가 천천히 고개를 돌렸다. 이내 사람들 사이로 시선이 마주친다. 선우를 발견한 미주가 놀란 듯, 눈을 동

그렇게 떴다.

덜컥.

순식간의 일이었다. 선우는 한 발자국도 움직일 수 없었다.

"……."

덜컥, 하고. 심장이 내려앉았다.

유난히 뜨거웠던 그해의 여름. 싱그러운 신록의 잎사귀와 눈부신 오렌지색 태양, 흐르는 땀방울 위를 스치던 한 줄기 바람.

잊을 수도 없는 그해의 여름.

나는, 사랑을 했다.

2. 반짝반짝한 말

2
반짝반짝한 말

커피는 이미 차디차게 식었다. 미주는 머그잔 가장자리를 만지작거리며 슬쩍 선우의 눈치를 살폈다. 여전히 어쩔 줄 몰라 하는 표정이었다.

'자 그럼, 이따 뒤풀이에서 봐요. 늦어도 용서해 줄게.'

지원은 호탕하게 선우의 어깨를 두드리며 쏙 빠져나갔다. 불러놓고 내빼다니, 참 무책임한 여자다. 뒤풀이 때 술이라도 진탕 먹여야 속이 풀릴 것 같다.

그대로 돌아가기도, 서 있기도 뭐해 난감해진 두 사람은 결국 소극장 맞은편 건물의 자그마한 카페에 자리를 잡았다. 메뉴를 꼼꼼히 살핀 미주가 손가락으로 카페모카를 짚어 냈고, 미주를 곁눈질하던 선우는 같은 걸로 달라며 점원에게 지갑을 통째로 허둥지둥 떠넘겼다. 미주가 신용카드를 꺼내 드는 모습을 보고 계산을 서두르다 생긴 해프닝이었다. 그 덕에 미주가 처음으로 웃었다.

선우가 먼저 입을 열었다. 오랜만이네요. 따지고 보면 그리 오랜만에 만난 것도 아니었지만, 달리 시작할 말이 없었다. 저 오늘이 마지막 공연이었어요. 대화는 순조롭지 못했다. 처음에는 그리도 사람 얼굴을 빤히 바라보며 무안케 만들더니, 오늘은 도통 눈도 마주치려 하지 않는다. 저래서야 입술은커녕 표정조차 읽지 못할 성싶었다. 다음으론 미주가 수화로 말을 건넸다. 공연 좋았어요. 당연히, 선우는 어설프게 웃어 가며 고개를 까닥해 보였다. 그 수밖에 없었다.

하필이면 필담을 나눌 수첩도 펜도 없었다. 어색한 분위기 속에서 괜스레 볼이 달아오른다. 구두 속에 감춰진 발가락을 꼼지락거렸다. 발톱에는 오늘 낮 지원이 발라 준 분홍빛 페디큐어가 발라져 있다. 어쩐지, 간질간질하다.

자리에서 일어난 선우가 카운터로 향했다. 손짓과 함께 무어라 얘기를 한다. 무슨 말일까. 잠시 후 의기양양한 얼굴로 되돌아온 선우의 손에 뭔가 들려 있다. 아아. 미주는 작게 감탄했다.

종이 냅킨과 볼펜이었다.

-메모지는 없대요. 이거면 대충 되겠죠?

고개를 끄덕인다.

-오늘 마지막 공연이었어요.

-굉장히 좋았어요.

-정말요?

아이처럼 웃는다. 빈말로 받아들이지는 않았던 모양이다. 미주가 또 한 번 풋 하고 웃음을 터트리자 귓불이 새빨개졌다. 이제 보니 화려한 외모와는 영 반대의 성격이었다.

－한지원 감독님하고는 친구?

－네. 대학 동기.

－있죠.

선우가 잠시 뜸을 들였다. 망설이는 눈치였다.

－작약.

한 감독님 거라 안심했어요. 그 말은 끝내 쓰지 못하고 생략했다. 미주가 동그란 눈을 깜박이며 종이 냅킨과 선우를 번갈아 보았다. 허공에서 그 시선이 서너 번 부딪치자, 그만 둘 다 고개를 돌리고 만다.

－로망스 장기 공연해요. 8월부터.

－짝짝짝. 축하해요.

선우의 입가에 미소가 떠올랐다. 짝짝짝. 기분 좋은 울림이다. 미처 의식하지 못했던 소리들이 미주의 예쁜 글씨를 통해 형상화되었다. 무심히 지나쳐 온, 세상의 그 수많은 소리들. 그러고 보니 이렇게 펜을 쥐고 글씨를 쓰는 것도 참 오래간만이었다.

－무대에서 정말 멋있었어요.

냅킨 위에 새겨진 미주의 말을 한 글자 한 글자 눈으로 더듬는다.

－반짝반짝해요.

반짝반짝. 평소 잘 쓰지 않던 단어 하나가 유난히 눈에 밟혔다.

입안으로 가만히 되뇌어 보았다. 반짝반짝.

선우가 펜을 넘겨받았다.

고마워요. 막 그렇게 쓰려던 찰나, 펜촉에 걸린 냅킨이 길게 찢어졌다.

"아……."

별거 아닌 일에 속이 상했다. 두 사람이 동시에 고개를 들고 마주 보았다. 다시 귓불이 달아오른다. 황급히 냅킨으로 시선을 떨어뜨리며 펜을 고쳐 쥐었다.

이번에는 미주가 냅킨의 모서리를 잡아 주었다. 별거 아닌 일에 금세 마음이 누그러졌다.

-다음 주부터 사흘간 오디션이에요.

-오디션?

-네.

-파이팅. 응원할게요.

심장이 자꾸만 삐걱거린다.

선우는 몰래 심호흡을 했다. 지금은 그런 상황이었다.

-만약 오디션에 붙으면.

또한, 약간의 용기도 필요로 했다.

-공연 또 보러 오실래요?

-그럴게요.

미주는 선선히 승낙했다.

그래서 이번에는 조금 더 용기를 냈다.

-어디 살아요?

68

－행당동.

－집까지 바래다줄게요.

거절당할세라, 급히 냅킨을 구겨 쥐고 의자에서 일어섰다.

데려다준다며 호기롭게 나서긴 했지만 승용차가 있는 것도 아니고, 혼잡한 지하철에 나란히 몸을 싣는 것이 고작이었다. 저녁 열시가 넘은 시각. 늦은 퇴근과 저녁의 유흥을 즐긴 사람들로 인해지하철은 만원이었다. 부지런히 에어컨이 가동되고 있지만 열기를지우기엔 역부족이다.

빼곡한 사람들 틈새에서 선우의 몸은 긴장으로 빳빳하게 굳었다. 가까워도 너무 가까웠다. 미주의 얼굴이 코앞에 있다. 그렇다고 등을 보이며 뒤돌아서기도 난감했다. 두 정거장이 이렇게 길 줄미처 몰랐다. 안내방송에 숨을 삼켰다.

동대문역사문화공원 역. 규모가 큰 환승역답게 사람들이 우르르빠져나갔다. 그 물결에 편승해서 내리려는데, 방송을 듣지 못한 미주는 인파에 떠밀릴까 두려워 안쪽으로 파고들며 손잡이를 단단히붙든다. 이미 흐름에 휩쓸린 선우가 간신히 팔을 뻗어 미주의 손목을 잡았다.

"내려야 해요."

들리지 않을 테지만, 그렇게 말했다.

환승통로를 빠져나갈 때에도 손을 꼭 붙들고 걸었다. 처음에는내릴 때와 마찬가지로 손목이었다. 계단을 내려갈 즈음에 한차례고쳐 잡았는데 실수로 손목 대신 손이 닿았다. 놓을까 하다가 그대로 맞잡았다. 희고 말랑말랑한 손이었다. 긴장 탓인지 손바닥이 금세 축축해졌다. 혹여 불쾌할까 걱정스러웠지만, 잡은 손을 놓아야겠다는 생각은 들지 않았다. 심장은 여전히 제멋대로 덜컥거렸다. 5호선에 올라탔다. 행당역까지 참으로 머나먼 여정이었다.

지하철에서 내린 뒤로는 미주가 반보 앞서 선우를 이끌었다. 아까는 손을 잡고 있는 쪽이 선우 자신인 것 같았는데, 지금은 꼭 미주가 자신의 손을 붙잡고 있는 것 같다.

한참을 말없이 걷고 있는데 미주가 걸음을 멈추었다. 어느새 아파트 단지 앞이었다. 여기인가. 선우는 어쩐지 허탈한 기분이 들었다.

－바래다줘서 고마워요.

미주의 손끝이 무어라 이야기한다. 고개를 숙이며 인사하는 것을 보니 고맙다는 내용인 듯했다. 대답 대신 고개를 까닥해 보였다.

－그럼 조심해서 가요.

미주가 손을 흔들었다. 잠시 후 머뭇머뭇 손을 거두곤 뒤돌아선다. 바람에 나풀거리는 스커트 자락. 선우는 못 박힌 듯 제자리에 우뚝 서서 그 뒷모습을 물끄러미 바라보았다.

현관에 들어선 미주는 가방을 던지듯 바닥에 내려놓고 급히 구두를 벗었다. 초조한 것인지 설레는 것인지, 정체를 알 수 없는 묘한 감정이 가슴 언저리에 내려앉았다. 베란다로 향한 미주가 조심스럽게 밖을 내다보았다. 이미 돌아간 듯 그의 모습은 보이지 않는다.

창문을 열자, 시원한 바람 한 줄기가 볼 위를 스치고 지나갔다.

맨발로 내려선 베란다의 타일 바닥이 서늘했다. 살갗을 파고드는 시원한 감촉, 부드럽게 불어오는 한밤의 바람. 가만히 눈을 감자, 손을 흔들던 그 애의 모습이 눈앞에 선명하다.

그 여름밤, 나는 오래도록 잠들지 못했다.

"그래서, 번호 하나 묻지 않고 돌아왔다고? 이거 순 숙맥 아냐?"

선우가 채 복수를 실행에 옮기기도 전에 지원은 이미 거나하게 취해 있었다. 무르익을 대로 무르익은 뒤풀이 현장은 참혹하기만 하다. 연습실 바닥에 널린 술병들을 보기만 해도 취기가 오르는 것 같아 선우의 얼굴이 일그러졌다. 지원이 재차 물었다. 고개를 저으면서도 어째서 자신이 꼬박꼬박 대답하고 있는 것인지 모르겠다. 흐응, 지원이 묘한 콧소리를 냈다. 배배 꼬인 혀에 말은 이미 반토막. 지원의 반말이 딱히 거슬리지는 않았다.

뭐 했어? 커피 마셨어요. 무슨 얘기 했는데? 그냥 별 얘기 안했어요, 어차피 수화도 모르고. 그걸로 끝이야? 집까지 데려다줬어요. 그래서, 연락은 언제쯤 할 건데? 연락처도 모르는데요.

지원이 선우에게 술잔을 내밀었다.

"미주한테 반했어?"

뜬금없이 물어 오는 말에 머금고 있던 소주를 뿜을 뻔했다. 간신히 술을 목구멍으로 넘긴 뒤 입가를 훔쳐 내며 고개를 들자, 눈을 새치름하게 치켜뜬 지원이 비식비식 웃음을 흘리고 있다. 재미있어 죽겠다는 표정이다.

"연애 안 해 봤지?"

선우는 탕 소리가 나도록 테이블 위에 소주잔을 내려놓았다.

"할 만큼 해 봤거든요."

"그런데 왜 그 모양이야? 순진한 척하는 거야, 어디가 모자란 거야?"

그런데 이 여자가 진짜. 쿨한 건지 예의가 없는 건지. 풍기는 이미지로 보아 평소에도 거침없는 성격인 것 같은데, 술까지 더해지니 상대하기 버겁다. 한숨을 내쉰 선우는 제 손으로 빈 잔에 소주를 채웠다. 술을 즐기는 편은 아니지만 오늘은 그 맛이 달다. 공연 막날인 탓이려니 했다.

"……아니, 모자란 건 미주 쪽인가."

지원은 은근한 말투로 중얼거리며 선우의 표정을 살폈다. 눈썹이 꿈틀했다.

"무슨 뜻이에요?"

찌르는 족족, 재깍 반응이 온다. 의외로 순진한 편이다. 아니면 혈기 왕성한 나이 탓인가. 지원은 눈을 가늘게 뜨고 그 외모를 훑었다. 생긴 것은 훤칠하니 능구렁이인데. 이래서 사람이란 재미있구나 싶다. 열 길 물속은 알아도 한 길 사람 속은 모른다더니, 첫인상하고는 영 딴판이잖아.

"그렇지 않아?"

"……."

"청각장애."

대체 저의가 뭐야. 선우는 싱글거리는 지원을 똑바로 바라보며 단번에 소주를 삼켰다. 선우의 노골적인 시선을 고스란히 받아치며 지원이 말을 잇는다.

"얼굴은 예쁘장해서 관심이 가는데, 귀가 먹어 말은 안 통하지. 필담에도 한계가 있어. 시간 쪼개 수화를 배울 거야, 그렇다고 손짓 발짓 섞어 가며 보디랭귀지를 할 거야. 간 보다 물러나려는 거 아냐?"

지원이 점점 더 말에 날을 세웠다.

"장애가 있는 사람들의 특징이 뭔 줄 알아? 소심한 겁쟁이. 사회에 대한 피해망상까지 있어. 덕분에 모든 게 조심스럽고 툭 하면 달아나. 섬세한 유리 같단 말이야. 유리 알지, 유리. 그게 얼마나 잘 깨지는데. 넌 거기에 보조 맞출 자신이 없는 거야. 덤빌 용기도 배짱도 없어. 왜? 장애인이니까."

"……한 마디만 더하면 때릴지도 몰라요."

반응이 왔다. 지원은 한껏 웃음을 깨물었다.

"한 마디 더 하기 전까지 입 다물고 있으면 내가 때려 주려고 했어."

뭐야 대체? 선우가 눈을 크게 떴다. 지원은 붉은 입술로 생긋 웃더니, 어린애라도 들어갈 만큼 커다란 가방을 뒤져 담배를 꺼냈다. 뒤이어 꺼낸 라이터는 제게로 휙 던져 주기에 얼떨결에 받아 들었다.

……담뱃불 시중? 선우는 짐짓 인상을 팍팍 구기며 지원의 담배에 불을 붙였다.

"너 진짜 귀엽다!"

쿡쿡 웃음을 터뜨린 지원이 거의 바닥을 구를 기세로 웃기 시작했다. 선우는 어이가 없었다.

"한 감독님."

"누나."

"……네?"

"누나라고 부르라고."

"내가 왜 감독님을 누나라고 불러야 되는데요?"

"스물넷이 서른한테 누나라고 부르는 게 나빠?"

말문이 막혔다.

"나 말이야. 음대 졸업하고 내 이름 건 공연 올리는 데 딱 5년 반 걸렸거든? 음악감독 한지원, 작곡가 한지원. 그 타이틀 다는 데 딱 5년 반 걸렸어. 그간 난다 긴다 하는 피디들한테 곡도 많이 뺏겨 봤고 극단 허드렛일에 온갖 스태프 잡일해 가며 이 바닥서 구를 만큼 굴렀는데, 살다 살다 너 같은 맹꽁이는 또 처음 본다."

황당해진 선우가 얼굴을 구겼다.

"너 그러다 잘못 걸리면 단물 쪽쪽 빨리고 아웃이야. 치사해지고 더러워져야 살아남는 데거든, 여기. 배우지망생 한둘 아니야. 공중파로 가고 싶은데 문이 좁으니까, 괜히 발판 삼을까 싶어 기웃거리는 애들은 또 어디 한둘이고? 나라에서 정한 최저임금보다 못한 박봉으로 굶어 가며 밤새 연습하는 애가 너뿐인 것 같지? 꿈깨."

"나라고 이 바닥 굴러가는 거 모를 것 같아요?"

"모르는 것 같아서 알려 주는 거야."

제대로 된 싹이다. 선우를 본 지원은 직감했다. 크게 자랄 배우였다. 그리고 그것을 알아챈 것은 자신뿐만이 아니다. 그 파릇한 싹이 시기 어린 흙발에 무참히 짓밟힐지, 기어이 자라나 꽃을 피우고 열매를 맺을지. 지원은 이 어린 배우의 앞날이 궁금해졌다.

"배우로서 자리 잡고 싶어? 큰 무대 굵직한 역 맡아 가며 성공하고 싶지?"

소주병을 들어 제 잔을 채운 지원이 선우의 잔에도 맑은 술을 넘치도록 부었다.

"이창학 감독님 알지? 폴라리스 올렸던."

"그분 모르는 사람도 있어요?"

"나 데리고 있던 분이야. 이 바닥에 발 들이고 2년간. 지금도 나랑은 막역해. 관심 있어?"

지원의 붉은 입술이 그림처럼 웃었다. 선우는 숨을 들이마셨다.

"있어요."

"최 선배도 있구나, 사춤 연출한. 지금은 극단 차렸어. 오즈컴퍼니. 요즘 라이선스 공연도 따오고 잘나가는데, 알지?"

"네."

"여기까지 듣고 나니까 어때. 나한테 흥미 생기니?"

술잔을 비웠다.

"……생겼어요."

"그래?"

지원의 눈이 반짝인다. 선우는 그런 지원을 물끄러미 바라보다가, 빈 자신의 술잔을 지원의 앞에 탁 소리 나도록 내려놓았다.

"감독님, 진짜 재수 없어요."

지원의 입가에 또 한 번 붉은 미소가 떠오른다.

"술기운이야, 진심이야?"

"반반이에요. 술도 취했고요, 진짜로 감독님 재수 없어요."

선우가 가방을 둘러메며 자리에서 일어났다. 집에 돌아가서 발이나 씻고 자야겠다. 댁하고 노닥거릴 시간 같은 거 없어. 내일부터는 전력을 다해 새로운 오디션을 준비할 생각이었다.

"나, 남궁선우 씨 마음에 든다."

못 들은 척 고개를 돌렸다.

"그래서 선물 주려고."

말뜻을 가늠해 보기도 전에 눈앞으로 무언가 휙 날아들었다. 담뱃갑이다. 아까는 라이터, 이제는 담뱃갑이야? 얼굴을 찌푸리는 선우를 향해 지원이 경쾌한 목소리로 말을 이었다.

"전화는 금지. 문자메시지 아니면 안 돼. 답장 오는 속도는 기대하지 마, 휴대폰 방치형이니까. 소리를 못 들으니 반응이 느려."

지원을 멍한 표정으로 바라보던 선우가 손에 들린 담뱃갑으로 느릿하게 시선을 옮겼다. 펜으로 휘갈긴 열한 자리의 숫자가 보였다.

"왜 주는 거예요?"

"마음에 든다고 했잖아. 선물이라니까."

"이러는 거, 친구분도 알아요?"

"모르지."

"그럼 받기 곤란한데요."

"고지식하기는."

지원은 피식 웃으며 제 술잔을 채웠다.

"너한테 주는 선물이 아니라, 미주한테 주는 거야."

순간 선우의 눈빛이 크게 흔들렸다.

"그러니까 냉큼 집어넣고 얼른 집에나 가."

지원은 깔깔 웃어 가며 부지런히 소주를 삼켰다. 그런 지원을 물끄러미 바라보던 선우가 다시 담뱃갑으로 시선을 돌린다. 뚫어지겠다, 뚫어지겠어. 혀를 끌끌 차며 선우를 바라보던 지원이 고개를 저었다.

"선물 잘 받을게요. 고맙습니다."

선우는 담뱃갑을 주머니에 쑤셔 넣으며 지원을 향해 꾸벅 고개를 숙였다. 멀어져 가는 뒷모습이 참으로 귀여워 웃음이 입술 새를 비집고 흘러나온다. 뭐, 가끔은 저런 바보도 하나 정돈 있어 줘야 이런 세상도 살 만하지 않겠어.

지원은 담배를 재떨이에 비벼 껐다.

"……그 선물 내 거야, 꼬맹아."

나한테 주는 거야. 내 친구가 불쌍해서. 혼자 잘 먹고 잘 사는 게 불쌍한 내 친구한테 미안해서, 불쌍한 내 친구 이젠 좀 웃었으면 해서, 그런 동정심이 또 한 번 미안해서.

알량한 죄책감 덜어 보겠다고 애꿎은 너까지 끌어들이는, 참 이기적인 한지원한테 주는 선물이야.

"화내려나. 최주혁 씨."

혼자 키들거리며 마지막 술을 들이켠다. 그 맛이 무척이나 씁쓸했다.

☆

삐삐삐삐─

요란스럽게 알람이 울렸다. 덕분에 잠에서 깨어난 선우가 힘겹게 눈꺼풀을 들어 올리자, 벽에 걸린 시계가 정오를 가리키고 있다. 알람이 울리기엔 늦은 시간이지. 문득 그런 생각이 들자 슬쩍 웃음이 나왔다. 선우는 그대로 누워 천장을 응시했다. 몸이 무겁다. 그간 쌓였던 긴장과 피로가 어제의 마지막 공연을 기해 밀려든 모양이었다.

오늘은 이대로 집에서 쉴까. 뒤척이며 몸을 굴리자, 어젯밤 아무렇게나 벗어 던진 옷가지가 눈에 들어왔다. 바닥 위를 뒹구는 옷가지를 바라보던 선우의 시선이 가늘게 모인다. 냅다 몸을 일으켜 청바지 주머니를 뒤졌다.

있다.

상기된 표정의 선우가 주머니 속에서 담뱃갑을 꺼내 들었다. 간밤에 지원이 건네주었던 것이다.

그와 동시에 뭔가가 발등 위로 툭 떨어졌다. 꼬깃꼬깃해진 종이 냅킨 뭉치였다. 대수롭지 않게 여기고 발로 슥 밀어내려다 퍼뜩 생각이 미쳤다. 아아, 그때의.

미주와 주고받은 필담 냅킨이었다. 테이블에서 일어날 때 구겨 쥐고선 그대로 주머니 속에 넣어 둔 모양이다. 선우는 허둥지둥 냅킨 뭉치를 주워 들고 한 장 한 장, 헤질세라 정성스럽게 바닥 위에 펼쳤다.

─무대에서 정말 멋졌어요.

─반짝반짝해요.

그때의 풍경이 새삼 눈앞에 그린 듯 되살아났다. 카페 안의 익숙한 소음, 코끝에 어린 커피 향, 서로를 향해 말을 그려 내던 펜촉의 감촉까지.

선우는 종이 냅킨 위에 나란히 적힌 짤막한 문장을 입안에서 가만히 굴려 보았다.

멋졌어요.

반짝반짝해요.

"……."

이토록 예쁜 말이었을까. 선우는 그 자그마하고 동글동글한 글자들을 한참이나 바라보았다.

책이나 읽을까 싶어 막 커피를 끓인 참이었다.

[안녕하세요.]

조금 전 도착한 문자메시지를 확인한 미주는 휴대폰을 손에 쥔채 잠시 고민에 빠졌다. 아무리 머리를 굴려 보아도 기억에 없는 낯선 번호다. 의아한 마음에 고개를 갸웃거리며 휴대폰을 테이블에 내려놓는 순간, 또 한 번 진동이 울렸다. 두 번째 메시지였다.

깜박이는 착신 램프를 물끄러미 바라보던 미주가 조심스레 버튼을 눌렀다.

[남궁선우입니다.]

선우는 깊은 자괴감에 빠졌다. 고민 끝에 보낸 문자가 고작, 남궁선우입니다. 급히 종료버튼을 눌렀지만 문자는 이미 전송된 후였다. 하지만 그 외에 딱히 쓸 말도 없었다. 한숨을 내쉰 선우가 손에 쥔 휴대폰을 바라보았다. 울리지 않는다. 속으로 열을 세었다.

"……젠장."

휴대폰을 던지듯 내려놓은 뒤 욕실로 향했다. 역시, 벨은 울리지 않았다.

[남궁선우입니다.]

수신메시지 확인. 남궁선우입니다. 수신메시지 확인.

남궁선우입니다.

놀란 얼굴로 몇 번을 되풀이해 메시지를 확인한 미주의 입가에는 어느새 희미한 미소가 자리하고 있다. 뜻밖의 선물을 받은 기분. 놀랍기도 하고 당황스럽기도 하고, 한편으로는 쑥스러웠다. 손끝이 버튼 위에서 맴돌았다. 답신을 보내야 하는데.

한참을 망설이던 미주가 조심스러운 손길로 버튼을 꾹꾹 누르기 시작했다. 도중에 지우기도 여러 번, 하지만 결국 심사숙고 끝에 작성한 메시지는 싱겁기 짝이 없었다.

미주는 심호흡을 한 뒤 전송 버튼을 눌렀다.

선우가 욕실 문을 벌컥 열고 뛰쳐나왔다. 샤워를 하기 위해 막 옷을 벗어 던진 참이었다. 수건 하나 두를 새도 없이 알몸으로 휴대폰을 집어 들었다. 밤사이 땀으로 끈끈해진 단단한 몸이 형광등 아래에서 번들거렸다.

메시지가 도착했음을 알리는 아이콘이 둥실 떠 있다. 그제야 등줄기가 서늘해지는 기분이었다. 두렵기도, 설레기도 한 마음으로 화면을 터치했다.

수신메시지 확인.

[대리운전 090-882-8282]

메시지의 내용을 확인한 선우는 하마터면 휴대폰을 바닥에 내동댕이칠 뻔했다. 뭐야, 대체. 얼굴을 한껏 구긴 채 욕실로 돌아가려는데 다시 착신음이 울린다. 여지없이 달려와 휴대폰을 낚아채듯 집어 들고 수신메시지, 확인.

그녀였다.

[안녕하세요. 어제 공연 잘 봤어요.]

깊게 심호흡을 한 선우가 이내 하얀 치아를 드러내며 아이처럼 환히 웃었다.

[뭐 하고 계셨어요? 저는 지금 막 일어난 참이에요. 늦잠.]

[커피 끓이고 있었어요. 공연 때문에 피곤했을 텐데 푹 쉬었어요?]

[네. 너무 자서 탈이죠. 벌써 한낮이에요.]

[마지막 공연이라 아쉬웠겠어요.]

[아쉽긴 했지만, 공연하는 동안 기분 좋았어요.]

[저도 공연 보는 동안 기분 좋았어요.]

기분 좋았어요. 전송버튼을 누르려던 미주의 손이 잠시 망설인다. 사실 하고 싶은 말은 따로 있었다. 고민 끝에 막 메시지를 작성하려는 찰나, 휴대폰이 울렸다.

[오늘 바쁘세요?]

도착한 메시지를 확인한 미주의 두 볼이 복숭앗빛으로 수줍게 물들었다. 토옥, 톡. 상냥한 노크다. 조심스레 제 심장을 노크하는 선우가, 미주는 결코 싫지 않았다. 아니, 오히려 설레기까지 했다. 떨리는 마음으로 메시지를 보냈다.

[우리 만날래요?]

미주는 스스로의 용기에 깜짝 놀라고 말았다.

오랜만에 신은 힐이 어색했다. 미주는 걷다 말고 까치발을 선 자신의 다리를 자꾸만 돌아보았다. 종아리를 드러낸 원피스는 잘 어울리는 걸까. 쇼윈도에 비춰 보았다. 푸른빛이 감도는 민소매 원피스는 지원과 들른 백화점에서 충동적으로 구매한 뒤 처음 입는 것이었다.

문득 발을 내려다보자 분홍빛 페디큐어가 보였다. 발톱 끝부분이 벗겨진 것을 이제야 발견했다. 역시 지우고 나올 걸 그랬다. 살짝 미간을 찌푸리고 있는데, 누군가가 미주의 어깨에 손을 얹었다. 선우였다.

"뭐 하고 있어요?"

옷매무새를 가다듬으며 쇼윈도를 기웃거리는 미주를 아까부터 지켜보고 있던 참이었다. 약속 장소에 도착하자마자 미주를 한눈에 알아본 선우였지만 그 모습이 귀엽기도 하고 예쁘기도 하여, 부러 먼발치에서 한참을 지켜보았다. 그사이 미주는 풀었던 머리를 손으로 그러모아 두 번 묶었고 숄더백을 세 번 고쳐 멨다.

"많이 기다렸죠?"

거기까지 말하다가 아차 싶었다. 미주는 대강의 뜻을 이해했다는 듯 고개를 끄덕이며 자신의 입술을 가리켜 보였다. 아아, 입술. 선우는 빙글 웃었다.

"밥, 먹으러 갈까요?"

손으로 먹는 시늉을 하며 또박또박 끊어 말하자 이번에는 미주가 빙글 웃었다.

기세 좋게 미주를 이끌고 나서긴 했지만 무엇을 먹으러 가야 할지 난감했다. 선우가 으레 들러 끼니를 해결하던 단골집들은 맛 좋고 인심 후하지만 청결하다는 인상을 풍기는 멋스러운 음식점과는 거리가 멀었다.

로망스 오디션에 붙었을 무렵, 크게 한턱내라며 묘한 콧소리로 자신을 달달 볶아 댄 대학 선배를 단골 식당에 데려간 일이 한 번 있었다. 뭐든 가리지 않고 잘 먹는다던 선배는 비싼 스커트에 행여나 뭐라도 묻을세라 몸을 사리더니, 끝내 뽀얀 쌀밥 반 공기를 채 비우지 못하고 젓가락을 내려놓았다.

선우는 힐끔 미주의 차림새를 훑어보았다. 비싸 보이는 원피스다. 이번에는 시선을 얼굴로 옮겼다. 화려하지 않은 단정한 화장, 눈매, 콧날, 입술. 청결한 인상이다.

마침 길가에 고급 레스토랑이 보였다. 스테이크 한 접시에 오만 원이나 한다는 곳. 방송에도 여러 번 나왔다. 선우는 재빨리 지갑

속에 얼마가 들어 있는지 가늠해 보았다. 어제 은행에서 생활비를 찾았고 회식 뒤엔 택시를 탔으니까, 십사만 이천 원. 마음먹으면 근사한 식사를 못 할 것도 없지만, 아직 다음 공연이 결정되지도 않은 상태에서 그만한 지출은 곤란했다.

그때, 미주가 선우의 티셔츠를 잡아당겼다.

－떡볶이 좋아해요?

수화를 알아듣지 못한 선우가 눈만 크게 끔벅거리자, 미주가 손가락으로 길가의 분식집을 가리켜 보였다.

－나, 떡볶이 굉장히 좋아해요.

분식집에 가자는 소리인가? 선우는 일단 고개를 끄덕였다.

미주가 이끄는 대로 아담한 분식집 안에 들어서자 교복을 입고 옹기종기 모여 앉은 여학생 무리가 보였다. 학생들의 시선이 성인에 비해 훨씬 노골적이라는 것을 그간의 경험으로 잘 알고 있는 선우가 괜스레 얼굴을 매만지며 가장 구석진 테이블에 자리를 잡았다.

"봤어? 지금 들어온 남자, 봤어?"

"진짜 잘생겼어! 짱이다!"

조심성 없이 수군거리는 목소리가 등 뒤로 날아들었다. 선우는 처음으로, 미주가 듣지 못하는 것이 다행이라 생각했다.

"뭐 먹을래요?"

입을 크게 벙긋대며 묻자 미주가 새침하게 웃으며 테이블에 놓인 메뉴판을 집어 들었다. 손바닥만 한 메뉴판은 셀프주문서를 겸

하고 있다. 선우는 이곳으로 자신을 데려온 것이 미주의 배려라는 것을 깨달았다.

"라면."

－그리고?

"떡볶이, 김밥. 아아, 튀김도 먹어야지."

선우는 장난스러운 미소를 잔뜩 내걸고 메뉴 옆에 부지런히 체크 표시를 그려 넣었다.

"수제비?"

－너무 많아요, 어떻게 다 먹으려고?

"가만, 너무 많은가? 먹을 수 있겠어요?"

피식 웃고 만 미주가 고개를 절레절레 저었다.

"난 먹을 수 있어요. 이모, 여기 주문요!"

떡볶이며 김밥이 테이블 가득히 먹음직스럽게 차려졌다. 선우는 미주의 얼굴을 물끄러미 바라보았다. 떡볶이를 호호 불어 가며 입을 오물거리는 모습이 귀엽다고 생각했다. 괜스레 헛기침을 두어 번 했다. 미주의 시선이 선우를 향한다. 재빨리 고개를 돌린 선우가 김밥 두 개를 입안에 쑤셔 넣었다. 목이 메었다.

주문한 음식을 모조리 먹어 치웠다. 필담도 수화도 여의치 않으니 대화를 나눌 수 없었다. 꾸역꾸역 음식만 먹어 댔다. 이 자리가 혹여 불편한 건 아닐까. 미주는 괜히 선우를 불러내 난처하게 만들었다 싶었다. 조심스럽게 젓가락을 내려놓고 있는데, 벽에 무어라 낙서 중인 선우가 보였다.

-떡볶이 맛있어요. 배부르다.

다 적고 나서는 미주를 돌아보며 멋쩍게 웃는다. 미주는 숨을 삼켰다. 세월의 흔적이 고스란히 묻어나는 오래된 벽에 새겨진 낙서들 위로 선우의 글씨가 선명하게 도드라져 보였다. 떡볶이 맛있어요. 배부르다.

-김밥도 엄청 맛있어요. 배부르다.

펜을 집어 든 미주가 나란히 적어 내린 문구에 선우가 웃었다.

분식집을 나선 두 사람은 인사동 거리를 거닐었다. 좌판에 늘어놓은 아기자기한 소품도 구경하고, 유명하다는 노점에서 30분이나 줄을 선 끝에 달콤한 호떡도 맛보았다. 아담한 잡화점에서는 한참을 구경한 끝에 두꺼운 노트를 구입했다. 그렇게 길을 나란히 걷던 두 사람이 마지막으로 들어선 곳은 고즈넉한 분위기가 풍기는 전통찻집이었다.

-여기 좋죠?

녹차를 두 잔 주문한 뒤, 조금 전에 구입한 노트를 펼쳐 필담을 나누기 시작했다.

미주의 질문에 선우가 펜을 들어 답했다.

-네. 이런 곳은 처음 왔어요.

-가끔 혼자 와서 책 읽어요. 조용하고 좋아요. 시끄러운 곳에 가도 어차피 들리지 않으니까 상관없지만, 여기는 분위기도 조용하니까. 조용한 통쾌예요.

미주는 시간을 들여 제법 긴 말을 노트에 적었다. 선우는 마지막 문장을 곱씹었다.

조용한 풍경.

찻집 안을 둘러보았다. 투박한 테이블이며 의자, 아무렇게나 걸려 있는 마른 들꽃이 아까와는 다르게 보였다. 선우는 어쩐지 미주의 말뜻을 알 것도 같았다.

제법 후미진 골목에 간판조차 없이 자리한 이 찻집은 미주가 대학시절부터 드나들던 단골집이라 했다. 범상치 않은 용모의 사장이 직접 차와 양갱을 내왔다.

선우가 사장의 말을 전했다.

ㅡ양갱은 서비스래요.

ㅡ이거 진짜 맛있어요. 가끔 주시는데, 사장님이 직접 만드는 거래요.

선우는 멍한 얼굴로 고개를 끄덕였다.

ㅡ지금 촌스럽다고 생각했죠?

ㅡ뭐가요?

ㅡ이런 가게나 양갱.

제법 격하게 도리질을 치자 미주가 가볍게 웃었다.

ㅡ난 약간 촌스러운 게 좋아요. 낡고 오래된 것도 좋고. 아까 그 분식집도 고등학교 다닐 때 자주 갔던 곳.

ㅡ그럼 벽에 낙서도 있었겠네요?

ㅡ시험 끝, 내일부터 방학. 우리 우정 영원히. 이런 낙서요.

ㅡ남자친구 이름은 안 썼어요?

ㅡ난 공부만 했는데.

88

미주의 입가에 짓궂은 미소가 걸렸다.

−선우 씬 연애만 했어요?

−아뇨. 저도 공부만 했어요.

−거짓말.

−맞아요, 거짓말.

선우는 멋쩍게 웃었다.

−죽어라 노래하고 춤췄어요. 집에서 몇 번을 쫓겨나고.

−불량청소년이었네.

−그래도 술 담배는 안 했어요.

−착한 불량청소년.

이번에는 마주 보고 웃는다.

선우와 미주는 녹차를 홀짝이며, 또 양갱을 작게 잘라 먹으며 아무래도 좋을 시시콜콜한 잡담을 나누었다. 공연 중에 있었던 사소한 해프닝, 유난히 무더운 올여름의 이상 기온, 오늘 보았던 인사동의 정감 어린 풍경들. 노트 위에 새겨진 사소한 모든 이야기가 더없이 소중한 추억으로 변한다. 필담은 참으로 놀라운 힘을 갖고 있었다.

참으로 순수하다. 아이처럼 해맑다. 선우를 보면 그런 느낌을 받는다. 미주는 창밖을 내다보는 선우의 옆모습을 물끄러미 응시하다가 노트를 끌어당겼다.

−선우 씨.

펜으로 조심스레 불러보았다. 당연히 돌아볼 리 없다. 천천히 고개를 들었다.

"나, 불렀어요?"

미주는 깜짝 놀랐다. 자신을 바라보는 선우가 있다. 두근두근, 심장이 반응한다.

아아. 미주는 차라리 울고 싶었다.

-애기할 게 있어요.

-네.

-저, 지금 사귀는 사람이.

한 글자 한 글자, 힘주어 적어 내려가는 미주의 펜 끝을 물끄러미 바라보았다. 기분이 점차 가라앉는다. 문장이 완성되기 전, 선우는 하얀 손에 들린 펜을 빼앗았다. 놀란 눈의 미주가 황망히 고개를 들었다. 눈이 마주친 선우는 그저 배시시 웃어 보였다.

펜을 든 채로 잠시 망설였다.

-혹시 불편하시면 연락하지 않을게요.

미주에게 펜을 건네 보았지만 받지 않는다. 초조한 마음으로 노트 위를 톡톡 두들기던 선우가 페이지를 넘겼다. 새하얀 여백.

-친구도 곤란할까요?

미주는 복잡한 표정으로 노트 위 글자를 응시했다. 맞아, 곤란해. 널 보면 자꾸 심장이 뛰어. 그래서야 친구가 될 수 없잖아. 하지만.

……이대로 끝이라면.

미주는 웃으며 고개를 저었다. 선우의 표정이 그제야 환해진다.

"아, 다행이다."

그는 아이처럼 웃었다. 그럼 우리 이제 친구 해요.

삐뚤삐뚤, 투박한 글씨로 내게 손을 내미는 그 모습이 너무나 사랑스러워 힘껏 끌어안고 싶었다.

지하철에서 손을 잡았다. 잡을까 말까 망설이던 선우가 마침 도착한 환승역에서 미주의 손을 붙잡고 내렸다. 그 후로는 줄곧 손을 맞잡은 채 지하철을 탔다. 개찰구를 빠져나올 즈음에는 미주가 손을 놓았다. 둘은 나란히 미주의 아파트까지 걸었다. 대화는 한 마디도 나누지 않았다. 저녁 바람이 선선했다.

미주는 난감했다. 가슴속에 몽글몽글 맺히는 따스한 기분을 뭐라 표현하면 좋을지. 수채 물감처럼 점점이 번져 가는, 기분 좋은 설렘.

'친구도 곤란할까요?'

천진하게 웃던 선우의 얼굴을 떠올렸다. 곤란해. 미주는 속으로 중얼거린다.

'아, 다행이다.'

정말로, 곤란했다.

미주와 나란히 걷던 선우는 아파트 입구에서 이쪽을 물끄러미 바라보는 한 남자를 발견했다. 새까만 승용차에 비스듬하게 기대어 선 훤칠한 키의 남자. 말끔한 차림새의 잿빛 정장이 몸에 맞춘 듯 어울린다. 그의 시선은 정확하게 선우를 향하고 있었다. 시선에 반응한 선우가 발걸음을 멈췄다. 슬쩍 옆을 돌아보았다. 나란히 멈춰 선 미주는 영문을 모르겠다는 표정이었다.

부드러운 미소를 머금은 남자가 두 사람을 향해 천천히 다가왔다. 그제야 남자를 발견한 미주의 얼굴이 딱딱하게 굳었다.

남자는 선우에게 악수를 청했다.

"최주혁이라고 합니다."

쭈뼛쭈뼛 손을 내밀자 커다란 손이 제 손을 맞잡는다. 선우는 마른침을 삼켰다. 남자의 손은 무척이나 단단했다.

"……남궁선우입니다."

주혁은 눈앞의 훤칠한 청년을 꼼꼼히 뜯어보았다. 얇게 쌍꺼풀진 큼직한 눈에 매끈하게 뻗은 콧날, 적당히 두툼한 입술은 색이 붉다. 대단히 매력적인 외모다. 이목구비를 살피던 시선을 갈색으로 물들인 머리칼로 옮겼다. 저 화려한 외모에 무척이나 어울린다 싶었다. 나이는 스물 서넛 남짓 되어 보인다. 기분이 묘해진 주혁은 선우를 향하던 시선을 황망히 거두어들였다.

사고 이후 청력을 잃은 미주의 세계는 오랜 친구인 지원, 그리고 자신이 전부였다. 주혁은 언제나 미주의 세계를 열어 주고 싶었다. 굳게 닫힌, 그 소리 없는 세상이 좀 더 넓어지길 원했다. 주혁은 다시 선우에게로 시선을 던졌다. 그토록 바라던 일이었는데 다른 이와 나란히 서 있는 미주의 모습이 무척이나 낯설다. 어쩌면 나는, 미주에게 있어 오로지 자신만이 유일하길 바랐던 것일까.

어린애 같은 생각이군.

쓴웃음을 삼키며 선우를 바라보는 주혁의 시야로, 미주가 급히 끼어들었다.

-저기, 이 사람은 …….

"이 친구랑 약속이 있다고 말해 줬으면 좋잖아. 그럼 걱정하지 않았을 텐데."

-미안해.

"사과 받으려고 한 말 아니야. 항상 뭐가 그렇게 미안하기만 해."

부드러운 목소리와 능숙한 수화로 그렇게 말한다. 말해 주었더라면 걱정하지 않았을 텐데. 선우는 어쩐지 기가 죽었다. 따스한 눈길로 미주를 바라보던 주혁의 시선이 다시 선우를 향했다. 선우는 또 한 번, 마른침을 삼켰다.

"미주가 계속 연락이 되질 않아 걱정이 되어서요. 퇴근길에 들러 봤는데, 선우 씨가 바래다주신 모양이네요. 고맙습니다."

할 말이 없어 선우는 그저 고개만 꾸벅 숙였다. 그 시선 끝에 남자의 구두가 보였다. 깨끗하게 닦여 있는 값비싸 보이는 구두다. 고개를 들자, 이번에는 자신을 바라보는 미주와 시선이 부딪친다.

선우는 도리 없이 씩 웃어 보였다.

"전 이제 가 보겠습니다."

주혁과 나란히 선 채로 자신을 바라보며 배웅할 미주의 모습이 눈에 훤했다. 어쩐지 가슴께가 답답해져 와, 한 번도 뒤돌아보지 않은 채 아파트를 빠져나왔다.

"친구?"

주혁의 물음에, 커피를 내오던 미주가 고개를 끄덕였다.

-네. 지원이 소개요. 로맨스에 출연했던 배우예요.

"아아."

주혁은 작은 감탄사를 내뱉었다.

"이거 질투 나는데? 나만 따돌리고 둘이서 새 친구를 만든 거야?"

-아이 참, 무슨 소리 하는 거예요.

괜스레 얼굴이 달아오른 미주가 주혁에게 눈을 가볍게 흘긴다. 주혁은 그런 미주를 흐뭇한 얼굴로 바라보았다. 자그마한 연인이 너무나도 사랑스럽다.

"뭐 했어?"

다정한 그 목소리에 미주가 생긋 웃었다.

-떡볶이하고 김밥 먹었어요.

"그리고, 또?"

-산책했어요. 노점상에서 호떡도 사 먹고.

"호떡?"

-네, 호떡. 그거 엄청 유명한 호떡이라고 했는데. 입소문이 나서 먹으러 오는 사람이 많대요. 30분이나 줄 서서 기다렸어요.

활기찬 손짓으로 수화를 해 보이는 미주를 바라보며 주혁은 조금 전 만났던 청년을 떠올렸다. 남궁선우라고 했지. 참으로 선해 보이는 눈이었다. 그러고 보면 이렇게 들뜬 미주를 보는 것도 참 오랜만이었다. 새하얀 손으로 쉴 새 없이 조잘거리는 미주의 모습이 마치 풋사랑에 빠진 사춘기의 소녀 같다.

주혁은 불안감을 지우듯 미주의 손목을 끌어당겨 품에 안았다.

"너무 좋아한다. 질투 나려고 하잖아."

－응? 지금 무슨 얘기 했어요?

주혁의 품에서 떨어져 나온 미주가 손끝으로 묻는다. 주혁은 부드럽게 미소 지었다.

"나중에 그 친구하고 같이 식사하자. 대접하고 싶은데."

주혁의 말에 미주가 조심스레 고개를 끄덕였다.

☆

몸짓은 인간이 지닌 가장 솔직한 언어다. 솔직한 언어. 배우들이 으레 한 번쯤은 들어 보았던 말이었다. 하지만 이것은 어디까지나 노래함과 연기함에 있어 따라붙는 어떠한 동작들의 중요성을 의미하는 것이다. 몸짓을 통해 본능적으로 전달되는 감성들은 다양한 해석이 가능하고, 그 덕에 춤으로써 관객과 동화되는 열린 공연이 이루어진다. 이미 언어를 배제하고 배우들의 춤과 몸짓만으로 공연을 구성한 무언극(無言劇)이라는 실험적 장르를 통해 그 무한한 가능성이 입증되기도 했다.

가장 솔직한 언어.

춤 연습에 여념이 없던 선우는 문득 그런 생각을 해 보았다. 미주를 만난 뒤 새삼 깨달은 것이 있었다. 세상의 모든 것은 말(言)이었다.

그렇다면 대체, 말 대신 무엇으로 마음에 품은 수많은 생각들을 전달할 수 있을까.

"열심이네."

느닷없이 들려오는 목소리에 고개를 돌렸다. 계단으로 이어지는 낡은 출입문에 지원이 비스듬히 기대어 서 있다. 선우는 숨을 고르며 수건을 집어 들었다.

"여기는 어떻게 알고 오셨어요?"

"동호 씨가 여기 있을 거라고 해서. 이 연습실 엄청나네. 무지 더럽고 낡았어."

지원은 문이며 벽에 덕지덕지 붙은 흡음재를 손으로 쿡쿡 찌르며 안으로 들어섰다. 더럽다고 미간을 찌푸린 것치고는 거침없는 발걸음이었다.

"원래 드럼 연습실이었대요. 동호 형이랑 같이 싸게 임대해서 쓰고 있어요."

"자, 이거."

선우는 지원이 내민 비닐봉투를 받아 들었다. 콜라와 이온음료가 담겨 있었다.

"그런데 어쩐 일이세요?"

선우가 묻자, 지원이 대답 대신 광고지 한 장을 내밀었다. 종이컵에 음료를 채우며 무심히 받아 든다. 오디션 광고지였다.

"이창학 감독 신작 오디션이야. 사실 캐스팅은 다 끝났고 역할 하나가 비어서 치르는 거라던데. 관심 있니?"

"관심이야 없겠어요. 근데 이거 로맨스하고 겹치네."

"웃겨. 어차피 로맨스 오디션 볼 생각도 없잖아?"

"동호 형이 그래요?"

"그리고 이쪽이 너한테 더 도움 될 거야."

"알아요."

선우는 대강 대꾸하며 광고지를 반으로 접었다. 그 모습을 보며 지원은 가볍게 한숨을 내쉬었다.

"미주는 만났니?"

"네, 뭐."

선우는 끝을 얼버무렸다. 사각사각, 노트 위를 스치던 펜의 감촉이 손끝에 되살아나는 듯했다. 그 위로 떠오르는 것은 주혁의 얼굴. 고급스러운 승용차와 값비싸 보이는 구두도 떠올랐다. 상냥해 보였다. 틀림없이 자상한 애인일 것이다.

"되게 멋있던데요."

"누가?"

선우는 낡은 소파에 털썩 주저앉았다.

"애인요."

부드러운 목소리, 능숙한 수화. 펜 따위로는 죽어도 따라잡을 수 없다.

역시, 세상의 모든 것은 말이다.

"최주혁? 만났어?"

수건으로 얼굴을 벅벅 문지른 선우가 지원을 힐끔거렸다. 뭔가 할 말이 있는 눈치였다. 그것을 모를 리 없는 지원이 얼굴 가득, 만연한 미소를 띠었다.

"……얼마나 됐어요?"

"뭐가?"

다 아는 주제에 싱글대며 시치미를 뗀다. 선우는 미간을 찡그렸다. 하여간 언제 봐도 마음에 안 드는 여자다.

"그…… 있잖아요, 그 남자하고."

얼마나 사귀었느냐고요. 주저주저하며 뒷말은 삼켰지만, 역시나 애초부터 대강은 짐작한 눈치 빠른 지원이었다. 지원은 시원스레 입을 열었다.

"삼 년. 올해가 꼭 삼 년째야."

삼 년.

지원이 돌아간 후에도 선우는 한동안 소파에 드러누워 꼼짝하지 않았다. 삼 년. 결코 짧지 않은 시간이다. 젠장, 역시 뭐 하나 당해낼 수가 없다. 천장의 회벽을 물끄러미 응시하던 선우가 고개를 삐딱하게 돌렸다. 테이블에 내던진 광고지가 눈에 들어왔다.

'이창학 감독 신작 오디션이야.'

천천히 몸을 일으킨 선우가 테이블로 손을 뻗었다.

[오늘 저녁 약속 취소해야겠다. 정말 미안해, 미주야.]

미주는 휴대폰을 만지작거리다가 바닥에 내려놓았다. 최근의 주혁은 몹시 바쁘다. 팀장 발령이 난 이후로 회의도 출장도 잦아졌다. 줄어든 문자메시지에 공백을 느끼면서도 투정을 부릴 수 없는 자신이 싫다. 그보다도, 이토록 주혁에게 의존하고 있는 자신이 훨씬 더 싫었다.

주혁은 일주일에 두 번, 자신과 데이트 약속을 잡는다. 평일 한 번은 근사한 식사, 주말 한 번은 가벼운 식사 후 공연 관람. 의무적으로까지 느껴지는 일정한 패턴은 주혁이 회사 일로 약속을 취소하지 않는 이상 변함이 없다. 그렇게 약속을 취소할 때면 주혁은 몹시 죄스러워하며 사죄의 말을 건네기 바쁘다.

주혁은 약속이 취소되는 것보다도 일정한 시간을 미주와 함께 있어 주지 못한다는 사실에 더 신경을 쓰는 것 같았다. 그럴 때마다 미주는 작은 동물이 되는 기분이었다. 마치 귀여운 애완동물을 보살피듯 밥을 주고 물을 주고 놀아 주고.

늘 서로의 눈치만 살피느라 바쁜 연인. 대등하지 못한 관계.

이제 한계인 걸까.

가벼운 두통이 일었다. 미주는 얼음으로 차게 식힌 커피를 머그컵에 채워 거실로 돌아왔다. 두통도, 가라앉은 기분도 쉬이 가시질 않는다. 지원에게 문자메시지라도 보내 볼까 싶었다.

[바빠?]

한참 뒤에야 지원으로부터 답신이 왔다.

[그냥 그럭저럭. 작업해야 하는데 딱히 모티브가 안 떠오르네.]

[다음 공연?]

[응. 이창학 감독 신작. 한 곡 남았어.]

전화를 걸어 신나게 수다라도 떨면 후련할 것 같은데. 오가는 메시지는 차오른 답답함에 한숨만을 더한다. 미주는 어쩐지 침울해진 마음으로 버튼을 꾹꾹 눌렀다.

[열심히 해. 로망스 대박 났는데 이참에 제대로 뿌리내려야지.]

[안 그래도 이 악물었다. 뭐 해?]

[낮잠이나 잘까 하고.]

[나무늘보.]

몇 번 오가던 문자메시지도 끊겼다. 미주는 머그잔을 손에 든 채 베란다로 향했다. 창을 열자 한가득 쏟아지는 태양이 눈부시다. 소리 없는 고요한 여름은 한층 더 뜨거웠다.

거실로 돌아오자 휴대폰에 메시지가 들어와 있었다.

[뭐 하고 계세요?]

선우였다. 발신인을 확인한 미주의 입가에 금세 미소가 번진다.

[여름 경치 감상요. 오늘 굉장히 덥네요.]

[올해 유례없는 더위래요.]

미주는 메시지를 띄운 액정화면을 하염없이 바라보았다. 짤막한 언어가 이토록 사랑스럽다. 아무래도 좋을 단순한 문장이 마치 숨바꼭질 끝에 발견한 작은 보물 같았다.

따사로운 햇살처럼, 촉촉한 단비처럼, 그 마음을 살그머니 위로하는 어떠한 애정이 가슴 한구석에서 오롯이 샘솟는다. 어째서 자신은 이토록 외로운 것일까.

어째서, 이 애가 나의 외로움을 어루만지는 것일까.

[뭐 하고 있었어요? 연습?]

[네. 맹연습. 곧 오디션이거든요. 엄청 불안해요. 응원 좀 해 주세요.]

[잘하잖아요. 선우 씨라면 틀림없이 붙을 거예요.]

[옆구리 찔러 절 받으니까 되게 쑥스럽다. 근데 기분 좋아요. 고마워요.]

선우의 메시지에 미주가 되레 쑥스러워지고 말았다. 미주는 발가락을 꼼지락거리며 무릎을 세우고 앉았다. 발톱에 새로 칠한 분홍빛 페디큐어가 반짝였다.

[사실은 너무 심심했어요.]

[정말요?]

망설이던 미주가 천천히 메시지를 작성하기 시작했다.

[그래서 좀 우울해요. 다들 바쁘게 사는데 나 혼자 멈춰 선 기분. 바보 같죠?]

참으로 이상한 일이다. 누구에게도 털어놓지 못했던 속내가 술술 나왔다. 미주는 메시지를 전송한 뒤 발끝을 오므렸다. 선우의 메시지를 기다리는 동안 심장 고동을 세었다.

하나, 둘, 셋.

여덟.

스물 하나.

[지금 그쪽으로 가도 돼요?]

글은 말과는 달라서, 주고받는 데에 더 많은 시간이 필요하다. 쓸 말을 골라내고 문장을 다듬고. 그것은 때로는 불편하고 때로는 애틋하며, 한편으로는 무척이나 쓸쓸하다.

내가 보낸 메시지를 그 애가 읽는 시간, 생각하는 시간, 고민하며 답장을 써 내려가는 시간.

내가 그 애의 메시지를 기다리는 시간.

그날의 나는, 그 모든 시간이 너무나 사랑스럽게 느껴졌다.

[베란다로 나와 봐요.]

선우의 메시지가 도착한 것은 꼭 한 시간 만이었다. 발을 동동 구르며 휴대폰이 울리기만을 기다리던 미주는 메시지가 도착하기가 무섭게 자리를 박차고 일어났다.

베란다로 달려가 창 너머로 상체를 내밀자, 고개를 빠끔히 들고 연신 두리번거리는 선우가 보였다. 미주를 발견한 선우가 손을 크게 흔들어 보였다. 그런 선우를 향해, 미주 역시 질세라 손을 힘껏 흔든다. 환하게 웃던 선우가 바지 주머니를 뒤적거려 휴대폰을 꺼냈다. 미주는 황급히 거실로 달려가 휴대폰을 집어 들었다. 자그마한 화면 속에서 선우의 문자메시지가 지금 막 도착하는 참이었다.

[저 왔어요.]

메시지가 담긴 휴대폰을 한 손에 꼭 쥔 채 베란다로 돌아왔다.

기린처럼 쭉 목을 빼고 이곳을 넘어다보는 선우가 보인다.

[어서 오세요.]

메시지를 확인한 선우가 미주를 향해 휴대폰을 흔들었다.

[지금 밖 엄청 더워요.]

[올해 유례없는 더위래요.]

서로의 메시지를 확인하곤 마주 보고 웃는다.

[집 앞까지 왔는데 설마 이대로 내버려 둘 거예요?]

[그럼 어떻게 할까요?]

[나올래요?]

메시지를 전송한 뒤 미주를 올려다보았다. 휴대폰을 들여다보던 미주가 창문으로 고개를 쏙 내밀고 도리질을 친다. 선우는 두 손을 눈가로 모아 우는 시늉을 했다. 그런 선우의 반응이 재미있다는 듯 개구지게 웃던 미주가 다시 휴대폰을 만지작거렸다. 메시지를 보내려는 모양이었다.

선우는 손에 쥔 휴대폰으로 시선을 옮겼다. 뒤이어 미주의 메시지가 도착했다.

[선우 씨가 올라와요. 커피 대접할게요.]

눈을 동그랗게 뜬 선우가 미주를 올려다보았다. 그사이 집 안으로 들어갔는지, 미주의 베란다는 텅 비어 있었다.

"……나 참, 너무 무방비잖아."

잔뜩 붉어진 얼굴의 선우가 한숨처럼 중얼거렸다.

큰 보폭으로 성큼성큼, 3층까지 단숨에 뛰어올랐다. 고작 계단

몇 층에 숨이 턱까지 차올랐다. 숨이 찬 이유가 제멋대로 뜀박질 중인 심장 탓이라는 걸 깨달은 것은 현관문 앞에 다다랐을 때였다.

303호. 숨이 조금 더 가빠졌다.

초인종을 누르려다 멈칫한 선우가 주머니를 뒤적여 휴대폰을 꺼내 들었다. 막 메시지를 작성하려는데 현관문이 스르르 소리 없이 열린다. 문틈으로 얼굴을 내민 미주의 입가에는 복숭앗빛 수줍은 미소가 걸려 있다.

"어어? 어떻게 알았어요?"

－보고 있었어요.

미주가 현관문의 도어뷰를 가리켜 보였다. 자그마한 렌즈에 눈을 가져다 대고 계단을 오르는 자신의 모습을 지켜보았을 미주를, 선우는 어렵지 않게 상상할 수 있었다. 한껏 들뜬 기분에 피식 웃음을 터뜨렸다.

선우는 조심스레 운동화를 벗고 발을 디뎠다.

집 안은 고요했다. 세상의 모든 소리가 오로지 이곳에만은 존재하지 않는 듯, 무엇 하나 들려오지 않는 정갈한 침묵 속에서 선우는 홀린 듯 미주의 뒷모습을 바라보았다. 느릿한 슬로모션 영상처럼, 미주의 움직임 하나하나가 눈동자에 깊숙이 박혔다.

미주의 두 발이 바닥을 스칠 때마다 마른 발자국 소리가 났다. 째깍째깍, 시계 초침이 움직이는 소리가 났다. 바스락바스락, 나뭇가지가 실바람에 흔들리는 소리. 푸드덕, 새가 날아오르는 소리. 미주의 집은 어떤 소리도 존재하지 않는 곳이었고, 또한 모든 소리가 존재하는 곳이었다. 선우는 지금껏 자신의 세계에서 듣지 못했던 수많은 소리에 귀를 기울였다. 오래되었음 직한 낡은 냉장고에서는 이따금씩 우웅, 나지막한 소음이 흘러나왔다.

미주가 얼음을 가득 채운 머그컵을 내밀었다.

"아……."

선우는 대답 대신 고개를 끄덕이며 컵을 받아 들었다.

진한, 커피 향.

미주는 커피를 한 모금 삼키며 선우의 얼굴을 몰래 엿보았다. 개구진 눈매와 입술, 콧날, 턱선을 따라 올라가면 도톰한 귓바퀴가 보인다. 신선한 에너지로 충만한, 반짝반짝 빛나는 얼굴.

반짝반짝.

선우의 시선과 마주칠세라 황급히 고개를 떨구곤 커피를 또 한 모금 삼켜 냈다.

고개 숙인 미주의 속눈썹이 참으로 가지런하다. 선우는 미주의 얼굴을 조심스레 응시하며 머그컵을 만지작거렸다. 지나치게 화려하지 않은 단아한 외모. 딱 적당히 높고 적당히 큼직한 이목구비가 오밀조밀 자리 잡고 있다.

말을 걸어 볼까.

선우는 어쩐지 귓불이 달아오르는 것을 느끼며 차디찬 커피를 단숨에 삼켰다. 컵 속의 얼음이 달그락거리며 작은 소리를 냈다.

두 사람은 말없이 잔을 채운 커피를 모두 마셨다. 어쩐지 시간이 느릿하게 흐르는 것만 같은 기분이 들었다. 방 안을 메운 공기는 무척이나 따스하고, 햇살은 따사롭고.

지잉.

미주의 휴대폰이 울렸다. 소리에 먼저 반응한 선우가 무심결에 시선을 돌리자 액정화면에 낯익은 이름이 떠올라 있다. 주혁. 분명 그 남자의 이름이었지. 선우의 시선을 따라 고개를 돌린 미주도 그 이름을 발견하곤 작게 입술을 오므린다.

선우는 짐짓 웃어 보이며 휴대폰을 가리켰다.

"문자 왔어요."

빈 컵을 테이블 위에 내려놓았다. 마치 달콤한 낮잠에서 막 깨어난 것처럼, 순식간에 현실로 되돌아온 기분이 들었다. 한낮의 꿈은 신기루처럼 사라지고 만다.

"……저 이제 그만 가 볼게요."

선우는 멋쩍은 웃음을 흘리며 자리에서 비적비적 일어섰다.

"커피 잘 마셨어요."

- 천만에요.

허공에 조심스레 말을 수놓는 미주의 손가락. 선우는 숨을 죽였다. 말이 보이지 않아도 가슴이 설레었다.

- 나중에…… 또 놀러 올래요?

미주는 망설이다 그렇게 물었다. 자신의 손가락을 뚫어져라 바라보던 선우가 천천히 미소 짓는다. 선한 웃음. 어쩐지, 선우가 수화를 모른다는 사실이 무척이나 다행스러웠다.

수화란 참 편리하다. 제 속마음을 들키지 않고 말을 전할 수 있다.

-커피라면 얼마든지 대접할 수 있으니까, 놀러 와요.

소리 내어 말하지 않아도 가슴이 설레었다.

"……저기."

한참을 주저주저, 현관에서 머뭇거리던 선우가 입을 열었다.

"나중에 또 놀러 와도 돼요……?"

미주가 무어라 답할 새도 없이, 안녕히 계세요, 선우는 꾸벅 허리 숙여 인사한 뒤 황급히 현관을 빠져나갔다. 베란다로 나가자 전속력으로 힘껏 달려 아파트를 빠져나가는 선우의 뒷모습이 보였다. 미주는 창문을 활짝 열었다. 심호흡을 하자 미지근한 공기가 단숨에 폐를 가득 채운다.

후우.

귀가 들리지 않아도, 이토록 가슴이 설렐 수 있었다.

☆

[진짜예요. 무지 떨려요.]

[거짓말.]

[속고만 살았나. 나 응원 한번만 해 주면 안 돼요?]

[화이팅.]

[에이 치사하다, 치사해. 지금 엄청 얄미운 거 알아요?]

[힘내요. 분명히 붙을 거예요. 아자아자!]

[당연하죠!]

대기실에서 휴대폰을 만지작거리던 선우의 입가에 미소가 떠올랐다. 오늘 아침 미주와 주고받은 문자메시지였다. 오디션 순서를 기다리는 내내 몇 번이고 메시지를 되풀이해 읽었다. 놀랍게도, 메시지를 읽을 때마다 가쁜 숨이 누그러들고 딱딱하게 움츠러들었던 온몸의 근육이 부드럽게 풀렸다.

"127번 남궁선우 씨, 준비하세요!"

스태프의 호명에 선우가 힘차게 고개를 끄덕이며 일어섰다.

문이 열렸다.

무대와, 객석의 한구석을 채운 사람들. 머리가 희끗희끗한 중년의 사내가 보였다. 안경 아래 매섭게 빛나는 날카로운 눈매. 선우는 마른침을 삼켰다.

이창학 감독.

"127번 남궁선우입니다."

"시작하세요."

자세를 잡고 심호흡을 한다. 머리 위로 환한 조명이 쏟아졌다.

"웬일이래. 휴대폰을 다 손에 들고 있고."

아이스티를 스트로로 휘휘 젓던 지원이 입꼬리를 들어 올리며 피식거렸다. 몇 분 사이 벌써 열 번은 족히 들여다보았을 것이다. 지원의 핀잔에도 미주는 샐쭉하게 눈을 흘길 뿐, 휴대폰을 손에서 내려놓을 생각은 없어 보인다.

"……흐응, 오늘 오디션이 두 시부터였지 아마."

미주가 입술을 모았다.

"지금이 다섯 시니까…… 얼추 끝날 때 되었겠고."

고집스럽게 입을 다문 미주의 얼굴을 흘낏 바라본 지원이 쿡쿡 대며 웃었다.

"오매불망 연락 기다리는 중인 거야?"

- 그런 거 아니야!

정색하며 고개를 내두르는 미주의 반응이 무척이나 재미있다. 지원은 여전히 웃음기를 거두지 못한 채, 미주에게 손짓을 해 보였다.

- 좋아해?

평소, 지원이 가장 좋아하는 수화였다.

- 좋, 아, 해?

눈앞에서 살랑대는 지원의 손끝이 얄밉기 그지없다. 미주는 짜악, 두 손바닥을 세게 부딪쳐 보이고는 허공에 큼직하게 가새표를 그렸다.

- 그런 거 아니래도!

"정색하긴."

지원은 코를 찡긋거리며 스트로를 입에 물곤 아이스티를 힘껏 빨아들였다.

"거짓말하면 벌 받는다, 너."

- 남이사.

"이런 못된 모습을 최주혁이 봐야 하는데."

주혁이 화제에 오르자 순간 미주의 낯빛이 어두워졌다. 눈썰미 좋은 지원은 그런 미주의 표정을 놓치지 않았다.

"요즘 잘 안 돼?"

－아니, 바빠서 만날 시간이 별로 없어.

"아, 바쁘다고? 일이?"

－응.

사실 꼭 데이트가 아니더라도 만나려고만 하면 만날 수 있었다. 주혁은 바쁜 틈을 쪼개서 어떻게든 미주에게 시간을 할애하려고 했고, 그런 경우 대개는 주혁이 미주의 집으로 찾아오기 때문에 특별히 문제될 것은 없었다. 다만, 집으로 찾아오겠다는 주혁을 미주가 번번이 거절했다. 야근 후 고된 몸으로 자신의 집까지 들르는 수고를 끼칠 수 없다는 생각에서였다.

몇 번인가, 집에 들른 주혁을 위해 간단한 야식을 준비했던 적이 있다. 주방에서 음식들을 손질한 미주가 거실로 돌아와 보니 주혁은 매우 지친 얼굴로 소파에서 곤히 잠들어 있었다. 그 모습이 안쓰럽기도 하고 미안하기도 하고, 아주 조금은,

섭섭하기도 하고.

무어라 표현하기 힘든 난감한 기분이었다.

톡, 톡. 테이블 위를 손톱으로 두드리던 미주가 한참을 망설인 끝에, 조심스럽게 손을 움직이기 시작했다.

－나 이기적인 것 같아.

미주의 뜬금없는 말에 지원이 고개를 갸웃거린다.

"무슨 소리야?"

-있지…… 주혁 오빠가 집에 왔었거든?

테이블 위에 필담을 위한 노트가 펼쳐져 있었지만 글로 다듬기엔 벅찼다. 세상에는 순식간에 쏟아 내지 않으면 안 되는 그런 말들도 있는 법이니까.

미주의 손놀림이 점점 빨라졌다.

-저녁도 샌드위치로 건너뛰었다고 그래서, 나, 배가 고프지 않을까 싶어서 음식을 만들었는데, 글쎄 오빠가 소파에서 그대로 잠이 들어서 말이야…….

"잠깐만, 잠깐만."

미주의 수화를 지원이 제지했다.

-너무 빨라서 못 알아듣겠어. 천천히 말해 봐.

지원이 건네 오는 수화에 바짝 기가 죽은 미주는 말을 멈추었다.

이럴 때마다 스스로가 부담스럽기 짝이 없다. 남들처럼 평범하게 대화를 나눌 수 있다면 자신과 주혁도 조금은 다르지 않았을까, 그런 생각을 종종 하기도 했다. 미주는 가볍게 한숨을 내쉬었다.

그런 미주를 보자, 지원은 괜스레 미안한 마음이 피어올랐다.

"……짬짬이 공부를 하는데도 좀처럼 늘지를 않네."

지원의 멋쩍은 중얼거림에 고개를 저은 미주가 슬쩍 웃어 보인다.

어쩐지 어색해져 버린 공기에 슬그머니 노트를 끌어당기는 참이었다. 테이블 위에 올려 둔 미주의 휴대폰이 요란한 진동소리를 내며 메시지가 도착했음을 알린다. 짓궂은 표정으로 손을 뻗는 지원을 제지해 가며 잽싸게 휴대폰을 낚아챈 미주가 액정화면을 확인했다.

수신메시지 1건.

남궁선우.

[합격! 음화화하. 얼른 박수 쳐 주세요.]

한 번도 듣지 못했던 선우의 웃음소리가 귓가에 울리는 것 같다. 메시지를 확인한 미주의 얼굴에 웃음꽃이 한가득 번져 나갔다.

-합격.

지원을 향해 자랑스레 소식을 전하곤 다시 또 함박웃음이다. 어쩜 저리도 환히 웃을까. 못 말리겠다는 듯 고개를 내저은 지원은 입가에 엷은 미소를 매단 채, 미주의 눈앞에서 휘이휘이 손사래를 쳤다.

"어이, 송미주 씨."

그제야 휴대폰에서 시선을 거둔 미주가 지원을 바라보았다.

-왜?

눈을 동그랗게 뜬 미주의 얼굴에는 여전히 웃음기가 배어 난다. 그 바람에 덩달아 웃던 지원이 아아, 탄성을 내지르며 상기된 얼굴로 입을 열었다.

"저녁에 축하파티 할까?"

꽃 같은 웃음을 한껏 머금은 미주가, 이번에는 지체 없이 고개를 끄덕여 보였다.

술자리는 이른 저녁부터 시작되었다. 단골집에 일찌감치 자리를 잡고 앉아 선우가 도착하기만을 기다리는 중이었다.

꽃집이라는, 조금은 독특한 간판을 달고 있는 이 가게는 바를 겸하고 있는 자그마한 술집으로 대학시절부터 미주와 지원이 즐겨 찾는 곳이다. 깔끔한 안줏거리와 억지로 꾸미지 않은 듯 아기자기한 인테리어도 마음에 들었고 소란스럽지 않은 정적인 분위기도 좋았다. 무엇보다도, 세월에 변하지 않는 그 한결같음이 좋았다. 세상을 살아 보니 변치 않는 것은 의외로 많지 않았다. 청력을 잃은 뒤로 미주가 가장 절감했던 부분이었다.

"어이, 오디션 합격생!"

입구에서 서성이는 선우를 발견한 지원이 손을 번쩍 들며 환호했다. 지원의 협박성 짙은 전화에 부리나케 달려온 선우가 입구에서 가쁜 숨을 몰아쉬며 입을 비죽거린다.

"가게 이름 하나 덜렁 알려 주고 찾아오라는 사람이 세상에 어디 있어요?"

"홍대라고 말했잖아."

"아니, 홍대가 누구 집 앞마당인가?"

"뭐 됐고. 일단 앉아. 여기 생맥주 한 잔 추가요!"

선우가 호기롭게 외치는 지원을 어이없는 눈길로 바라보았다. 눈썹을 꿈틀대다가, 또 작게 한숨을 내쉬다가. 그런 선우를 바라보던 미주가 쿡쿡대고 웃는다. 배우란 원래 저런가 싶었다. 수십 가지 표정이 생생하기 그지없다.

"건배!"

왕성한 식욕을 자랑하는 선우 덕에 주문해 둔 안주는 금세 바닥이 났다. 크게 한턱 쏘겠다며 으스대던 지원이 점원에게 메뉴판을 부탁하는 사이, 선우는 천천히 주변을 둘러보았다. 테이블로 막 완성된 요리를 나르는 넉넉한 풍채의 주인아저씨, 창가에서 팔랑팔랑 돌아가는 바람개비, 입구에 놓인 깔개 위에 곤히 잠들어있는 골든레트리버 한 마리.

보일 듯 말 듯 작게 미소 짓는 미주.

마치 소리 없이 움직이는 영화 속의 투명한 영상처럼, 느긋한 술집의 풍경이 선우의 가슴에 하나둘 새겨졌다.

"안주 뭐 시킬래?"

지원의 목소리에 흠칫 놀란 선우가 숨을 삼킨다. 순식간에 모든 소리가 되살아났다.

－이거하고 이거, 맛있어요.

테이블 위를 톡톡 두드려 선우를 부른 미주가 손가락으로 메뉴판 속 사진을 서너 가지 골라냈다. 선우는 미주의 손끝을 홀린 듯 바라보았다.

－해산물 좋아해요? 여기 해산물 볶음 엄청 맛있어요.

춤추는 손가락.

"그거 추천 메뉴예요?"

114

-응, 추천.

고개를 끄덕이는 미주를 향해 환히 웃었다.

맥주를 다시 주문하고, 또 잔을 비워 내고. 몇 차례의 건배가 오가고 나니 슬슬 취기가 오른 선우가 부쩍 말이 많아졌다. 술이 딱히 약한 편도 아닌데. 유난히 빨리 취기가 오른다 싶어 정신이 알딸딸하다. 오디션을 치르고 들뜬 탓인가. 아니면…….

허공에서 이리저리 배회하는 선우의 시선을 재미있다는 듯 좇던 지원이 쿡쿡, 웃음을 터뜨렸다.

"관심 없어 뵈더니. 용케 오디션 보러 갈 맘 생겼네?"

"아침부터 전화까지 해 놓고선 왜 딴소리예요? 오디션 보러 안 가면 집까지 쫓아올 기세였으면서."

"어머, 내가 전화 안 했어도 보러 갈 거였잖아?"

깔깔대는 지원의 말에 슬그머니 기가 죽은 선우가 맥주를 벌컥벌컥 들이켰다.

"잘해 봐. 모처럼 잡은 좋은 기횐데."

"말 안 해도 그럴 생각인데요."

"이거 가만 보면 은근히 싸가지가 없단 말이야."

"그래야 잘 먹고 잘 산다면서요."

"어쭈, 대든다?"

미주는 맥주를 홀짝이며 지원과 선우를 바라보았다. 저 두 사람, 어느 틈에 저리 친해진 걸까. 하긴 감독에 배우였는데 친하지 않은 쪽이 이상하겠지. 괜스레 쓸쓸했다.

"와, 술고래다. 술고래."

잔에 남은 맥주를 말끔히 마시고 있는데, 선우가 미주 앞에 얼굴을 불쑥 들이민다. 선우는 눈을 동그랗게 뜬 미주를 향해 다시 한 번 또박또박 끊어 말했다.

"술, 고, 래."

그 말에 미주가 입술을 비죽 내밀었다.

ㅡ 남이사.

진작부터 취기가 올라있는 미주였다.

"아, 취한다. 오늘 취하는 것 같아요. 아까 오디션 때문에 너무 긴장했어요."

선우 역시 벌겋게 달아오른 얼굴로 길게 한숨을 내쉬었다. 술기운 때문일까. 입술을 살짝 오므렸다. 제 마음이 자꾸만 모나게 뾰족해지는 이유를 알 길이 없었다.

"난 잠깐 실례……."

벌써 네 번째의 맥주잔을 깨끗이 비운 지원이 비틀대며 화장실로 향했다. 손까지 살랑살랑 흔들며 여유를 부려 대는 그 뒷모습을, 마주 앉은 두 사람이 물끄러미 바라보았다. 서툰 수화 실력을 내세우며 간간이 통역을 자처하던 지원이 사라지고 나니 미주는 꼭 벙어리가 된 심정이었다. 핸드백 속의 수첩을 만지작거렸다. 굳이 즐거운 술자리에서까지 친구들에게 필담을 나누는 번거로움을 주고 싶진 않았다.

머뭇머뭇 거두어들인 미주의 시선이 선우를 향한다. 이마에서 헝클어진 갈색 머리카락, 속눈썹, 콧날.

입술.

미주가 톡 톡, 손바닥으로 테이블을 가볍게 두드렸다.

─둘이서 무슨 얘기를 그렇게 신나게 해요?

듣든 말든 맘대로 하라지. 술기운을 빌린 김에 흥, 코웃음을 쳤다.

─말 많은 남자, 여자한테 엄청 인기 없는 거 알아요?

선우의 눈동자가 미주의 손놀림을 좇는다. 허공에 말을 수놓는 부드러운 손놀림이 마치 무용수의 우아한 춤사위 같다.

저 예쁜 손은 어떤 말을 전하고 있는 걸까.

─나만 쏙 빼고. 그렇게 둘이서만 신나게 떠들면 재밌……

"있죠, 오늘 본 오디션 한 감독님이 알려 준 거예요."

자 자, 들어 봐요. 선우가 손을 내저으며 미주의 말 사이로 끼어들었다.

"나 이창학 감독님 엄청 좋아하거든요."

당신의 그 손은, 내게 어떤 말을 전하는 것일까.

"이번에 붙은 오디션, 이창학 감독님 작품이에요. 그래서 기분이 엄청나게 좋아요."

정말 정말 좋아요. 미주는 선우의 입술을 뚫어져라 바라보았다. 좋아요. 정말로 좋아요. 입술에서 흘러나오는 말들이 사랑스럽다.

좋아요. 정말로 좋아요.

심장이 쓸데없이 반응하는 바람에 작게 심호흡을 했다.

-나도 기분 좋아요.

"이거, 무슨 뜻이에요?"

선우가 미주의 수화를 서툴게 흉내 냈다. 선우의 손짓을 눈으로 쫓던 미주가 작게 미소 짓는다.

-기분.

미주가 오른손을 펴서 가슴에 얹은 뒤 작게 원을 그렸다. 선우가 곧바로 미주를 흉내 내어 손을 가슴에 얹었다.

뒤이어 주먹 쥔 손을 콧등에 댄다.

-좋다.

가슴을 어루만진 미주의 손이 허공에서 우아한 포물선을 그렸다.

-기분 좋다.

선우는 미주와 시선을 마주한 채로, 막 배운 수화를 따라 해 보았다.

-기분 좋다.

-기분 좋다.

"뭐가 그렇게 기분이 좋은데?"

등 뒤에서 누군가가 어깨에 손을 올리는 바람에 미주가 깜짝 놀라 손을 거두어들였다. 어느새 자리로 돌아온 지원이 미주의 어깨를 툭툭 치며 싱글대고 있다.

"와아, 재수 없는 한 감독님 오셨네."

"완전히 주정뱅이잖아, 이거."

지원이 고개를 절레절레 저으며 선우의 옆구리를 찔렀다. 그러거나 말거나, 선우는 전혀 개의치 않고 미주를 향해 몸을 쭉 내민다.

"오늘 기분 좋아요?"

몇 차례 눈만 깜박이던 미주가 조심스레 고개를 끄덕이며 해맑게 웃었다.

ㅡ기분 좋아요.

미주의 수화에 선우가 반색한다.

"아, 이거! 기분 좋다는 뜻이에요?"

ㅡ맞아요. 기분, 좋다.

"기분이…… 좋다."

선우는 신기한 듯 자신의 손을 바라보았다. 기분 좋다. 그 간단한 손짓 하나로 미주에게 한걸음 다가선 기분이었다. 얼굴까지 붉힌 두 사람을 물끄러미 바라보던 지원은 픗, 웃음을 터뜨렸다.

"애개…… 뭐 하나 했더니, 별꼴이야."

주혁이 꽃집에 들어선 것은 세 번째 안주를 주문했을 때였다. 출입문에 달린 풍경이 딸랑, 맑게 우는 소리에 가장 먼저 반응한 사람은 지원이었다. 지원의 시선을 따라 미주의 시선이 움직였고, 뒤이어 선우의 시선이 그리로 향했다.

지원이 힘차게 손을 흔들었다.

"여기예요!"

최주혁. 훤칠한 키의 남자는 모여 있는 일행을 향해 근사하게 웃었다.

"제가 좀 늦었죠."

"늦긴 뭘요, 이제 막 시작한 참인데."

이제 막 시작한 참이라고? 능청스럽게 대꾸하는 지원의 말에 할 말을 잃은 선우는 테이블 위에 즐비한 빈 접시를 황망히 바라보았다.

"재미있게 놀고 있었어?"

－어떻게 된 거예요?

놀라는 기색의 미주를 보아하니 주혁을 부른 사람은 지원인 듯했다. 얄밉기는. 선우는 만지작거리던 포크를 집어 들어 접시 위에 흐트러진 양상추 조각을 쿡쿡 찔렀다.

"나만 따돌리고 재미있게 놀지 말라고 저어기 계신 한지원 감독님께 청탁 좀 했지."

주혁의 말에 지원이 키들거렸다.

"서둘러서 온다고는 했는데, 길이 좀 막혀서 늦었어."

듣기 좋은 저음의 보이스. 능숙한 수화. 자연스럽게 미주의 옆자리를 차지하고 앉은 주혁은 넥타이를 느슨하게 풀었다. 그 손놀림마저 멋있다. 주혁을 힐끔 훔쳐보던 선우는 땅콩접시를 끌어당겼다. 껍질을 벗기자 바스락거리는 건조한 소리가 났다. 그 소리에 귀를 기울여 보았다. 바스락바스락.

－많이 마신 모양이네. 괜찮아?

－응, 괜찮아요.

두 사람이 주고받는 손짓이 눈에 박힌다.

-차를 가져올 걸 그랬나 보다.

-그럼 술 못 마시잖아요. 청탁한 보람 없게.

무슨 이야기를 나누고 있을까.

맥주를 연거푸 석 잔이나 비웠다. 선우가 말없이 맥주잔을 비워내는 사이, 넉살 좋은 지원은 주혁에게 접시며 포크 따위를 챙겨주었다.

"맥주 드실래요?"

"네, 좋죠."

"저도 맥주."

재빨리 남은 맥주를 모조리 마신 선우가 빈 잔을 눈앞에서 흔들었다.

주혁이 가세한 덕에 의사소통만큼은 완벽해졌다. 주혁은 지원과는 달리 완벽한 수화를 구사했고, 대화의 흐름을 끊지 않으며 말을 전달하는 데에도 탁월한 센스를 지니고 있었다. 미주의 손짓이 주혁에 의해 소리가 되고 말이 되어 흘러나왔다.

비밀스러운 언어.

그 은밀한 손짓이 낱낱이 파헤쳐지는 느낌에 어쩐지 기분이 묘했다. 아니, 불쾌했던 것 같다. 선우는 주혁을 힐끔거리며 손안에 한참을 가둬 두었던 맥주를 한 모금 마셨다. 술은 몹시 미적지근했다.

주혁이 선우에게 건배를 청했다.

"건배할까요, 선우 씨?"

"……아, 네."

미소와 함께 주혁이 먼저 잔을 들어 올렸다.

"건배."

멋지고 근사한 남자. 완벽한 애인. 최주혁을 표현하는 수식어로 이보다 더 그럴싸한 말은 없을 것 같았다. 주고받는 수화에도, 목소리에도, 접시 위에 안줏거리를 놓아주는 것도, 땅콩 껍질을 까주는 모습도. 주혁의 모든 행동 하나하나에 절로 시선이 향했다. 빈틈이라곤 없다. 미주가 화장실에 가기 위해 일어설 때에는 모른 척 뒤에서 슬그머니 의자를 빼 주기도 했다. 세상 모든 남자들의 적이다.

뒤따라 일어선 지원이 미주를 쫓아 화장실로 사라진 뒤, 주혁은 한 번 더 선우에게 건배를 청해 왔다.

"미주, 좋아하죠?"

"……!"

느닷없이 건네 온 말에 술을 뿜을 뻔했다. 연신 사레들린 기침을 하는 선우에게 종이 냅킨을 건넨 주혁이 차분한 미소와 함께 말을 이었다.

"아닌가요?"

선우는 갈증을 느꼈다.

"……맞습니다."

마른침을 삼켰다. 주혁의 입가에는 여전히 온화한 미소가 매달려 있다.

"좋아해요."

잠시 어색한 침묵이 이어졌다.

"……."

손에 쥔 포크를 내려놓았다. 갈증은 이내 초조함으로 바뀌었다. 얼음물을 끌어당겼다. 마실까 하다가, 제 얼굴을 물끄러미 응시하는 주혁의 미소 띤 얼굴에 그만두었다. 선우는 헛기침을 두어 번 했다. 하지만 주혁의 입꼬리가 슬그머니 반응하는 것을 보고 곧바로 후회했다. 목소리는 가다듬지 않는 편이 좋을 걸 그랬나.

"저기……."

헛기침도 소용이 없다. 바싹 마른 목구멍을 타고 올라온 소리는 가엾게도, 잔뜩 기가 죽은 채였다.

"저 그러니까……."

흠, 흠. 결국 한차례 더 헛기침을 했다.

"……수화, 참 잘하시던데요."

"대화가 불편하지 않을 정도로는 합니다."

일단 되는 대로 말을 꺼내 놓았지만 주혁의 대답에 다시 말문이 막혔다. 몰래 한숨을 삼킨 선우가 흘낏 화장실 쪽으로 시선을 주었다. 문득 지원이 원망스러워진다.

"미주도 그쪽, 마음에 든 것 같아요."

이번에야말로 얼음물이 목구멍에 걸렸다. 싸늘한 물 한 모금을 간신히 목젖 뒤로 넘기고 주혁을 바라보았다. 완벽한 어른의 얼굴을 지닌 그 남자는 여전히 부드러운 미소를 빙글, 입가에 매단 채였다.

대체 무슨 말이 하고 싶은 거야, 이 사람.

"적으로 삼고 싶지 않은 타입이에요, 선우 씨."

"네?"

선우는 미간을 좁히며 주혁을 바라보았다. 애매한 말투는 딱 질색이다.

"고집 세고, 융통성 없단 말도 종종 듣고. 어지간해서는 남 눈치도 잘 안 보죠?"

점쟁이인가. 선우의 표정을 살핀 주혁이 작게 소리 내어 웃었다. 사회생활을 하다 보니 이 정도 눈치는 생기더라고요. 그 말에 조금 더 미간을 찌푸렸다.

눈치라.

역시 질색하는 단어다.

선우를 물끄러미 바라보던 주혁은 속으로 한숨을 내쉬었다. 어린애군. 고작 스물넷의 풋내기 배우. 지금이야 제 꿈을 좇다 보면 온 세상을 다 가질 수 있을 것만 같을 테다. 경제적인 상황도 불 보듯 빤하고.

"안심했어요."

그렇게 말한 주혁은 점원을 불러 맥주를 주문했다. 선우도 맥주를 주문하곤 서둘러 잔을 비웠다. 빈 잔을 내려놓으며 주혁의 얼굴을 빤히 응시한다. 안심했다니, 무슨 뜻일까.

채 가늠해 보기도 전에 주혁이 다시 입을 열었다.

"적어도, 선우 씨에게 미주를 빼앗기진 않을 것 같아서요."

"……네?"

"대시할 생각 없잖아요."

"……."

"미주한테."

테이블로 맥주가 두 잔 배달되었다. 선우가 먼저 잔을 끌어당겨 크게 한 모금 삼켰다. 물론 주혁의 얼굴을 똑바로 바라보면서.

부드럽게 웃고 있는 저 남자, 이미 맥주 따윈 안중에 없었다.

"혹시 내가 틀렸어요?"

"……아뇨, 맞아요."

흡족한 듯 고개를 끄덕인 주혁이 맥주잔으로 손을 뻗었다. 건배를 청하면 보란 듯이 무시해 줄 생각이었는데, 제 앞으로 끌어당겨 놓았을 뿐 술은 마시지 않았다. 역시. 처음부터 맥주 따윈 안중에 없는 거였다.

"잘생겼고 매너 좋고, 능력도 있고."

선우는 반쯤 남은 맥주를 한 모금 더 마시며 말을 이었다.

"같은 남자가 봐도 멋있어요."

"나한테 하는 얘긴가요?"

"이만큼 완벽하고 멋있는 애인 있는데 제가 무슨 수로 뺏겠어요. 그런 거 성미에도 안 맞고 자신 없어요."

"혹시 내 말에 기분 상했어요? 그런 뜻은 아니었는데, 미안해요."

주혁이 건배를 청해 왔다. 기회는 이때다 싶어 보란 듯이 무시하고 저 홀로 잔을 깨끗이 비웠다.

선우가 빈 잔을 탕 소리 나게 테이블 위에 올려놓았다.

"기분 상할 건 없고요. 대신 오기는 생겼어요."

주혁이 눈앞의 어린 사내를 흥미로운 눈빛으로 관찰한다. 올곧고 솔직하다. 미주에게 적당한 거리를 두려 애쓰면서도 표정에 여실히 드러나는 감정을 숨기지 못하는 그 풋풋함에는 나름 호감도 갔다. 보면 볼수록 재미있는 청년이었다.

"잘해 줘야 돼요."

이미 흐릿하게 풀린 눈에 잔뜩 힘을 주며, 선우가 주혁에게 삿대질을 했다.

"모자라다 싶으면 바로 채 갈 거니까. 지금처럼 감히 엄두도 못 내게, 무지무지 잘해 주란 말이에요."

……아아, 이대로 고백 한 번 못 해 보고 실연인가.

혀에 쥐라도 난 게 분명하다. 고작 맥주 따위에 발음이 죽죽 새 나가고 있다. 선우는 미간을 좁히며 흐릿한 초점을 모았다. 제 얼굴을 바라보는 사내가 있다. 그래, 저 남자 때문이다. 최주혁. 속 편하게 웃고 있지 말란 말이야. 두고 봐. 배역 잔뜩 따내고 보란 듯이 성공해서 멋진 차도 끌고, 어마어마한 라이벌이 되어 줄 테니까.

쿵.

선우는 그대로 테이블에 머리를 박았다.

"······이런 어린애를 데리고, 이거야 원."

굻아떨어진 선우를 바라보던 주혁은 그만 쓰게 웃고 말았다.

근사한 정장을 입고 구두를 신고, 반짝이는 외제 승용차를 모는 내 모습을 상상해 보았지만 쉬이 그려지지 않았다. 마치 처음부터 그런 역할이 주어진 사람은 따로 있다는 듯.

멋지고 완벽한 애인.

술기운을 빌어서라도 부럽다는 생각은 쫓아 버리고 싶었지만.

역시 부럽고, 아주 조금은 분했다.

"뭐?"

세면대에서 손을 씻던 지원이 큰 소리를 냈다.

"괜히 불렀다니, 그게 무슨 소리야."

―일 늦게 끝나서 피곤할 텐데.

"피곤하다고? 좋아서 죽고 못 사는 애인 보러 달려오는데, 그까짓 피곤이 대수야?"

―입술 못 읽겠어. 천천히.

"그러니까, 그까짓 피곤이 대수냐고요. 애인 얼굴 보러 온다는데."

지원은 술기운에 오른 흥분을 가라앉히며 작게 한숨을 내쉬었다.

"어차피 너도 주혁 오빠 봐서 좋잖아. 안 그래?"

-좋지. 당연히 좋은데.

"좋은데?"

-요즘 내내 야근했단 말이야. 내일도 새벽같이 출근하는데 오늘 푹 쉬지도 못하고, 술까지 마시고. 그리고 또…….

"됐어, 됐고. 나 지금 취해서 어차피 무슨 말인지도 모르겠어."

지원이 손을 내저으며 미주의 수화를 잘랐다.

"아무튼, 봐서 좋으면 그걸로 된 거 아니야? 못 만난다고 징징거리기에 불러 줬더니……."

-징징대긴 누가! 그게 아니라 나는…….

"그래, 내가 보고 싶어서 불렀다. 이제 됐니? 하여간 고집하고는."

지원은 미주를 향해 입을 비죽거리며 장난스럽게 등을 떠밀었다.

테이블로 돌아오니 주혁이 활짝 웃으며 손을 흔들고 있다. 그와 동시에 미주와 지원의 시선은 약속이라도 한 듯 한곳으로 모였다.

"화장실에 사람이 많아서 한참 걸렸…… 애걔걔, 이거 왜 이래요?"

지원이 두 눈을 동그랗게 떴다. 괴이한 신음 소리를 흘리는 선우가 테이블 위에 이마를 박은 채 고꾸라져 있고, 텅 빈 맥주잔이 그 주위를 빙 둘러싸며 어지러이 널려 있다. 정신을 챙길 의지도 영 없어 뵈는 게, 주사를 부리기로 작정이라도 한 것 같다.

얼굴에 붉은 술기운이 은근하게 오른 주혁이 지원을 향해 나지막한 웃음을 터뜨렸다.

"우리 결투했어요."

"결투요?"

─ 결투? 오빠도 술 많이 마셨어요?

"그렇게 서 있지만 말고 앉지 그래요? 미주도 어서 앉아."

미주는 주혁에게 안부를 물으면서도 테이블에 늘어진 선우를 힐끔거리기 바빴다. 신경 쓰는 기색이 역력하다.

하여간 답답하기는. 주혁이 미주에게 의자를 내어 주는 모습을 지켜보며 샐쭉해진 지원은 애꿎은 선우의 등짝을 냅다 갈겼다.

"고작 맥주 따위에 녹다운은……. 인마, 일어나 봐. 남궁선우!"

선우는 호되게 서너 차례를 더 얻어맞은 뒤에야 부스스 눈을 떴다. 여전히 취기가 한가득 내려앉은 얼굴이었다.

"……어어."

"어어고 나발이고, 정신 주워 챙기고 당장 안 일어나?"

지원이 선우의 옆구리에 장난스러운 펀치를 한 방 먹인다. 옆구리를 감싸며 얼굴을 잔뜩 찌푸린 선우가 허공에 손을 한들한들 흔들어 보였다.

"이제 진짜 괜찮아요. 정신 챙겼어요."

"챙기기는……."

괜찮은 걸까. 바지런히 곁눈질을 하다가, 지원의 어깨 너머로 히죽 웃는 선우와 눈이 마주친다. 줄곧 선우의 안색을 몰래 살피던 미주가 황급히 고개를 돌렸다.

선우는 그런 미주의 얼굴을 가만히 바라보았다. 뽀얀 얼굴. 맥주에 붉어진 뺨이 어쩐지 수줍다. 눈을 깜박였다가, 작게 웃었다가, 도톰한 입술을 모았다가, 또 한 번 작게 웃었다가. 그렇게 움직이던 미주의 표정이 순간 파랗게 굳는 모습을, 선우는 놓치지 않았다.

"……."

숨죽인 채 미주의 시선을 따라갔다. 기둥 뒤에 위치한 2인용 테이블. 젊은 남녀가 대화를 나누고 있다. 미주가 으레 하듯, 움직이는 입술에 시선을 모았다.

'……벙어리.'

'귀머거리인가 봐.'

순식간에 술이 깼다. 읽어 낸 말에 온몸의 피가 식는 기분이었다. ……빌어먹을.

무릎에 모은 제 손으로 시선을 떨어뜨린 미주의 눈매가 희미하게 떨고 있다. 선우는 창백하게 질린 그 손 위에 가만가만 제 손을 얹었다. 포개어진 손 위로, 이번에는 조심스레 말을 건넨다.

괜찮아요. 저런 거, 정말 아무것도 아니에요.

신경 쓰지 말아요.

몇 번이고 되뇌며 쓰라린 제 속도 함께 달랬다. 기둥 뒤의 남자가 자리에서 일어나 화장실로 향한다. 남자의 뒤를 집요하게 좇던 선우의 눈이 가늘게 휘었다.

"……저, 찬물로 세수 좀 하고 올게요."

선우의 위태위태한 걸음걸이가 영 심상치 않다. 행여나 넘어질
세라, 뒤통수 한 번 제대로 쳐다보지 못하면서 좌불안석인 미주의
모습에 또 한 번 지원의 속이 뒤집어졌다. 세면대에 코 박고 죽지
는 마. 미주 대신 선우의 뒤통수에 대고 툭 쏘아붙인 지원은 점원
을 불러 생맥주 두 잔과 계산서를 부탁했다.

그러고 보니 제 연인의 표정이 어쩐지 어둡다. 미주의 분위기가
차게 가라앉아 있는 것을 느낀 주혁이 여린 어깨를 툭툭 건드렸다.

- 술 많이 마셨어?

주혁의 얼굴을 확인한 미주가 가만히 고개를 젓는다.

- 난 괜찮아요. 오빠는요? 선우랑 둘이서 언제 이렇게 마신 거
예요?

테이블 위에 일렬로 늘어선 빈 잔을 가리키자 주혁이 작게 소리
내어 웃었다.

"남자 둘이서 술 마시는 거 말곤 할 일이 뭐가 있겠어."

- 내일 출근은 어쩌려고요.

"이 정도는 괜찮아. 그나저나, 선우 씨가 걱정이네. 많이 취한
모양인데."

미주의 시선이 선우가 사라진 방향을 흘낏 더듬었다. 걱정스러
운 마음에 그만 미간 위로 작은 주름이 고인다.

- 오디션 합격했다고 엄청 좋아했는데. 들떠서 빨리 취했나 봐
요.

"그러고 보니 축하한다는 말을 아직 못 했네."

주혁이 혼잣말처럼 중얼거리는 찰나, 화장실 문이 거칠게 열리면서 건장한 체격의 남자가 넘어지듯 튀어나왔다. 그리 넓지 않은 가게인지라 모두의 시선이 그에게로 집중되었다. 남자는 근처의 테이블을 버팀목 삼아 간신히 균형을 유지하고는 욕설을 내뱉으며 뒤돌아섰다.

"이 새끼가……!"

화장실 안에서 시비가 붙어 싸움이 난 듯했다. 취객들의 난동인 모양이지. 얼굴을 굳힌 주혁은 테이블 위에 놓인 계산서를 집어 들었다. 미주에게 불유쾌한 소란을 보이고 싶지 않다.

뒤이어 화장실 안에서 달려 나온 남자가, 앞서 요란하게 등장한 사내의 멱살을 잡아챘다. 계산대로 향하던 주혁이 발걸음을 멈추었다.

"방금 뭐라고 했어! 다시 한 번 지껄여 봐!"

맙소사. 고막을 파고든 익숙한 목소리에 지원이 비명을 올렸다.

"남궁선우!"

소스라쳐 자리에서 벌떡 일어난 지원의 모습에 그제야 심상찮은 분위기를 감지한 미주가 뒤를 돌아보았다. 싸움이었다. 둥글게 원을 그린 사람들 사이로 서로에게 주먹질을 하는 사내들이 여럿 보였다. 미주의 시선이 그들을 좇았다.

고함을 치는 남자와 주먹을 날리는 남자.

엉망이 된 테이블.

넘어진 채 나뒹구는 의자 몇 개.

그 소리 없는 난투극 한가운데, 선우가 있었다.

"너 지금 뭐 하는 거야, 선……!"

"기다려요, 지원 씨."

금방이라도 뛰어나갈 기세의 지원을 제지한 주혁이 선우에게로 달려갔다. 이미 여러 차례 선우의 주먹에 얼굴을 두들겨 맞은 사내의 친구들이 우르르 몰려나와 술기운에 엉망으로 뒤엉켜 있는 중이었다. 말리는 건지 싸움을 하는 건지 분간이 되지 않는 욕설과 함께, 주먹이 다시 몇 차례 오갔다.

"선우 씨!"

주혁은 우선 잔뜩 흥분한 선우의 팔을 잡아챘다.

"이거 놔요! 저 자식이……!"

"너 이 새끼, 오늘 잘 걸렸어. 당장 경찰서 가! 고소할 거야!"

악에 받힌 듯 고래고래 소리를 질러 대는 사내를 보며 다시 흥분한 선우가 침을 튀기며 달려든다.

"뭐, 고소? 어디 할 테면 해 봐! 그 전에 아주 죽여 버릴 테니까!"

주혁이 그 앞을 간신히 막아섰다.

"선우 씨!"

사내에게 정중히 부탁할 생각이었다. 마음을 다친 여자라고, 상처 입은 고운 손으로 여러 날을 울었을 여자라고, 그러니까 그런 아픈 말은 하지 말아 달라고. 선우는 그리 부탁할 생각이었다.

하지만, 진심을 다해 건넨 제 말에 사내는 코웃음을 쳤다.

'내가 뭐 틀린 말 했어? 저 귀머거리 병신한테 반하기라도 했나 봐?'

순간 머릿속에서 무언가가 뚝 끊어지는 소리가 들렸다. 정신을 차리고 보니 다짜고짜 주먹이 나간 뒤였다.

"네가 그러고도 사람이야? 이 나쁜 새끼야……!"

아아.

미주는 차라리 눈을 감아 버렸다.

"못 말려. 이젠 하다 하다 술집에서 쌈질이냐."

"……씨이. 그게 뭐 내 탓인가."

소동은 결국 주혁의 중재로 마무리되었다. 타고난 엘리트는 이런 곳에서도 통용이 되는 모양이었다. 생소한 법률용어까지 줄줄 읊어 가며 조곤조곤 협박을 늘어놓은 주혁에게 질린 상대 쪽 남자들이 넙죽 머리를 조아렸다. 내심 경찰서까지 가게 되면 어쩌나 걱정하던 지원은 그제야 한시름 놓으며 진득한 한숨을 내쉬었던 것이다.

"네가 고딩이야? 양아치야? 이게 어디에서 주먹질이야."

연고를 바르던 면봉을 눈앞에서 휘두르며 윽박지르는 통에 선우는 두 손을 모아 싹싹 빌며 지원에게 거듭 사과했다. 그래도 아직 분이 풀리지 않은 지원이, 이번에는 면봉으로 선우의 상처를 쿡쿡 찌르기 시작했다.

"이 주정뱅이를 확 그냥!"

"아야야……! 아프다고요!"

쫓겨나다시피 술집을 빠져나온 네 사람은 술도 깨고 흥분도 가라앉힐 겸 근처 공원의 한산한 벤치에 자리 잡았다. 근처 약국에서 급하게 사 온 연고와 밴드로 뒷수습을 하느라 여자들의 손이 분주하다.

"찬물로 세수한다더니, 신나게 싸움질해 보니까 술 좀 깨디?"

"그야 그 자식……!"

다시 목에 잔뜩 힘을 주던 선우가 급히 목소리를 낮췄다.

"……이 먼저 시비를 거니까 그런 거죠."

"나가 죽어라, 이 화상아."

티격태격 말이 많은 지원과 선우에 비해, 미주와 주혁은 말없이 무겁게 가라앉아 있다. 주혁이 애써 미소를 지으며 농담을 건네 보았지만 미주의 표정은 쉬이 밝아지지 않았다.

미주의 얼굴을 흘깃 바라본 지원은 묵직하게 차오르는 답답한 마음을 어쩌지 못하고, 연신 애꿎은 선우의 얼굴에 분풀이를 해 댔다.

"아야야! 그냥 이리 주세요, 제가 할래요!"

"시끄러워. 넌 백번 아파도 싸."

선우의 얼굴은 아주 가관이었다. 군데군데 부어오른 데다 입가는 물론이요, 눈 밑까지 작게 찢어져서 울긋불긋 때아닌 단풍이 들

었다. 뭐야, 싸움도 못 하는 주제에 무작정 덤벼들어서는. 지원은
연고를 치덕치덕 발라 가며 선우에게 눈을 흘겼다.

반면, 미주는 조금 전의 소동이 자꾸만 머릿속에 떠올라 좀처럼
웃을 수 없었다. 소리 없이 흐르던 그 모든 영상들이 필름처럼 선
명하게 뇌리에 남아 몇 번이고 되살아났다. 악의에 찬 고함들이 허
공을 떠도는 순간은 차라리 공포였다.

귀머거리.

벙어리.

느릿하게 움직이는 낯선 사내의 입술이 또렷이 보였다. 비참함
을 느낄 새도 없이 두려웠다. 자신을 향한 타인의 선명한 악의도,
처음 보는 얼굴로 주먹을 날리던 선우도, 미주는 그 모든 것이 그
저 두렵고 무섭기만 했다.

………내가 너를 그렇게 만들었을까. 주먹을 쥐고, 누군가를 때
리고, 괴로워하며 화를 내고 분노하게 만들었을까. 내가 너를 그리
내몰았을까.

하지만 무엇보다도 가장 두려웠던 것은 모두를 괴롭힌 그 순간
에조차 소리 없는 공간에 홀로 갇힌, 무력한 자신이었다.

나는 언제까지 이렇게 숨어야만 하는 걸까.

언제까지 모두의 보호막 아래에서 그저 숨죽여 울기만 하는 걸
까.

……조금만 더 강해질 수 있다면.

"미주야."

어깨 위로 주혁의 부드러운 손길이 내려앉는다. 흠칫 놀란 마음을 제 안으로 누른 뒤, 미주는 천천히 고개를 들었다.

"괜찮은 거지?

여느 때와 다르지 않은 질문. 잠자코 고개를 끄덕인다.

-괜찮아요.

미주는 가만히 입술을 깨물며 덧붙였다.

-……미안해요.

미안해. 한 마디의 수화를 허공에 그리며 나는 비명을 삼켰다. 분노도, 그리고 눈물도.

선우에게는 몇 번이고, 속으로 수화를 그렸다.

미안해.

미안해.

널 아프게 해서 미안해.

새벽녘의 바람은 여름이라는 계절이 무색할 만큼 쌀쌀했다. 선우는 민소매 티셔츠 밖으로 비죽 튀어나온 팔뚝을 잔뜩 움츠리며 부르르 떨었다. 술기운에 그 추위가 더했다. 이상 기온이라더니, 이런 것도 지구온난화의 범주에 포함되는 건가.

실없는 생각을 하는 사이, 모범택시를 세운 지원이 주혁과 미주를 뒷좌석에 억지로 밀어 넣었다. 한사코 두 사람 배웅을 하겠다며 고집을 부려 기껏 잡아 준 택시를 석 대나 그냥 보낸 뒤였다.

"벌이에요. 오늘은 모범 타고 가요. 미주 잘 데려다주고."

"지원 씨도 조심해서 들어가요. 요즘 밤길 위험해."

택시 문을 붙들고 선 주혁이 여러 차례 당부의 말을 건네는데, 지원이 냅다 선우의 팔짱을 끼고 나섰다.

"걱정 마세요. 얘가 데려다줄 거니까. 그치, 남궁?"

"⋯⋯네?"

"자자, 그쪽부터 얼른 출발해요. 우리 걱정은 말고."

진짜 웃기는 여자라니까. 기겁을 하며 팔을 빼내려던 선우는 문득 며칠 전 뉴스에서 봤던 택시강도가 떠올라 순순히 고개를 끄덕였다. 그제야 안심한 듯 택시에 올라타려는 주혁의 뒷머리에, 이번에는 선우가 허둥지둥 인사를 건넨다.

"저기⋯⋯!"

주혁이 천천히 고개를 돌렸다.

"⋯⋯오늘 고마웠습니다."

고개를 꾸벅 숙이는 선우를 향해 주혁은 부드럽게 미소를 지었다.

"나야말로 고마웠어요, 남궁선우 씨."

"⋯⋯."

차마 말을 건네지는 못한 선우의 시선이 조심스레 미주를 향한다. 걱정과 애틋함이 뒤엉켜 어쩔 줄 몰라 하는 얼굴이다.

그만, 덜컥 미주의 심장이 내려앉았다. 결코 품어서는 안 될 감정이 저도 모르는 새에 싹을 틔웠다. 지울 수도, 품을 수도 없을 그 조심스러운 설렘. 그리고.

자신을 마주한 선우의 얼굴에서 같은 그림자를 엿보았다.

"……."

그 시선을 마주하지 못한 채, 되레 고개를 떨구고 만다. 그 모습을 물끄러미 지켜보던 주혁이 미주의 어깨를 감싸며 제게로 끌어당겼다.

"타자, 미주야."

미주와 주혁이 올라탄 뒷좌석의 문이 닫히자 선우는 급히 허리를 굽혀 창을 두드렸다. 선우를 흘낏 바라본 주혁이 애매한 표정으로 미주에게 손짓을 했다. 그제야 미주의 시선이 선우를 향했다.

아아.

시선이 부딪친 그 순간, 선우는 말문이 막혔다.

미주가 고개를 끄덕이며 인사를 건넸다. 택시는 얼어붙은 선우를 뒤로한 채 도로 위로 미끄러지며 속도를 높였다.

"자자, 외로운 사람들끼리 한 잔 더 할까?"

지원이 선우의 어깨를 툭툭 치며 씁쓸하게 웃었다. 저어기 포장마차 가서 닭발에 소주 어때. 도리 없이 선우도 씨익 웃어 보인다. 서늘한 찬바람에 그만, 어른대던 마지막 취기까지 가시고 말았다.

선우의 어깨에 팔을 두른 지원이 위풍당당하게 도시의 밤거리를 가로지르기 시작했다. 그 바람에 휘청한 선우가 지원의 얼굴을 슬쩍 살피며 한숨을 내쉬었다.

"근데, 감독님은 대체 주량이 얼마인 거예요?"

"원래 주량이라는 건 짬밥에 비례하는 법이야, 짜샤."

하지만 그 짬밥이 무색하게, 지원은 소주 한 병에 나가떨어지고 말았다. 안주는 먹는 둥 마는 둥 연신 술만 들이켜더니, 풀린 긴장 탓인지 아니면 그 짬밥이라는 게 아직은 부족했던 것인지, 혀 꼬부라진 말토막을 웅얼대며 남자스태프와 함께 무대 위를 구르던 시절의 이야기를 장황하게 늘어놓았으니. 마주 앉은 선우는 도통 취하려야 취할 수도 없었다.

"나, 일 시작하면서 제일 먼저 늘었던 게 술이랑 담배야."

지원은 멍한 눈빛으로 허공을 더듬으며 담배를 물었다. 선우는 한숨과 함께 라이터를 꺼내 들고 지원의 입술에 물린 담배에 불을 붙인다. 회식자리에서 지원이 제 얼굴로 내던진 바로 그 라이터였다.

"처음에는 진짜 싫고 끔찍했어. 매일 반복되는 고된 일에 쥐똥만 한 월급에…… 매달 꼬박꼬박 나오기라도 하면 다행이지, 망해 가는 극단 한번 살려 보겠다고 목맨 감독님 앞에서 할 말은 아니었지만 정말 그땐 사무실에 불이라도 지르고 싶었다니까."

"지르지 그랬어요?"

"방화범보다야 반실업자 상태가 나은 것 같아서. 이 나이에 콩밥 먹을 일 있니?"

선우는 키득대는 지원의 술잔에 소주를 채우고 한 병을 새로 주문했다. 지원은 성냥 한 통을 들고 몰래 사무실에 숨어든 적도 있었다며 연신 까르르 웃어 댔다.

"나 말이야, 처음부터 이쪽 일 할 생각 전혀 없었거든."

지원의 얘기를 듣는 둥 마는 둥 술잔을 비우던 선우는 조금 전 택시에 오른 미주와 주혁의 뒷모습을 떠올리고 있었다.

그리고. 미주가 보내 왔던 쓸쓸한 눈인사.

"미주 때문이었어."

"……네?"

지원의 말에, 마시던 술이 목에 걸렸다.

"좋은 작품 잡아서 끝내주는 음악 만들고…… 왜 그런 거 있잖아, 공연을 보고 나서도 두고두고 가슴에 남는 그런 음악 말이야."

"……."

"음악감독, 미주 꿈이었어."

담배 연기가 허공에서 힘없이 바스러졌다.

"어떤…… 사고였어요?"

지원은 대답 대신 쓴웃음을 지으며 술잔을 채웠다.

"졸업까지 꼭 한 학기를 남겨 두고 미주가 자퇴하던 날, 집에 와서 음악을 들었어. 베토벤 교향곡 2번. 이거 되게 마이너한 곡이야. 연주되는 일도 드물고, 일단 곡이 좀 신경질적이거든. 베토벤이 귓병을 앓다가 점점 청력을 잃어 가던 시기에 작곡한 곡이라서 그렇다는 소리도 있던데……. 들리지 않는 두 귀를 인정하지 못한 채, 필사적으로 병을 치료하기 위해 몸부림치고 애쓰던 시기였다고 말이야. 신경질적일 법도 하지."

선우는 언젠가 교과서에서 보았던 베토벤의 초상화를 떠올렸다.

고독으로 가득 찬 고집스럽고 완고한 얼굴.

"베토벤은 생명과도 다름없던 두 귀를 잃어 가며 어떤 마음으로 이 곡을 작곡했을까."

지원은 잠시 숨을 고르며 술잔을 비웠다.

"그날, 좀 취해서…… 혼자 술 마셨거든. 취한 상태에서 베토벤 2번을 죽어라 듣다가 볼륨을 줄였어. 0으로. 오디오의 디스플레이는 여전히 깜박이며 움직이는데…… 트랙은 계속해서 흘러가는데 아무런 소리도 안 들리는 거야. 한밤중이었거든. 그때 순간적으로 소름이 좍 끼치는데……."

"……."

"이해할 수 있겠어?"

"……솔직히 말하면, 잘 모르겠어요."

선우의 말에 지원이 작게 웃었다.

"사실, 이렇게 말은 하지만 나도 잘 몰라."

지원은 세 번째 담배를 꺼내 물었다. 선우가 그 모습을 멍하니 바라보고 있는 사이 핸드백을 뒤져 라이터를 꺼내 제 손으로 불도 붙였다.

선우는 지원에게 묻고 싶은 말이 잔뜩 있었다. 무엇이든 죄다 묻고 싶었지만 정확하게 뭐가 궁금한 건지, 어떤 것이 알고 싶은 건지 스스로도 잘 몰랐다. 답답한 마음에 연신 술만 들이켰다. 소주는 오늘따라 유난히 입에 썼다.

"너, 미주 좋아하지?"

이단 콤보인가. 막 술잔을 비운 선우가 한숨을 내쉬었다.

"오늘 짰어요?"

"무슨 소리야, 그건?"

"아니에요……."

붉은 양념이 먹음직스럽게 발린 안줏거리를 젓가락으로 슬쩍 뒤집었다. 세 개의 발가락이 지나치게 적나라하다. 평소 즐기던 음식인데, 어쩐지 식욕이 싹 가시고 말았다.

"난 최주혁 씨 좋아해."

"……네?"

"좋아한다고."

이번엔 술맛마저 싹 달아났다.

3. 프러포즈

3
프러포즈

토요일, 이른 새벽의 수영장은 한산했다. 덕분에 라인 하나를 독차지한 주혁은 여유롭게 수영을 즐기는 중이었다. 물살을 가르는 주혁의 몸매는 군더더기 하나 없이 탄탄하고 매끄러웠다. 어릴 적부터 계속해 온 수영으로 보기 좋게 다져진 근육이었다. 실력도 제법 좋아, 중학교 때까지는 수영선수로 활약하기도 했다.

수영은 주혁이 특히 좋아하는 스포츠였다. 물속에 잠겨 있는 동안 만큼은 중력에서 벗어나 자유로워지는 모종의 해방감을 느낄 수 있기 때문이었다. 우울하거나 힘든 일이 생길 때면 주혁은 으레 수영장을 찾곤 했다. 지칠 때까지 수영을 하고 나면 조금은 후련한 기분이 들었던 것이다. 하지만 지금은 예전과는 다른 이유로 수영장을 찾고 있다.

벽을 짚고 떠올라 숨을 고르던 주혁이 심호흡을 했다.

두 눈을 감고 천천히 물속으로 가라앉는다. 조금씩, 아주 조금씩 숨을 내뱉으며 천천히 몸을 가라앉힌다.

이렇게 물속에 잠겨 있는 동안 주혁은 미주의 세계를 상상한다. 아무것도 들리지 않는 어두운 심해(深海) 속에 가라앉은 미주의 세계를, 그 안에 유폐된 미주의 소리를.

미주는 소리를 잃었다. 세상의 모든 소리와 함께 자신의 소리마저 영영 잃고 말았다. 미주는 제 뜻대로 말을 할 수 없었다. 자신의 머릿속에 들려오는 목소리로 말할 수 없다는 것을 안 순간, 입을 굳게 다물었다.

'수화를 쓰는 쪽이 좋아.'

20여 년간 미주는 습관처럼 말을 해 왔다. 청력 상실로 어눌해진 발음은 아마도 정상에 가깝게 교정이 가능할 것이라 했다. 하지만 미주는 자신의 서툰 목소리를 제 안에 그대로 가두었다. 어쩌면 그것이야말로 미주가 가혹한 현실에서 달아나기 위한, 그리고 받아들이기 위한 유일한 방법이었는지도 모른다.

그렇게 멈춰 버린 미주의 시간 속에서, 주혁은 늘 그녀와 함께였다. 행여 작은 상처라도 입을세라 그저 감싸 안고 제 품에서 보호하며, 새장 안에 웅크린 미주가 세상 밖으로 나오기를 가만히 기다려 주었다. 그렇게 지내 온 세월이 삼 년.

느닷없이 바람이 불어왔다.

'미주, 좋아하죠?'

'좋아해요.'

고요히 잠들어 있는 내 연인을 깨우는 가느다란 바람이.

어디로 이끄는 바람일까. 그 바람이 이끄는 대로 어디로든 날아가야 하는 걸까.

새장 속의, 내 작은 하얀 새야.

숨이 한계에 다다랐다. 천천히 물속을 빠져나오자 주혁의 시야에 익숙한 얼굴이 보였다.

"이 수영장 다녔어요? 몰랐네."

"그러게요. 오빠는 여기 오래 다니셨나 봐요?"

지원은 주혁이 내미는 캔 음료를 받아 들며 머쓱한 웃음을 지었다. 부러 같은 시간대에 수영장을 찾기도 했던 것이다. 하지만 먼발치에서 지켜볼 뿐이었지, 이렇게 마주칠 생각은 추호도 없었다. 반갑기도 하고 난감하기도 한 기분으로 가볍게 한숨을 내쉰다.

"마실 만한 데가 딱히 없어서, 미안하지만 자판기로 대신할게요."

"이것도 황송한데요, 뭘."

지원과 주혁은 스포츠센터 2층에 위치한 야외테라스에 자리를 잡았다. 평소에는 빈자리 하나 없이 빼곡하게 차는 테이블이 죄다 텅텅 비어 있다. 하긴, 시간이 이르긴 하지. 지원은 캔 음료를 따며 슬쩍 주혁의 얼굴을 바라보았다. 물기에 젖은 머리칼이 이마에 달라붙어 아침햇살에 반짝거렸다.

주혁이 고개를 드는 바람에 시선이 마주쳤다. 지원은 당황한 기색을 감추며 태연하게 미소 짓는다. 짝사랑만 벌써 3년째. 이 정도의 연기는 식은 죽 먹기다.

아아, 이 남자가 좋다.

지원은 몰래 쓴웃음을 삼켰다. 하필이면 왜 이 남자일까. 어째서 하필이면 내 마음을 움켜쥐어 버린 사람이 이 남자인 걸까, 왜 하필이면.

미주를 사랑하는 이 남자여야 하는 걸까.

처음부터 좋았다. 첫눈에 반한다는 터무니없는 소설 속 이야기가 제 이야기임을, 지원은 그날에야 비로소 깨달았다. 그랬다. 처음부터 자신은 주혁이 너무 좋았다.

안녕하세요, 최주혁이라고 합니다. 미주와의 약속 자리에 넉살 좋게 따라 나온 남자는 서글서글하게 웃으며 인사를 건네 왔다. 지원 씨 얘기는 미주한테 많이 들었어요. 소개해 달라고 졸랐는데, 혹시 불쾌하신 건 아니죠? 부드러운 눈빛으로 물어 오는 그를 향해 고개를 저었다.

불쾌할 리가 없었다.

너는 남자가 생겼으면 냉큼 보고부터 해야 할 거 아냐. 미주에게 핀잔을 주며 그에게로 시선을 돌렸다. 훤칠한 키, 조각 같은 이목구비. 그 미소. 맙소사.

심장이 덜컥 내려앉았다.

그는 미주에게 열심히 구애 중이었다. 오늘로서 꼭 세 번째의 고백이라며 장미 다발을 내밀었다. 새침한 표정으로 고개를 젓는 미주를 향해 네 번째 고백은 한 달 뒤라고 장난스러운 엄포를 놓았다. 지원은 스테이크에 소스를 듬뿍 끼얹었다. 붉은 고기 조각은 마치 고무 같았다.

그가 웃었다. 이 사람, 정말이지 꿈쩍도 않는다니까요. 지원 씨는 제 편 되어 줄 거죠?

맙소사.

절망적이었다.

그날부터 주혁과 미주는 사귀기 시작했다. 지원 씨를 만난 게 효험이 있었다며 연신 싱글거리는 주혁을 향해 어떤 축하의 말을 건넸는지는 잘 기억나지 않는다. 열심히 미소를 지었던 기억은 분명 있다.

"어제는 선우 씨가 잘 데려다줬어요?"

주혁의 말에 불현듯 상념에서 벗어난 지원이 씨익 웃어 보였다.

"데려다주긴요. 그거, 떡이 돼서 내가 데려다 놨지."

"정말요?"

"농담이에요."

놀라 정색하는 모습에 되레 당황한 지원이 손을 내저었다.

"사실 필름 끊겨서 기억도 잘 안 나요."

포장마차 가서 우리끼리 2차 했거든요. 맑고 진한 술에 매운 닭발. 너스레를 떨며 귀엣말 시늉을 하는 지원을 향해, 주혁이 작게 소리 내어 웃었다.

"그런데 아침부터 수영을 해요? 속 괜찮아요?"

"운동이 숙취 해소에 얼마나 좋다고요."

"처음 듣는 소린데?"

"지금 막 지었어요. 티 나요?"

주혁은 깔깔대며 웃는 지원을 물끄러미 바라보았다.

참 털털하고 괜찮은 친구였다. 미주와는 대학 동기라고 했다. 이제는 공연계에서 제법 인정받는 음악감독으로 꽤나 바쁜 모양인데, 짬이 날 적마다 미주와 그림자처럼 붙어 다닌다. 직선적이고 솔직담백한 성격에 꼭 그만큼 시원스러운 이목구비의 외모. 그러고 보니 지원의 얼굴을 이렇게 자세히 살피는 것도 처음인 것 같았다.

"지원 씨는 연애 안 해요?"

주혁의 질문에 지원은 가슴께가 먹먹해져 왔다.

"일 때문에 바빠서 연애할 틈도 없는 거 있죠. 이러다 일하고 결혼하게 생겼어요."

"에이, 아무리 바빠도 연애할 틈은 생기는 법이에요. 바쁜 시간 쪼개고 쪼갤 만큼 눈에 차는 남자가 없는 거지. 안 그래요?"

지원이 쓰게 웃었다.

"좀 괜찮다 싶음 다 임자가 있다니까요."

"저런."

"오빠만 해도 벌써 임자 있잖아? 괜찮은 남자는 죄다 품절이에요, 품절."

"나도 괜찮은 남자 축에 끼워 주는 거예요?"

"그래도 정이 있는데 그 정도 인심은 써 줘야죠."

"하하하."

지원은 주혁을 물끄러미 바라보았다. 손안에서 캔 음료를 이리저리 굴리던 주혁은 작은 한숨과 함께 입을 열었다.

"미주, 가끔 보면 새 같아요."

"새……요?

"금방이라도 멀리 날아갈 것 같아서."

잠시 어색한 침묵이 흘렀다. 지원은 캔 음료를 한 모금 삼킨 뒤 괜스레 발끝을 까닥였다. 주혁이 그런 생각을 하고 있었다니. 부당한 일이다.

"그래서 결심했어요."

"뭐를요?"

주혁이 이를 보이며 환하게 웃었다.

"오늘, 미주한테 정식으로 프러포즈하려고요."

[어제는 잘 들어갔어요?]

[속은 괜찮아요?]

[잘 잤어요? 속은 좀 어때요?]

아침부터 속을 두어 번 게워 내고 나서야 제정신이 돌아왔다. 싱크대 선반을 뒤져 찾아낸 컵라면 하나로 대강 쓰린 속을 달랜 뒤, 줄곧 휴대폰을 만지작거리는 선우였다. 보내지도 못할 메시지를 썼다가 지웠다가, 그 한심한 짓만 벌써 삼십 분째다.

[전 한 감독님께 붙들리는 바람에 2차까지 갔어요.]

"에이 씨……."

결국 액정 위를 가지런히 메웠던 글자를 죄다 지워 버린 뒤 휴대폰을 저만치에 밀어 버렸다. 어떤 말을 보내야 좋을지 도통 떠오르지 않는다.

선우는 늘어지게 기지개를 켠 다음 똑바로 누워 천장을 바라보았다. 간밤의 기억이 불현듯 떠오르는 바람에 두 눈을 질끈 감았다.

'나, 최주혁 씨 좋아해.'

들이부은 소주 탓에 포장마차에서의 기억은 드문드문 끊겨 있다. 어쩌다가 화제가 그리로 갔는지는 모르겠지만 분명,

'최주혁 씨 좋아한다고.'

농담이 아니었다. 그럼 그 여자는 처음부터 두 사람을 갈라놓을 작정으로 나를 끌어들인 건가? 아니야, 설마…….

"……젠장, 뭐가 이렇게 복잡한 거야."

다시 눈을 감았다. 이번에 머릿속을 메운 것은 주혁의 얼굴이다.

'미주 좋아하죠?'

그렇게 묻고 나선 사람 좋은 얼굴로 미소를 지었다.

'안심했어요.'

욱한 기분으로 홧김에 과음을 했다. 미주를 두고 벙어리니 귀머거리니 막말을 늘어놓은 패거리와 주먹다짐까지 벌였더랬다.

154

그날, 까맣게 죽어 있던 미주의 눈동자만큼은 도통 잊히지 않는다.

선우는 울적한 기분과 함께 주혁의 미소 띤 얼굴을 억지로 밀어내며 이불을 뒤집어썼다. 하지만 갑갑한 기분에 이내 발로 걷어 내고 만다. 이리저리 뒤척이던 선우는 몸을 일으켰다. 슬슬 연습실에 나가 봐야 할 시간이었다.

자꾸만 떠오르는 그녀에 대한 생각을 도무지 억누를 수가 없었다.

멋대로 움직이는 심장의 고동, 달뜬 숨소리. 머릿속을 어지럽히는 그녀의 잔상. 나의 의지와는 무관한 현상들에 가슴이 쓰리다.

뒤늦게 찾아온 풋사랑이 결코, 마냥 반갑지는 않았다.

연습실은 이미 후끈한 열기로 가득 차 있었다. 연습실에 들어선 선우는 먼저 와 있던 선배들에게 한바탕 인사를 돌고 난 뒤 구석에 놓인 의자에 걸터앉아 운동화 끈을 동여맸다. 질끈, 어지러운 생각까지 함께 동여맸다.

"남궁선우."

이창학 감독이 손짓해 부른다. 선우는 가벼운 목례와 함께 자리에서 일어섰다.

"대본은 대강 외워 왔겠지?"

"네."

"우선 안무부터 맞춰 볼 거야. 이번 뮤지컬 넘버 열다섯 곡 중 네가 부를 곡이 총 네 곡. 어때, 자신 있어?"

네 곡. 큰 비중이다. 선우는 고개를 힘차게 끄덕였다.

"……네."

절호의 기회였다. 공연계에서 내로라하는 연출가 이창학 감독의 신작 뮤지컬 〈홀릭〉의 주연급 배역. 선우는 지원의 얄미운 얼굴을 떠올리며 슬쩍 고마운 기분이 들었다. 사실 자신 같은 풋내기 신인이 감히 수백, 수천 대 일의 경쟁률을 뚫었을 리 없었다. 지원의 입김이 미약하게나마 작용했으리라 미루어 짐작하는 터였다.

선우는 잡념을 지워 내고 티셔츠를 벗었다. 큼직한 티셔츠를 벗자 마른 듯한 선우의 상반신이 그대로 드러났다. 넓은 등 위로 자리 잡은 탄탄한 근육들은 모두 고된 연습으로 만들어진 것이다.

"이야, 몸매 좋은데?"

익숙한 하이 톤의 목소리가 들려왔다. 지원이었다. 선우는 건성으로 목례를 보낸 뒤 민소매 티셔츠를 꿰어 입고 안무연습에 몰두했다. 오른쪽으로 두 걸음, 턴 한 뒤에 상대역과의 크로스 점프. 근육에 착 달라붙은 티셔츠는 금세 땀으로 젖어 든다. 지원은 안무연습을 구경이라도 할 심산인지 연습실 한구석의 소파에 자리 잡고 앉았다. 선우는 그런 지원이 불편했다. 사람들이 수군대는 소리를 들었기 때문이었다.

'남궁선우 씨, 한 감독이랑 아는 사이라면서?'

'오디션은 형식적인 거고, 사실은 처음부터 쟤가 캐스팅이었
대. 퍼포먼스 테스트도 그 역만 따로 치렀잖아.'

'어쩐지 새파란 신인이 들어왔다 싶더라니. 얼굴은 또 엄청 반
반하네?'

'보나마나 나중에 드라마 찍네, 영화 찍네 하면서 이 바닥 뜨
겠지, 뭐.'

선우는 미간을 찌푸리며 발을 힘껏 굴렀다. 쿵 쿵, 마룻바닥을
울리는 소리가 마치 심장의 고동 같다. 어슴푸레 떠오르는 미주의
얼굴을 지워 내며 몸을 움직였다. 모든 게 다 답답하고 지루하게
느껴졌다. 춤도, 노래도. 사랑도.

······빌어먹을.

배우들의 춤이 막 클라이맥스로 접어들었을 무렵, 가방 속 선우
의 휴대폰이 깜박였다.

[수신된 메시지 1건]

한참 동안 망설이다가 버튼을 눌렀다. 전송. 액정이 깜박인다.
메시지를 전송 중입니다.

[전송이 완료되었습니다.]

미주는 가벼운 한숨을 내쉰 뒤 휴대폰을 바닥에 내려놓았다. 새
벽, 택시 차창 너머로 보였던 선우의 마지막 얼굴이 자꾸만 떠오른

다. 차창을 두드리던 손길. 허공에서 시선이 부딪친 순간 눈동자가 일렁였다. 자신을 똑바로 바라보던 두 눈. 안타까움이 번져 가던 눈빛 속에 깃든, 그 자그마한 절망감.

상처 입혀서는 안 돼.

유달리 즐거운 표정을 짓고 있는 사람이라고 생각했다. 무대 위에서 반짝반짝 빛이 났다. 어느샌가 그 애를 보기 위해 공연장을 찾고 있는 자신을 발견했다. 그 애가 손을 잡았다. 아이처럼 웃었다. 서툰 글씨로 건네는 말 한 마디 한 마디가 너무도 따스했다. 설레었다고 생각했다. 미주는 고개를 저었다. 그저 지나가는 바람일 뿐인 것을.

아니, 바람이고 싶다. 바람이어야만 했다. 풋내 나는 사랑에 빠진 여고생처럼 들떠 있을 수는 없었다. 미주는 애써 선우의 얼굴을 지워 내고 두 눈을 감았다. 그 위로 떠오르는 것은 주혁의 단정한 미소. 너무나도 감사하고, 너무나도 소중한 사람.

그래, 이걸로 행복한 거야.

미주의 휴대폰이 요란한 진동소리와 함께 깜박였다.

[오늘 같이 저녁 먹자. 저번에 말했던 레스토랑 예약해 놨어.]

주혁이다. 여느 때와 다르지 않은 그의 문자메시지에 미주 역시, 늘 그랬듯 익숙한 답신을 보낸다.

[네. 준비하고 있을게요.]

습관과도 같은 익숙함. 주혁에게 길들여져 가는 자신이 기쁘지는 않다. 그의 다정함을 당연하게 받아들이고 싶지 않다. 당연한 듯 그에게 기대는 삶도 원치 않는다. 하지만, 그를 잃고 싶지 않다.

이건 내 욕심인 거겠지. 혐오감이 인다.

아이러니하게도, 지금 이 순간 머릿속을 가득 메운 것은 선우의 얼굴이었다.

그 애는 어떤 표정으로 내가 보낸 메시지를 읽고 있을까. 어떤 생각을 하고 있을까.

사람이란,

어쩌면 이다지도 이기적인 걸까.

반나절에 걸친 안무연습이 끝났다. 땀으로 흠뻑 젖은 선우는 아무렇게나 던져둔 가방을 뒤적여 큼직한 수건을 꺼내 들었다.

"수건까지 들고 다녀?"

"네, 뭐."

어느새 등 뒤로 다가선 지원에게 대강 대구하며 얼굴에 흐르는 땀을 닦는다. 땀내 밴 이 오래된 수건은 선우에게 있어 일종의 부적 같은 녀석이었다.

몇 해 전, 가출하다시피 집을 나와 대강 꾸렸던 짐을 풀어 보니 낯선 물건이 한가득 들어 있었다. 소화제와 진통제 따위의 상비약과 깨끗하게 개킨 새 속옷 몇 벌, 양말 몇 켤레, 오래 두어도 상하지 않을 밑반찬 몇 가지, 큼직한 수건에는 제 이름 넉 자가 꼼꼼하게 수놓아져 있었다. 남궁선우. 아들 생각에 밤잠을 설쳤을 엄마가 고지식한 아버지 몰래 가방에 챙겨 넣었으리라.

수건을 부여잡고, 싸늘하게 냉기가 도는 단칸방 바닥에 앉아 한참을 울었었다. 성공하기 전에는 돌아가지 않겠다며 이를 악문 선우였지만 그 모정에는 그만 마음이 약해지지 않을 수 없었다.

"뭐라도 좀 마실래?"

"지금 일부러 이러시는 거죠?"

"뭐가?"

"몰라서 물어요? 소문 도는 거 뻔히 알면서."

"아아. 사실은 너랑 나랑 몰래 사귀는 사이라든가, 뒷돈을 대 준다든가, 사실은 동거하고 있다든가 하는 소문 말하는 거야?"

"그렇게 구체적으로 말 안 해 줘도 되거든요."

지원이 싱긋 웃었다. 선우는 그런 지원에게 눈을 흘기며 휴대폰을 집어 들었다. 부재중 전화가 두 통에 수신된 메시지가 한 건. 서둘러 메시지를 확인한다.

문자메시지를 확인한 선우의 표정이 딱딱하게 굳었다.

"이 몸께선 안무 체크하러 온 거다, 인마."

지원이 샐쭉하게 말을 잇는다.

"소문 무서워서 일도 못 하면 진정한 프로가 아니지. 내가 이 공연 음향에 특별히 신경을 쓰고 있단 말씀이야. 모처럼 예산 팍팍 나오는 건수 맡았는데 우퍼고 뭐고 입맛대로 다 때려 넣어서 뽑아 봐야지, 안 그래? 피부로 느끼는 음악! 캬, 역시 난 끝내준다니까."

"소문 안 무서워서 좋으시겠어요."

"남궁이야말로 주변 시선은 안 무서운가 봐. 참 마이페이스야. 눈치도 좀 보고 요령 있게 사는 건 어때? 선배들한테 굳이 미운털 박혀 가며 고생할 필요 없잖아. 살살 애교도 좀 부리고 하란 말이야."

땀을 닦아 낸 수건을 아무렇게나 집어 던지는 선우를 보며 지원이 이죽거렸지만, 선우는 지원의 장난을 받아 줄 기분이 아니었다.

[그동안 선우 씨 덕분에 정말 즐거웠어요.]

뒷부분은 부러 읽지 않았다. 어차피 짐작이 가고도 남음이니까. 그동안 덕분에 정말 즐거웠습니다. 그럼 안녕히.

뭐야, 이런 일방적인 작별 인사는.

이유를 모를 리 없었다. 그 남자 때문이다. 최주혁. 미주와 3년을 사귄 한결같은 애인. 선우는 마지막으로 보았던 미주의 얼굴을 떠올렸다. 말로는 형용할 수 없는 쓸쓸한 눈빛.

그래, 그날 새벽.

일방적인 작별 인사는 진즉에 건네 온 거였다.

"연습도 끝났는데 나랑……."

"저, 술 사 주세요."

에어컨 앞에서 땀을 식히던 선우가 티셔츠를 꿰어 입으며 말했다. 그런 선우를 바라보던 지원이 흐응, 콧소리를 낸다. 오호라. 저 녀석 뭔가에 골이 난 모양인데.

"술은 네가 사야 하는 거 아냐? 지금 누구 덕에 오디션 당당히 붙었는데."

"백 쓴 거 아니잖아요. 누가 모를까 봐."

"이야, 남궁선우. 그렇게 실력에 자신 있는 거야?"

"한 감독님 백 쓰는 타입이었어요?"

"글쎄. 어떨 것 같아?"

"됐고요. 술 사 주실 거예요, 말 거예요."

대답 대신 싱긋 웃어 보인 지원이 숄더백을 챙겨 들고, 뒤따라 일어선 선우를 향해 고갯짓을 한다. 선우는 잔뜩 굳은 얼굴로 가방을 둘러멘 채 지원의 뒤를 따랐다.

[그동안 선우 씨 덕분에 정말 즐거웠어요.]

"……."

여기에서 내가 화를 내면 반칙인 거다.

당연한 거니까.

"여기 음식 괜찮지?"

－네, 맛있어요.

"예약이 생각보다 힘들더라고. 해산물 좋아하잖아. 그래서……."

주혁은 어쩐지 들떠 보였다. 미주는 그런 주혁에게 걱정을 끼치고 싶지 않아 애써 밝게 웃으며 행동했다. 그러고 보니, 참으로 간만의 데이트다운 데이트였다.

- 그런데 시간 괜찮아요? 바쁜데 괜히 무리하는 건…….

"미주는 걱정이 너무 많아서 탈이야."

- 나는 그냥…….

"뭐, 그런 점도 포함해서 좋아하는 거지만."

어쩐지 민망해진 미주가 볼을 붉히며 접시 위의 음식에 열중했다. 주혁은 종종 이런 유의 쑥스러운 대사를 아무렇지도 않게 던지곤 한다.

"미주야."

주혁은 넌지시 미주의 이름을 불러 보았다. 하지만 역시 미주에게는 들릴 리가 없다. 어쩐지 서글픈 기분이 들어 주혁은 목이 메고 만다.

"미주야."

가만히 바라보고 있는 사이, 포크를 달각이던 미주의 시선이 주혁을 향했다. 주혁은 부드러운 미소와 함께 다시 한 번 미주의 이름을 불렀다. 미주야.

미주의 눈동자가 주혁의 입술 위에 머문다.

- 왜요?

"우리……."

주혁은 수화를 쓰는 대신, 천천히 입술을 움직였다.

"우리 결혼하자."

주혁의 입술에 머물러 있던 미주의 눈동자가 천천히 움직였다. 콧날을 따라 미끄러지던 시선이 주혁의 두 눈에 머문다. 마치 그 안에 담긴 진심을 가늠하기라도 하듯, 천천히 떨리는 눈동자로.

- 오빠, 나는……

"거절할 생각이어도 조금 더 생각해 본 후에 해. 대신 그 이유
가 네 귀 때문이라면 절대 받아들이지 않을 거야."

주혁이 자그마한 상자를 꺼냈다. 반지였다.

"너 주려고 산거니까 우선은 미주 네가 갖고 있어. 며칠 뒤에
돌려주고 싶다면 그때 돌려주면 돼. 참…… 그런 표정 짓지 말라
니까. 비싼 것도 아니고, 차이면 환불할 거야. 그러니까……."

미주는 자신의 손가락에 끼워지는 반짝이는 반지를 그저 멍하니
바라만 보고 있었다. 주혁의 가벼운 농담에도 웃지 못했다.

"대답은 일주일 안에 해 줘."

주혁의 입술이 느릿하게 움직였다.

- 왜……

슬로모션의 영상처럼, 현실감 없이 흘러가는 풍경들.

달싹이는 입술.

- 왜 나예요?

"내가 미주의 두 귀가 되어 주고 싶어. 그거로는 부족할까?"

아무런 대답도 할 수 없었다. 하필이면 이 순간 떠오르는 게 네
얼굴이었을까. 어째서.

종이 위에 아이 같은 말을 그리며 웃던 너.

커다란 손으로, 허공 위에 서툰 수화를 그리며 웃던 너.

어째서 너일까. 미주는 그만 눈물이 쏟아질 것 같아 입술을 힘

껏 깨물었다.

꽃집에 지원과 마주 앉은 선우는 연신 불안한 눈길로 주위를 살폈다. 바로 어제, 한바탕 거사를 치렀던 곳이니 신경이 쓰이지 않으려야 않을 수가 없다.

"왜에? 주먹질했던 기억나서?"

"칫, 누가요."

"아까부터 사장님 눈치 잔뜩 보고 있으면서 뭘 그래."

"그러니까 하필이면 왜 또 여기로 오느냐고요."

선우는 투덜대며 제 앞에 놓인 술잔을 깨끗이 비웠다.

"아까부터 골은 왜 났어?"

"……골이 나긴 누가요."

"사춘기 소년의 반항도 아니고, 그게 뭐니?"

피식 웃어 가며 선우를 놀리던 지원이 담배를 꺼내 물었다. 그런 지원을 물끄러미 바라보던 선우가 눈썹을 찌푸린다.

"몸에도 해로운 걸 왜 피워요?"

"몸에 해로우니까 하는 거야. 그것도 몰라?"

깔깔 웃던 지원이 선우한테 담배를 내밀었다.

"난 몸에 해로운 건 안 해요."

"착실하네."

"술이나 드세요."

선우를 물끄러미 바라보던 지원의 입가에 자조적인 웃음이 걸렸다.

"……사랑은 어때?"

"네?"

"그것도 몸에 해롭거든. 짝사랑."

"……안 해요."

"그래?"

"애인 있는 사람은 더더욱요."

지원은 자신을 똑바로 바라보며 또박또박 힘주어 말하는 선우가 못내 귀엽기도 하고 괘씸하기도 하여 한참을 소리 내어 웃었다. 그래, 동감이다.

호감이 사랑이 되는 것을 바라지는 않았다. 그것이 소중한 친구와 그의 연인에 대한 최소한의 의리였다. 오랫동안 앓아 온 제 짝사랑에 대한 예의이기도 했다. 다만 가벼운 마음으로, 누구든 좋으니 미주의 닫힌 마음을 잠시나마 흔들고 또 열어 주길 바랐던 것뿐이었다. 두 사람이라면 틀림없이 좋은 친구가 될 것이다. 지원에게는 그런 강한 믿음이 있었다. 선우라는 남자도, 미주라는 여자도 불현듯 피어난 설렘을 그저 기분 좋은 추억으로 갈무리할 것이라고. 두 사람의 호감이 결단코 나쁜 방향으로 흐르진 않을 것이라고.

"……사고 쳤네, 한지원."

"뭐가요?"

"아무것도 아니야."

지원은 여전히 웃음기를 거두지 못한 채 선우의 술잔에 소주를 한가득 채웠다.

"담배도 싫고, 사랑도 싫고. 그럼, 술은?"

"……가만 보면 감독님 성격 진짜 별로예요."

"나도 알아."

지원은 싱긋 웃어 보이곤 병에 남은 술을 제 잔에 마저 채웠다.

"남궁."

"왜요."

"내가 할 말은 아니지만…… 미주 너무 좋아하지 마."

아아, 괜한 짓을 했어. 혼잣말처럼 읊조린 지원이 단숨에 잔을 비웠다. 술맛이 쓰다.

"짝사랑 진짜로 몸에 해롭다니까."

"……나도 알아요."

선우도 뒤따라 잔을 비웠다. 녀석의 얼굴이 일그러지는 모양을 보아하니 참으로 독한 술임이 분명하다.

그래. 참으로 독할 테지, 그 짝사랑.

지원은 피식 웃음을 흘리며 선우의 빈 잔에 술을 채웠다.

"자, 자! 마시고 죽는 거야!"

"정말 괜찮겠어?"

─정말로 괜찮아요. 생각할 거리도 잔뜩 안겨 줬잖아요? 혼자

서 이런저런 생각 하면서 천천히 걷고 싶어서 그래요.

농담을 던져 보아도 여전히 걱정스러운 표정이다. 고집스레 승용차에서 내린 미주는 주혁을 간신히 돌려보낸 뒤 돌담길을 따라 천천히 걷기 시작했다. 아파트 입구까지는 걸어서 10분 정도의 거리다.

길어진 해는 저녁 느지막한 시간이 되고 나서야 저물었다. 시계를 보니 벌써 아홉 시를 훌쩍 넘긴 시간이었지만 질서 정연하게 늘어서 있는 가로등 덕분에 길은 그리 어둡지 않다. 열대야가 찾아오기엔 아직 이른 계절인지, 볼을 스치는 밤바람이 제법 선선했다.

귓가를 스치고 있을 신선한 바람 소리를 상상한다. 또각또각, 일정한 리듬으로 울리고 있을 구두 굽 소리를 상상한다.

그리고, 주혁의 목소리를 조심스레 상상한다.

자신을 사랑하고 있을 그의 목소리는 어떻게 울리고 있을까. 얼마만큼의 따스한 온도를 품고 있는 걸까.

나의 목소리는 그의 것과 똑같은 온도를 갖고 있을까.

"……!"

순간, 아파트 입구에 막 들어서던 미주가 소스라치게 놀라 뒤를 돌아보았다.

"에, 뭐야……. 오늘은 애인이 안 데려다줬어요?"

선우였다. 살짝 취기가 오른 듯 두 뺨이 발갛다. 몰아쉬는 숨에서 약한 알코올 냄새가 묻어났다.

168

"놀라게 해서 미안해요."

뒤에서 목청껏 고래고래 미주의 이름을 부르며 쫓아오던 선우가 뒤에서 어깨를 잡아 세운 것이었다. 미주는 놀란 가슴을 쓸어내리며 제 어깨를 잡은 선우의 손을 쳐냈다.

－뭐 하는 거예요, 지금?

"아까 저기 길 건너에서 보고 막 부르면서 쫓아왔는데, 아……맞다, 안 들리지……. 지금 내가 하는 말 알겠어요?"

턱까지 차오른 숨을 고르며, 선우가 필사적으로 허공 위에 서툰 손짓을 그려 보인다. 술 냄새. 땀에 젖은 티셔츠. 바람을 타고 불어오는 너의 그 체취가 반갑지만은 않다.

선우는 참 맑게도 웃었다. 어쩐지 화낼 기력마저 사라지고 말아 미주는 가벼운 한숨을 내쉬었다.

어쩌면, 네 기분을 조금은 알 것도 같아.

－무슨 술을 이렇게 마셨어요?

"화났어요?"

제 입술로 향한 미주의 시선을 눈치챈 선우가 입을 크게 벌려 재차 물었다.

"화, 났어요?"

－아니. 안 났어요.

고개를 저어 보이는 미주를 향해 선우가 자신의 휴대폰을 내밀었다. 미주는 반사적으로 휴대폰 액정에 시선을 떨구었다.

[그동안 선우 씨 덕분에 즐거웠어요.]

"난 좀 화났는데."

미주는 선우의 얼굴을 물끄러미 바라보았다. 술을 마신 탓일까. 두 볼이 붉게 달아올라 있다. 입술의 움직임이 씩씩하다. 분명 목소리도 크겠지.

"원래 그래요?"

미주는 대답 대신 눈을 깜박였다.

"이런 문자, 되게 기분 나쁜 거 알아요? 혼자만 할 말 하고 딱 자르는 거 무지 치사해요."

─ 잠깐만 …….

"친구 하기로 했잖아요. 그런데 왜 멋대로 절교해요? 내가 싫으면 문자 같은 거 보내지 말고 만나서 말을…… 왜 그 공책도 있잖아요, 글씨 쓰는. 그리고 나 엄청 예의 있는 남자예요. 그렇게 멋진 애인이 있는데 누가 그쪽한테 집적댄데요? 나도 애인 있는 사람 앞에서 얼쩡거릴 마음 같은 거 없었단 말이에요. 그런데 왜 그딴 문자로 사람 속을……."

선우는 잠시 숨을 고르며 휴대폰 속의 메시지를 삭제했다.

"그런 얘기는 얼굴 보고 직접 하란 말예요."

그러곤, 미주를 향해 묻는다.

"내가 싫어요?"

흔들림 없는 곧은 눈동자. 참 솔직한 눈을 가진 사람. 너는 언제나 밝고 건강하고, 마치 한여름의 뜨거운 햇살을 닮았다. 그래서 나는.

네가 부러워. 너에게 흔들려.

그래서 나는 네가…….

-아니.

네가, 좋아.

미주는 천천히 고개를 저었다.

-나 오늘 프러포즈 받았어요.

"저기, 수화는 잘 모르는데……."

당황한 선우가 뭐라 말하는데, 미주의 손이 지체 없이 그 말을 잘랐다.

-무척 좋은 남자예요.

"뭐 하고 싶은 얘기 있어요?"

-나를 엄청 많이 사랑해 주고, 또 아껴 주고. 나도 그 사람이랑 계속 함께하자고 마음먹었어. 그렇게 생각했었어.

"……남이 안 들었으면 하는 얘기?"

미주의 손이 멈칫했다.

"얘기 다 끝날 때까지 들어 줄게요. 계속해요."

-……그런데, 있잖아.

어느새 미주의 눈가에 눈물이 고였다.

-나 사실은 해산물 별로 안 좋아해.

"네."

-그런데 그 사람 앞에서는 좋아하는 척해. 그 사람이 좋아하거든.

"네."

-그 사람은 내가 굉장히 다정하고 상냥한 여자라고 생각해.

"네."

-나 사실은 엄청 못된 여자야.

"네."

-그 사람은 엄청 능력 있고 멋있는 사람이야. 머리도 굉장히 좋고, 일도 열심히 하고. 그런데 착하기까지 해. 봉사활동도 좋아해.

"네."

-그 사람은 내가 재능 있는 사람이라고 생각해.

"……네."

-나는 그 사람이 생각하는 것처럼 재능 있는 여자도, 강하고 멋있는 여자도, 약하고 가련한 여자도 아니야.

미주의 눈에서 마침내 눈물이 흘렀다.

-한계를 느꼈어. 음악을 어떻게든 그만두고 싶었어. 그래, 귀는 너무 좋은 핑계였던 거야. 난 지원이처럼 재능도 포부도 없었고, 항상 변명 뒤에 숨어서 도망치기 좋아하는 비겁한 여자애였어. 정말 아무것도 아닌 사람이야.

"……."

-그런데, 그 사람 앞에서는 그런 내가 자꾸만, 자꾸 너무 초라해져서…… 견딜 수가 없어. 나도 오빠가 좋아, 그런데……. 그 사람과 있을 때면 너무 초라한 나 자신이 자꾸 싫어져.

"……."

―음식점에 가서 주문하는 것도, 좋아하는 공연을 보러 가는 것도, 함께 있는 시간 동안 그 사람은 항상 나를 위해 봉사해. 나는 그 사람의 도움 없이는 제대로 할 수 있는 게 아무것도 없어. 그런 사람이 평생 동안 내 두 귀가 되어 주겠대. 어쩌면…… 나그 말에 안심했어. 그래, 이대로 살아가자. 그렇게 생각했어. 누구에게도 상처 주고 싶지 않아. 누군가가 나 때문에 상처받는 것도 싫어. 그 사람이라면, 내 곁에서 상처받지 않을 거야. 나도…… 그렇게, 그저 평범하게 매일을 살아가게 될 거야. 그렇게생각했어.

"……."

―평생 귀가 되어 주겠다는 남자가 있는데, 그래서 기쁘고 행복한데, 행복해야 하는 건데…… 비참해……. 너무 한심해. 기쁜일인데, 비참해. 그 마음이 버겁고 무거워. 그래서 미안하고, 겁이 나고…….

"……."

―사실은 무서워……. 나 무서워, 선우야. 역시 내가 이상한거겠지? 그런 거지……?

미주는 끝내 울음을 터뜨렸다. 얼굴을 감싸고 주저앉아 우는 미주 앞에서 선우는 이러지도 저러지도 못한 채 절절매다 결국, 옆에 나란히 쪼그리고 앉아 서툰 손길로 어깨를 다독이기 시작했다.

"울지 마요……. 동호 형이 여자는 애인 앞에서만 우는 거랬어요."

─ …….

"……미치겠네, 진짜."

나는 그녀가 쏟아 놓는 말을 하나도 알아들을 수 없었다. 하지만 미안하지 않았다. 그것은 내가 들어서는 안 될, 이를테면 모종의 비밀 이야기 같은 것일 테니까. 나는 시선을 춤추는 손에 고정한 채 움직이지 않았다. 그것은 내가 그녀에게 건넬 수 있는 최선의, 그리고 유일한 위로였다.

이야기를 마친 그녀는 제 입을 꼭 틀어막고, 소리 없이 숨죽여 울었다.

아아. 정말로 그녀에게서는 모든 소리가 사라져 버린 것일까.

소리 없는 눈물이 훨씬 더 슬프고 아프다는 것을, 나는 그때 처음 알았다.

─ 미안해요. 폐를 끼쳤어.

한참 동안 소리 없이 들썩이던 여린 어깨가 잦아들고 난 뒤, 그녀는 어느새 빈틈없는 모습으로 다시 되돌아왔다. 흐트러짐이라고는 보이지 않는 정갈하고도 단아한 특유의 모습으로.

여자란 대체 무슨 마법을 부리는 걸까. 눈물 자국이 사라지자마자 짜잔, 하고 변신. 선우는 그만 피식 웃고 말았다. 하지만 한편으로는 그런 미주의 모습이 쓸쓸하기도 하다.

－미안.

손을 모아 비는 시늉을 해 보이는 미주를 향해, 선우는 고개를 저으며 씩 웃었다.

"그렇게까지 사과하면 저 엄청 무안해지는데요. 진짜 괜찮아요."

－조심해서 가요. 아깐 정말 고마웠어.

"저기, 있잖아요."

손을 흔들며 배웅하려는 미주를 붙잡은 선우가 머뭇거려 가며 멋쩍게 입을 연다.

"오늘 애인한테 프러포즈 받았죠?"

미주는 잠시 놀란 표정을 지었지만 이내 온화한 표정으로 천천히 고개를 끄덕였다.

"한 감독님한테 들었어요. 비밀 얘기 해 줄 테니까 누나라고 부르래나 뭐래나. 진짜 웃기는 사람이에요."

－그런데 나는…….

"그거, 거절하지 마요."

－…….

"끝내주게 멋있는 남자잖아요. 둘이 잘 어울려요. 멋있는 남자, 멋있는 여자. 진짜로요."

미주는 목이 메었다.

내가, 감히 네게 전할 수 있을까. 사실은 너에게 끌렸다는 것을. 프러포즈를 받는 순간에도 무심코 너를 떠올렸다는 것을. 이런 나를 네가 경멸할까 두려웠다는 것을.

"근데요……."

─ …….

"울 만큼 힘들면 억지로 받지도 말고요. 귀 불편한 거, 죄진 것도 아닌데 가끔 보면 이것저것 너무 참고 사는 것 같아서요. 인고의 수행이라도 하는 수녀님 같다니까요."

미주는 두 손을 꼭 모아 쥐었다.

차마 수화로도 꺼내지 못할 마음 한 조각.

선우는 머리를 긁적이며 중얼거리곤 다시 우렁찬 목소리로 고개 숙여 인사했다.

"그럼, 저 그만 갈게요! 얼른 들어가요!"

나는 한참 동안 그 자리에 서서 힘차게 달려가는 그 애의 뒷모습을 바라보았다. 그 애는 어둠 속에서 몇 번이나 뒤돌아보며 나를 향해 손을 흔들었다.

나이에 걸맞지 않는 저 씩씩함, 덩치에 어울리지 않는 솔직함. 에너지가 가득 배어나는 신선한 땀 냄새. 여름의 싱그러운 풀내음.

한 여름의 태양 같은 아이.

나는 그 애가 완전히 사라진 어둠을 향해, 조심스럽게 손을 흔들었다.

☆

"감독님, 안 지겨워요?"

"어허 거참. 누나라고 부르라니까."

"그렇게 시간이 남아돌아요?"

"나? 얼마나 바쁘신 몸인지는 네가 더 잘 아는 거 아냐?"

"바쁘긴. 매일같이 여기 와서 죽치고 있잖아요."

"우리 귀여운 병아리가 연습 잘 하고 있나 궁금해서 왔지."

"진짜, 그 말투 좀 고치면 안 돼요?"

말씨름해 봐야 내 손해지. 선우는 고개를 절레절레 저어 가며 생수병을 집어 들었다. 뻔질나게 연습실에 출입하는 지원을 바라보는 시선은 여전하다.

스태프와 배우들 사이에서 숙덕대는 소문은 크게 두 부류로 갈렸다. 이창학 감독과의 불륜설과 새파란 연하남 남궁선우와의 동거설. 일일이 대꾸할 만한 가치조차 느끼지 못한 선우는 될 대로 되라는 심정이었지만, 그사이 하나둘씩 늘어난 합리적 사고의 인간들이 선우 대신 목에 핏대를 올리기 시작했다. 뒷배가 어쩌느니 하는 소리들이 말이나 되느냔 말이야! 선우의 실력이 예사롭지 않음을 간파한 자들이었다. 하지만 크게 도움이 되지는 못했다. 소수의 의견이 공론화되기란 본래 쉽지 않은 법이다.

멋대로 떠들라지. 내가 눈 하나 깜짝 하나 봐라.

선우는 악으로 버티고 있는 중이었다. 처음으로 참여해 보는 대규모 작품이다. 출연배우만 줄잡아 칠십여 명. 이창학 사단이 빚어내는 그 빼어난 연출도 탐이 나지 않을 수 없었지만, 무엇보다도 이만한 사이즈의 무대에 선다는 것 자체가 선우에게 있어 더없이 귀중한 경험이었다.

"그냥 이참에 확 사귈까, 삐약삐약 병아리?"

"말 같지도 않은 소리는 하지 마세요. 제발 좀."

"이야 남궁선우, 말버릇 한번 고약하네. 그렇죠, 한 감독님?"

어느새 등 뒤로 다가온 동료배우가 넌지시 농담을 건넨다. 이창학 감독의 작품에서 다시 한 번 호흡을 맞추게 된 동호였다.

"내 말이. 예뻐해 줬더니만 아주 기고만장이셔. 삐약삐약 시끄러워 죽겠네. 동호 씨는 요즘 어때요? 연습은 잘 되고?"

"웬 병아리 한 마리가 바짝 뒤를 쫓아오는 바람에 기합 단단히 들어가 있죠, 뭐. 로맨스도 마다하고 무슨 꿍꿍인가 했더니 이창학 감독님 작품에 등장하실 줄 누가 알았겠어요? 하여튼 독종이라니깐요. 삐약삐약."

"동호 형! 진짜 둘 다 이제 그만 좀 해요!"

말장난이 흡족했던지 신나게 웃어 대던 동호는 선우의 어깨를 툭툭 두드린 뒤 샤워실로 사라졌다. 그 모습을 물끄러미 바라보던 지원이 괴상한 기합소리를 넣어가며 선우의 어깨에 팔을 두른다. 여자치곤 제법 큰 키에 속하는 지원이었지만 선우에게 팔을 두르는 것이 버거웠다.

"우리 병아리는 대체 뭘 먹고 이렇게 큰 거야?"

"알 게 뭐예요."

"또, 또, 이 버릇없는 자식 보게."

"길거리 나가서 스물넷 먹은 남자한테 병아리 소리 이틀만 해
봐요. 버르장머리가 없어지나 안 없어지나."

"얼마 전까지만 해도 맹한 게 참 귀여웠는데, 이거 너무 컸어."

지원은 선우의 등짝을 시원하게 휘갈기며 소파 위에 던져두었던
가방을 챙겨 들었다.

"오늘 저녁에 술 한잔하자. 연습 끝나면 전화해."

"싫어요."

"실연파티야. 이런 데엔 거부권 행사 못 하는 거 알지?"

지원의 말에 선우가 눈썹을 찌푸렸다.

"실연이라뇨?"

"실연 몰라? 잃을 실에 사모할 연. 실연."

"아니, 누가 그걸 몰라서 물어요?"

후후후, 낮게 소리 내어 웃던 지원이 의자 위에 나뒹구는 수건
을 집어 들어 선우에게 던졌다. 얼떨결에 수건을 받아 든 선우는
의아한 눈빛으로 지원을 바라보았다.

실연이라고?

"미주, 프러포즈 승낙했어."

아아. 그런 의미였나. 선우는 무심코 고개를 끄덕이며 수긍하고

말았다.

"오늘 저녁에 모여서 축배 들 거야."

"……"

"축하파티 겸 실연파티. 꽤 그럴싸하지?"

"……감독님 진짜 변태 같아요."

실연이라니, 내 참. 연신 싱글거리는 지원의 태연스러운 그 표현에 그만 선우는 할 말을 잃었다.

"꽃집에서 일곱 시 반. 오케이?"

"하여간 혼자 태평이야."

태평 같은 소리 한다. 남의 속도 모르고.

일단 판을 벌이긴 했지만 지원은 내심 걱정이 이만저만이 아니었다. 프러포즈를 승낙했다는 미주는 다 죽어 가는 얼굴을 하고 있고, 회심의 프러포즈에 성공한 주혁은 뭐에 쫓기는 사람처럼 저 홀로 동분서주다. 지원은 미주도 주혁도 제가 벼랑 끝으로 떠민 기분이었다.

가만…… 이 사람들을 한자리에 모아도 괜찮은 건가?

입술을 잘근잘근 씹고 있는데 휴대폰이 울렸다.

[지원 씨, 상담하고 싶은 게 있는데. 저녁 전에 잠깐 시간 괜찮아요?]

"이건 또 뭐야……."

주혁이었다.

[그럼 이따 집으로 데리러 갈게.]

[언제까지 애 취급하려고요? 길 찾기 정도는 문제없음. 혼자 갈게요.]

[내가 빨리 보고 싶어서 그래.]

[그럼 빨리 가 있을게요. 이제 됐죠?]

휴대폰에 도착한 미주의 메시지를 확인한 주혁의 입가에 희미한 미소가 떠올랐다. 가만 보면 은근히 고집불통이라니까.

"똑똑."

흐뭇하게 휴대폰 액정을 바라보던 주혁의 귓가에 낯익은 목소리가 들렸다.

"뭐가 그렇게 좋아서 입이 귀에 걸렸어요?"

똑똑. 입으로 노크 소리를 흉내 내던 지원이 생긋 웃으며 주혁의 사무실 안으로 들어섰다.

"갑자기 불러내서 미안해요, 지원 씨."

"누가 보면 세상이라도 다 얻은 줄 알겠네."

"하하, 다 얻은 기분이죠 뭐."

시원스러운 대답에 심장이 철렁한다. 뭐야, 이제 와서. 스스로가 한심스러워 지원은 피식 웃고 말았다.

"이거, 축하 선물이에요."

"쿠키?"

"마들렌. 여기 과자 무지 맛있어요."

"고마워요."

지원은 곱게 포장된 상자를 주혁에게 건넨 뒤 사무실을 한 바퀴 둘러보았다. 창가에 늘어선 관엽식물, 화이트 톤의 깔끔한 책상, 우드 블라인드. 처음 와 보는 주혁의 사무실은 주인을 꼭 빼닮은 모습이었다.

"그런데 저한테 의논하고 싶다는 일은……."

"아아, 우선 앉아요. 커피라도 내올 테니까."

미주의 일이려나. 지원은 살짝 한숨을 내쉬며 테이블 위에 놓인 마들렌 상자를 물끄러미 바라보았다.

"이걸로 주세요."

진열된 케이크를 신중하게 들여다보던 선우가 손가락으로 큼직한 딸기 케이크를 가리켰다. 단것이라면 질색이지만 새하얀 생크림 위에 촘촘히 장식된 딸기가 몹시 먹음직스러워 보인다. 선우는 오늘 저녁, 이 케이크를 미주와 주혁에게 선물할 생각이었다.

축하파티라고 했으니까 역시 케이크가 제격이겠지.

"초는 어떻게 드릴까요?"

"아, 하나만 넣어 주세요. 큰 걸로."

"삼만 이천 원입니다."

바지 속에서 구깃구깃하게 접힌 지폐를 꺼내 막 계산을 치르려는데, 메시지가 도착했음을 알리는 휴대폰 착신 벨이 울렸다.

"……네?"

놀란 눈의 지원이 주혁에게 반문한다. 예상했던 반응이었는지, 주혁은 침착한 태도로 말을 이었다.

"당장 시작할 수 있었으면 좋겠다는 뜻은 아니고요. 우선은 지원 씨에게 조언을 구할 필요가 있겠다 싶어서요. 그러니까……."

"……."

"미주가 일을 하는 건 역시 어려울까요? 아주 조금의 가능성이라도 좋아요."

호출의 목적은 상담이었다. 미주의 일. 작곡가로서의 재기 여부. 주혁이 그런 생각을 하고 있었다니, 조금 뜻밖이었다.

신중한 태도로 잠시 말을 고르던 지원이 입을 열었다.

"솔직히 불가능하다고는 생각하지 않아요. 그간 훈련된 음감을 가지고 있고, 머릿속에서 소리를 상상하는 것은 크게 어렵지 않을 거예요. 문제는 얼마나 실제와 비슷하게 상상하고 또 구현해 낼 수 있는가 하는 거죠."

지원의 말에 주혁은 한결 안도한 표정으로 고개를 끄덕였다.

"미주가 그렇게 위축되어 있는 건 스스로에 대한 자신감이 부족해서라고 생각해요. 미주 본인에게 있어서 두 귀는 아킬레스건 같은 거니까. 콤플렉스죠, 일종의. 어쩌면…… 옆에서 지원 씨를 지켜보고 있기 때문에 더 그럴지도 몰라요."

"……그렇겠죠."

"그걸 극복한다면 훨씬 나은 삶을 살 수 있어요. 미주는 스스로 그 벽을 깨야만 해요. 노력하지 않으면 앞으로 나아갈 수 없어요."

노력이라. 참 진취적인 단어로군. 지원은 커피를 한 모금 마셨다.

"친구가 근무하는 병원에 환우회가 있어요. 청각장애를 가진 사람들의 모임이에요. 미주도 그런 모임에 참석해 보는 건 어떨까 싶어요. 비슷한 처지의 다양한 사람들을 만나 이야기를 나누면 공감대도 형성될 거고, 아무래도 여러 가지로 도움이 되는 정보라든지 도움을……."

주혁은 여러 가지로 많은 생각과 준비를 하고 있는 모양이었다. 지원은 주혁이 쏟아 내는 이야기를 주워섬기며 막연한 초조함을 느꼈다. 이상하다, 이 남자. 뭐든 과하면 좋지 않은 법인데.

환우회가 웬 말이야. 저도 모르게 혀를 찬다.

"뭐든지 처음이 힘든 법이니까. 한 발만 내디디면 돼요. 딱 한 발."

망설임 끝에 지원이 입을 열었다.

"초조해요, 오빠?"

"그래 보여요?"

"네. 무지 초조해 보여요. 내가 알던 자신만만한 최주혁은 대체 어디로 간 거야?"

"내가 그런 이미지였어요?"

"농담하는 거 아니에요."

이제 지원은 모든 것이 헷갈리기 시작했다. 처음에 자신이 미주에게 주고 싶었던 것이 과연 무엇이었는지, 그런 제가 어떤 마음이었는지도.

……그리고, 주혁은.

"무리하지 말고, 무리 시키지도 말아요. 새 같다면서요, 미주. 차라리 같이 날아가 버리든가."

"나도 같이 날아가 버릴 수 있었으면 좋겠어요."

일순, 지원의 말문이 막혔다. 주혁이 쓰게 웃으며 말을 잇는다.

"같이 날 수 없을 바엔 혼자라도 날게 해 줘야지."

"……무슨 뜻이에요?"

"미주를 내가 너무 붙들고만 있었나 싶어서……. 갑자기 그런 생각이 들었어요. 아, 아까 했던 얘기는 너무 신경 쓰지 마요. 나도 갑자기 준비하려다 보니 경황도 없고, 좀 막막해서 조언이 필요했던 것뿐이니까. 내 쪽에서 더 알아볼게요."

지원은 몰래 한숨을 내쉬었다. 준비라……. 묘하게 결연한 모습의 주혁에게 어떤 말이든 전해 주고 싶었지만, 어쩐지 지금의 기분을 말로 설명하기가 곤란했다.

케이크 상자를 한 손에 든 선우가 술집 입구에서 머뭇거리고 있다. 벌써 10분은 족히 지난 듯했다.

'나 좀 늦을 것 같으니까 먼저 들어가 있어. 미주랑 주혁 오빠 먼저 도착해 있을 거야.'

이 여자가 진짜.

'파이팅.'

덧붙인 말이 더 괘씸했다. 파이팅이라니, 대체 무슨 생각을 하고 사는 거야.

안 오고 뭐 하느냐고 뭐라고 한마디 쏘아 줄 생각이었는데 다짜고짜 제 말만 하고 끊어 버린 뒤 감감무소식이다. 다시 전화를 걸었지만 받을 수 없다는 식상한 안내 멘트만 되풀이될 뿐, 지원의 카랑카랑한 목소리는 들리지 않았다.

들어갈까, 말까.

셋이 마주 앉아 자아낼 그 어색한 분위기가 죽도록 싫지만, 별수 없었다. 애꿎은 돌멩이에 화풀이하는 것도 지겨워진 선우는 술집 문을 열고 들어가 천천히 걸음을 옮겼다.

그리고, 이내 발걸음을 멈추었다.

그리 넓지 않은 실내의 한쪽 테이블에 미주가 홀로 앉아 있었다. 선우는 저도 모르게 숨을 죽이고 미주를 바라보았다.

휴대폰을 확인한 미주는 물을 한 모금 마신 뒤 머리카락을 한 번 쓸어 넘겼다. 대단히 정적인 움직임이었다. 주변의 소음 역시 서서히 사라져 갔다. 이상하게도 미주를 만날 때면 이렇듯 세상의 소리가 사라지곤 했다. 마치 소리 없는 액자 속 그림처럼, 느릿하게 흘러가는 영상만이 또렷하게 남는다.

소리가 존재하는 이곳과는 다른 세계. 그 세계에 이쪽의 소리를 빼앗기고 마는 걸까. 미주를 에워싼 세계에서는 묘한 박력마저 느껴졌다.

선우는 천천히 미주에게로 다가갔다.

"일찍 왔네요."

손끝으로 테이블 위를 톡톡 두드리자 미주가 고개를 들었다. 시선이 마주치자 놀라는 기색이었다. 미주의 눈이 자신에게로 향한 것을 확인한 선우가 예의 입을 크게 벙긋대며 다시 한 번 말했다.

"일찍, 왔네요."

눈을 동그랗게 뜬 채 선우를 바라보던 미주는 이내 당황한 기색을 지워 내고 천천히 미소 지었다. 순간, 귓가에 나직한 웃음소리가 번진 것 같은 착각이 일었다. 선우는 숨을 크게 들이쉬며 자리에 앉았다.

미주는 며칠 전의 일이 떠올라 얼굴을 붉혔다. 이 애 앞에서 한참을 울었었지. 부끄러운 모습을 보이고 말았다.

어색한 분위기 속에서 민망한 두 사람은 쭈뼛대며 할 말을 찾았다. 하지만 애초에 할 말을 찾는다는 것 자체가 무의미한 일이었다.

선우가 부러 장난스러운 표정으로 먼저 입을 열었다.

"멋쟁이 애인은 어쩌고 혼자 왔어요?"

말 속에 녹아든 의도가 어찌어찌 전달되었는지 미주의 표정이 한결 편안하게 누그러졌다. 들리지 않아도 조금은 통하는 걸까.

신기하네. 선우는 새삼 말의 위력에 감탄했다.

-여기서도 애 취급이네. 설마 혼자서 지하철도 못 탈까 봐?

수화다.

"이제 보니까 말 엄청 많은가 보다. 저번에도 혼자서 엄청 떠들더니. 그죠?"

─ 여자는 원래 다 수다쟁이로 태어나는 거야.

뭐라고 이야기하는 걸까. 선우는 멍하니 그런 생각들을 떠올리며 미주의 손을 바라보았다. 보이는 말.

보이는 말은 어떤 느낌일까.

─ 오늘 와 줘서 고마워.

수화.

─ 얼굴 보면 불편할 줄 알았는데, 막상 보니 좋네.

허공에서 춤추는 미주의 손짓을 홀린 듯 쫓는다. 손끝에서 흘러나온 뜻 모를 언어가 음악이 되어 귓가에 울리는 듯했다.

예쁘다.

선우가 주섬주섬 휴대폰을 꺼내 메시지를 입력했다. 미주는 호기심 어린 까만 눈동자를 굴리며 선우를 응시한다.

미주의 휴대폰이 울렸다.

[수화하는 거 예뻐요.]

액정 위에 떠오른 메시지를 확인한 미주의 입가에 미소가 떠올랐다. 슬로모션으로 느릿하게 번져가는 자그마한 미소.

아아.

예쁘다.

"웃으니까 좋다. 기분 좋아요."

선우는 미주에게 배웠던 수화를 떠올렸다.

"기분, 좋아요."

- 기분 좋아요.

선우의 서툰 수화를 흉내 내며 미주가 다시 한 번 활짝 웃는다. 선우와 마주하고 있으면 참 마음이 편했다. 나약한 소리도, 싫은 말도 얼마든지 늘어놓을 수 있을 것만 같다.

바람이었다.

마음을 흔들며 불어오는 어느 맑은 날의 청량한 바람이었다. 두 뺨을 간질이는 보드라운 실바람이었다. 하지만 그 바람에 몸을 온전히 내맡길 만큼 미주는 어리지 않았다. 결국 누군가에게 의지해야만 하는, 장애를 가진 여자였다.

주혁은 나무 같은 남자다. 풍요로운 땅에 굳건히 뿌리내린 나무. 어떤 바람에도 꺾이지 않고 꼿꼿하게 서 있을, 아마도 단단한 나무일 테다.

강렬한 심장의 고동만이 사랑은 아닌 거야. 미주는 흔들리려는 제 마음을 그렇게 다독이고 납득시켰다.

"앞으로는 울지 마요. 그 애인, 엄청 자상해 보이던데…… 잘해 줄 거예요."

- 고마워.

"그거, 고맙다는 뜻이죠?"

- 정답.

어림짐작도 제법 늘었다. 마주 본 두 사람이 웃음을 터뜨린다.

필담 없이 더 이상의 대화는 무리라고 생각한 미주가 핸드백 속에서 노트를 꺼냈다. 선우와 함께 인사동을 거닐었던 날 구입한 노트였다. 노트를 알아본 선우가 먼저 테이블 위의 노트로 손을 뻗었다.

첫 페이지를 넘기자 그날 주고받은 메모가 고스란히 남아 있다.

-저, 지금 사귀는 사람이.

-없어요.

-한 감독님한테서.

-혹시, 불편하신 거라면 연락하지 않을게요.

-친구도 곤란할까요?

낯익은 활자들과 함께, 그날의 기억이 어렴풋이 피어났다. 자그마한 분식집, 나란히 걷던 거리, 가게. 종이 위를 스치던 펜의 사각거리는 감촉까지 되살아나는 것만 같다.

-수화, 배울까 봐요.

선우는 노트 한 귀퉁이에 그렇게 적어 넣었다. 펜 끝을 따라 움직이는 미주의 시선을 느끼며.

-어렵겠지만. 나 사실 머리 되게 나쁘거든요. 공부도 잘 못했어요.

미주가 작게 소리 내어 웃었다.

-열심히 배워서, 하고 싶은 얘기 전부 다 들어 줄게요.

거기까지 적고 난 선우는 황급히 노트를 덮었다. 분식집도, 시끌벅적했던 거리도 가게도, 손끝에 선명한 감촉도 노트를 덮듯 마음속에 꼭꼭 눌러 담았다. 그 안에서 오롯이 피어난 감정에 뚜껑을 덮듯이.

그러니까, 풋사랑도 여기까지.

"……."

아무리 열심히 수화를 배워 보아도, 그녀의 손짓이 그려 내는 많고 예쁜 말들이 내게 닿는 날은 결코 오지 않을 것이다. 아마도 그럴 테지. 선우는 마음 한구석에서 번져 가는 안타까움을 애써 지워 내며 테이블 위에 커다란 케이크 상자를 올려놓았다.

"이거 축하선물. 엄청 맛있는 집이래요."

전할 수 없는 진심. 한없이 속으로 삼켜 낸 수많은 말들.

친구로 남겠다는 마음은 처음부터 욕심이었는지도 모른다. 같은 온도의 온화한 공기 아래, 두 사람은 똑같이 그런 생각을 하고 있었다.

친구라는 단어는 참으로 편리한 핑계다.
언제든 거리낌 없이 너의 얼굴을 볼 수 있으니.

[언제쯤 도착해요? 선우 왔어요.]

미주의 메시지를 확인하는 주혁을 어깨 너머로 들여다보던 지원은 한숨과 함께 고개를 절레절레 저었다.

"오빠도 어떤 의미에선 참 대단해요."

"응? 뭐가요?"

"가치관이랄까, 사고방식이 남들과는 좀 다르다고 해야 할지……. 아아, 모르겠다."

지원이 길가의 돌멩이를 발로 쿡쿡 건드렸다.

"배려나 포용 같은 단어로도 허용 범위 초과라고요, 지금 이런
거."

"하하. 그런가."

약속에 늦는다고 말해 두고 이쪽으로 와요. 지원은 주혁의 메시
지를 받고 근처 카페로 향했다. 선우 씨랑 미주, 편하게 만날 자리
마련해 주려고요. 이대로라면 두 사람 연락도 안 할 것 같은데. 주
혁은 미리 주문한 커피를 권하며 그런 종류의 터무니없는 대사로
지원의 혼을 쏙 빼놓았다.

주혁은 선우를 미주의 친구로 두고 싶다고 했다.

"……대체 무슨 꿍꿍이인 거예요?"

"꿍꿍이요?"

미간을 찌푸린 지원을 보며 주혁은 슬그머니 미소를 지었다.

"선우, 미주 친구로 두고 싶다는 거 말예요."

"말 그대로죠. 꿍꿍이랄 게 있나요."

"오빠한테 이런 얘기 정말 미안한데요. 사실, 두 사람 서로 이
성으로서 호감을……."

"나도 알아요."

"……네?"

놀란 지원이 반문한다.

"알고 있다고요? 그런데 왜……."

지원은 어처구니가 없어 말을 잇지 못했다. 주혁은 미지근해진

커피를 한 모금 마셨다.

"나 그 친구 마음에 들었거든요. 바른 애잖아요. 또 의욕적이고 긍정적이고…… 분명 미주에게 좋은 영향을 줄 거라 생각해요. 뭐, 일단은 나도 사람이니까 질투가 나기도 하고 분하기도 하고 그래요. 그래도 미주를 위해선 그 편이 더 좋을 것 같아요. 미주 곁에 두고 싶어요."

그렇게 해서라도, 그 작고 하얀 새를 내 곁에 잡아 두고 싶다면 욕심일까. 주혁은 텁텁한 마음을 커피로 달래며 지원을 바라보았다. 지원은 여전히 기가 찬 표정이었다.

"그게 문제가 아니라……."

"미주가 그걸 원하잖아요."

"……."

단호하게 말을 자른 주혁이 말문이 막힌 지원을 향해 더없이 부드럽게 웃어 보였다. 지금의 지원은 어쩐지 주혁의 저 부드러운 미소조차도 낯설게 느껴졌다.

"늦어서 미안해. 일이 좀 늦게 끝나는 바람에."

주혁과 함께 들어오는 지원을 발견한 선우가 입을 떡 벌렸다. 서둘러 미주의 안색을 살폈지만, 태연한 표정의 미주는 그리 개의치 않는 눈치다. 나란히 들어선 두 사람의 등장에 놀랐다기보다는 뜻밖의 우연을 신기해하는 얼굴로밖에 보이지 않았다.

"한 감독님, 잠깐만 저 좀."

주혁에게 인사를 하는 둥 마는 둥 자리에서 일어선 선우가 다짜고짜 지원의 팔을 잡아끌었다. 그 모습에 미주가 두 눈을 동그랗게 뜬다.

- 왜 저러는 거예요?

"글쎄, 공연 일로 할 이야기라도 있는 건가?"

"감독님, 미쳤어요?"

"얜 다짜고짜 무슨 소리야?"

지원은 선우의 팔을 뿌리치며 눈썹을 모았다. 물론, 선우가 자신을 끌고 나온 이유는 대강 짐작하고 있다. 여하튼 고지식한 녀석이다.

"감독님이 왜 그 사람이랑 같이 오는 건데요?"

"같이 오자고 해서 왔어. 왜? 안 돼?"

지원의 목소리가 한 톤 높아졌다. 조금 전 주혁을 만난 뒤로 영 심사가 불편한 지원이었다.

"진짜로 저 남자한테 딴마음 먹었어요?"

"그러는 너는 어떤데?"

돌연 날아든 지원의 공격에 선우가 당황했다.

"……네?"

"너야말로, 이제 곧 결혼할 미주 옆을 언제까지 뱅뱅 맴돌 건데?"

선우는 입을 다물었다.

"어머머, 얘 좀 봐. 설마 친구니 뭐니 하는 핑계로 짝사랑이라도 해 볼 심산인 거야? 그런 거니?"

"……그런 거 아니에요."

"정신 차려."

선우를 바라보던 지원의 눈꼬리가 샐쭉하게 올라갔다.

"보고만 있어도 좋을 것 같지? 어떻게든 곁에 남으면 행복할 것 같고 그래?"

"……."

"상대만 행복하다면 뭐가 오케이야? 부처니? 예수 그리스도야? 내가 불행한데. 시답잖은 위선 떠느니 차라리 솔직하게 뺏는 게 낫지."

"그래서요?"

이번에는 선우가 피식 웃음을 터뜨린다.

"뺏기라도 해요? 무슨 수로?"

"남궁."

"감독님 말이 다 맞아요. 나 부처도 아니고 예수 그리스도도 아녜요. 나라고 뭐 좋아서 이러고 있는 줄 알아요? 나도 죽을 맛이라고요."

지울 수도 없고, 떠날 수도 없고.

지우려 할수록 선명해진다. 떠나려고 마음먹을 때마다 발이, 제 마음이 옴짝달싹 못하고 달라붙어 버린다.

"……나도 죽겠단 말이에요."

선우는 쓰디쓴 한숨과 함께 제 뒷머리를 벅벅 긁었다.

자리로 돌아온 뒤 얼마나 마셨는지는 생각나지 않는다. 어지간
해서는 흐트러진 모습을 보이지 않는 주혁마저도 거나하게 취해
동공이 반은 풀려 버렸고, 어느새 선우는 그런 주혁을 향해 '형'
이라는 호칭을 자연스럽게 사용하고 있었다. 술의 힘이 아니었다
면 어림도 없을 터였다. 누가 먼저랄 것도 없이 건배를 외치고 새
로 주문한 술과 안주도 금세 바닥이 났다. 장관이었다.

"자아, 미주 누나도 한 잔……! 드세요!"

"너 웃긴다! 왜 미주만 누나고 나는 감독님이야?"

"공과 사는 구분하는 거 몰라요?"

"네 정신머리나 구분해! 혀는 배배 꼬여 가지고……."

"칫, 자기는 안 그런가……."

"하하하, 다들 그만해요."

"형도 그러는 거 아니에요! 남자는 자고로……."

"시끄럽다, 남궁! 술이나 마셔!"

취기가 오른 주혁의 수화가 뜸해지자 미주는 순식간에 고립되고
만다. 언제나 홀로 감당해야만 하는 서늘한 고독이 밑바닥에서부
터 서서히 차오르는 순간.

"건배해요."

푸른빛 선연한 소년의 얼굴로 술잔을 내미는 선우의 얼굴이 보
였다.

"있죠, 행복하게 잘 사세요. 형 좋은 남자니까…… 원래 남자는 남자가 아는 거예요."

입을 오물거리는 선우의 모습이 못내 귀엽다. 미주는 엷은 미소를 지으며 가볍게 술잔을 맞부딪쳤다.

"근데, 지금 내가 뭐라고 하는지 알겠어요?"

지금 너는 무슨 말을 하고 있을까.

"수화를 배우든가 해야지……. 아, 형은 뭐 하는 거예요! 통역, 통역!"

틀림없이, 기분 좋은 말일 거야.

스쳐 지나가는 여름날의 신선한 바람처럼 맑고 밝은 너. 네 말은 언제나 마법과도 같았다. 귀를 기울인다면 금방이라도 그 목소리가 들릴 것만 같아.

선우의 손이 가슴 위에서 작은 원을 그렸다.

"기분."

뒤이어 콧등으로 가져간 손이 허공에서 부드럽게 호선을 그린다.

"좋아요."

미주에게 배운 유일한 수화.

"기분 좋아요."

미주는 그만 가슴이 벅차올랐다.

케이크 커팅은 2차로 자리를 옮긴 지원의 집에서 이루어졌다.

굳이 자신의 집에서 축배를 들자며 고집을 피운 지원의 주사에 딱
히 반대하는 사람도, 이유도 없었다.

행복한 마음, 사랑스러운 마음, 쓸쓸한 마음, 서글픈 마음. 갖가
지 마음이 한데 엉겨 묘하게 들뜬 네 사람은 연거푸 술을 들이켰
다. 소리는 점차 사라져 갔다. 잔 속의 얼음이 달각대는 소리, 유
리잔이 맞부딪치는 소리. 어둠이 자아내는 밤의 소리마저 어느새
고요하게 잦아드는 듯. 따스하고도 쓰라린, 달큰한 침묵이었다.

마침내 술자리가 끝난 것은 새벽 세 시를 훌쩍 넘긴 시각.

"완전히 취했네, 이거……."

"아아……. 제가 데리고 갈 테니까 걱정 마요. 미주는?"

"잠들었어요. 택시 불러 줄까요?"

완전히 뻗어 버린 선우와 주혁을 간신히 잡은 택시에 밀어 넣고
나자 잊고 있던 취기까지 한 번에 몰아닥치는 듯했다. 지원은 술병
과 잔들을 대강 구석으로 밀어 두고 거실 한가운데 벌렁 드러누웠
다. 어딜 가도 빠지지 않는 주량인데, 확실히 오늘은 과하게 마신
듯했다.

"후우……."

소파를 힐끔 돌아보자 미주가 곤히 잠들어 있다. 방으로 옮길
엄두가 나지 않아 담요만 가져다 덮어 준 그대로였다.

"자니?"

슬그머니 말을 걸어 본다. 깨어있다 한들 들릴 리 없지만.

"……넌, 불행해?"

적막한 집 안의 공기가 싸늘하게 느껴졌다.

"듣지 못하고, 들리지 않아서 음악을 포기하고…… 그래서 불행하니, 미주야?"

하지만 너는 사랑받잖아.

"난 이렇게…… 두 귀도 멀쩡한데 왜 불행한 거니?"

너는, 사랑하는 사람들에게 둘러싸여 사랑받잖아.

"웃기지도 않아. 그깟 사랑이 뭐라고……."

혼잣말처럼 중얼거린 지원은 조용히 두 눈을 감았다. 술기운에 잠이 파도처럼 밀려왔다. 오늘밤은 꿈도 꾸지 않고 깊이 잠들 것만 같다.

4. 나란히 걷는다는 것

4
나란히 걷는다는 것

〈scene 1.〉

어두운 조명 아래, 혼령들의 몸짓이 시작된다.

구애의 춤.

스스로의 손으로 삶의 모든 것을 놓아 버린 비련의 여주인공은 덤덤한 표정으로 혼령들의 손길에 에워싸여 한 발 한 발, 아득한 저승길로 다가선다.

어서 오라, 감미로운 어둠의 세계로.

한 발 한 발 내딛는 너의 발걸음은 달콤한 죽음.

나비처럼 우아한 너의 발걸음은 달콤한 죽음.

뒤돌아보지 마라, 네게는 이미 우리가 함께 있음을.

저승에 피어난 꽃처럼 아름다운 그대여.

어서 오라, 감미로운 어둠의 세계로.

한 발 한 발 내딛는 너의 발걸음은 달콤한 죽음.

어서 오라,

이토록 감미로운 영혼들의 세계로.

⟨scene 2.⟩

한 사내가 자신을 유혹하는 혼령들의 손짓에 필사적으로 저항하며 어둠 속을 헤매고 있다. 사랑했던 여인의 뒤를 쫓아 저승길에 들어선 젊은 청년이다.

놓아라. 내 앞을 가로막지 말지어다.

어둠의 피조물, 가련한 저승의 사자들이여.

이토록 뜨거운 심장과 붉게 타오르는 생명의 피.

싸늘한 그 손길에 꺼지지 않는다.

발끝에서 생명이 피어나고 새벽이 밝아 온다.

놓아라.

내 앞을 가로막지 말지어다.

"오케이! 거기에서 턴 들어가고, 조명 아웃!"

광화문의 한 극장에서는 무대리허설이 한창이었다. 선우의 배역은 혼령들의 우두머리 적귀(赤鬼) 역. 혼령 역 대부분은 현대 무용을 전공한 무용수들 차지였지만, 대사의 비중이 큰 적귀를 비롯한 몇몇 혼령 배역은 순수 연극판 출신의 춤꾼들이 맡았다.

"손끝까지 라인 유지하고! 거기, 중심 뒤로 **빼지 마!**"

안무가 윤선영의 벼락같은 불호령이 떨어진다. 선우의 이마에서 땀이 뚝뚝 흘러내렸다. 혼령 특유의 흐느적거리는 움직임과 몸동작을 살리기 위해 벌써 두 달여를 무용의 기초부터 배워 가며 피나는 연습을 해 온 터였다.

"윤 선생님."

"아아, 지원 씨."

스카프로 머리를 질끈 동여맨 선영에게 지원이 생글거리며 커피를 내민다. 무대에서는 화려한 의상의 배우들이 일사불란한 군무에 열중해 있다. 선영은 여전히 무대에 시선을 고정한 채로 지원이 내민 커피를 받아 들었다.

"쟤지? 적귀."

"뭐가요?"

"시침 떼긴. 지원 씨가 예뻐라 한다는 신인 말이야."

지원은 대답 대신 미소를 지었다.

"어때요?"

"몸 좋고, 마스크 되고. 한지원이 침 바를 만하네."

선영의 농담에 지원이 키들거렸다.

"나 쟤 마음에 든다. 표현력 하나는 타고난 것 같아. 전에는 브레이킨만 했다고 들은 것 같은데, 삼분박에도 본능적으로 반응하고. 리듬감각은 오히려 모던 전공한 애들보다도 나아. 유연성만 조금 더 기르면……."

"아예 무용수로 키우시려고요?"

애교 섞인 핀잔을 주자 선영이 웃음을 터뜨린다.

"탐나긴 하지만, 벌써 이창학 감독이 눈도장 찍어 놨던데 뭘."

"그러게요. 저도 탐나긴 하지만 감독님께 양보하려고요."

"하여간 능구렁이 한지원 아니랄까 봐."

선영은 눈을 가늘게 뜬 채 무대 위에서 열창 중인 선우를 바라보았다. 인간을 사랑해 버린 혼령의 애끓는 절규. 후반부의 클라이맥스, 적귀의 솔로다.

"제법 크겠죠?"

지원이 무대에서 시선을 뗄 줄 모르는 선영을 쿡 찔렀다. 선우를 바라보고 있던 선영이 고개를 갸웃거린다.

"처음 봤을 때랑은 분위기가 조금 변한 것 같은데……."

"사춘기인가 보죠."

"그새 실연이라도 겪은 건가?"

"아뇨, 목하 사랑 중이에요."

웃음기 섞인 대답에, 선영이 호기심 가득 서린 눈으로 지원을 돌아보았다.

"정말? 어떤 여잔데?"

"글쎄요."

"혹시 우리 배우야?"

"그건 아니고요."

은근한 목소리로 묻는 선영을 향해 고개를 저어 보인 지원이 뒤쪽 객석을 흘끔 돌아보았다. 새하얀 원피스를 차려입은 미주가 텅 빈 객석 가장자리에 얌전히 앉아 무대를 바라보고 있다. 선우가 초대한 것이다.

얼마 전부터 무슨 바람이 불었는지, 주혁은 미주와 함께 종종 극장을 찾아 선우의 무대 연습을 구경하곤 했다. 덩달아 신이 난 건지 아무 생각이 없는 건지, 이제는 선우까지 가세해 두 사람을 곧잘 연습에 불러 대는 것이었다. 그렇게 연습이 끝난 후에는 셋이 어울려 즐겁게 재잘대며 근사한 저녁 식사. 이게 대체 뭐 하는 소꿉놀이인지 모르겠다.

"어차피 한심한 짝사랑 중이라서."

지원은 한숨과 함께 커피를 한 모금 삼켰다.

"왔어요?"

리허설을 마친 선우가 무대에서 날듯이 뛰어 내려와 미주에게 달려갔다. 신나서 달려오는 선우의 모습에 미주가 함박웃음을 짓는다. 이런 선우를 볼 때면 언제나 마음 한구석이 햇살처럼 따스하게 차오르곤 했다.

ㅡ오늘 최고였어.

박수치는 시늉을 하는 미주를 향해 선우가 엄지손가락을 치켜세웠다.

"최고?"

-응, 최고.

최근 선우는 수화 연습에 몰두하고 있다. 처음 수화를 배우기
시작한 것은 한 달 전. 주혁이 미주에게 프러포즈를 하고 난 직후
였다. 시간을 쪼개 수화교실에 열심히 다녔지만 좀처럼 늘지 않아
실망하던 차에, 주혁까지 도와주겠다며 두 팔 걷고 나서 의욕에 다
시 한 번 불이 붙었다.

무엇보다도, 서툰 수화에 일일이 기뻐하며 박수를 쳐 주는 미주
의 모습을 보는 게 좋았다.

"어이, 남궁!"

어느새 등 뒤로 다가온 지원이 선우의 등을 냅다 갈겼다.

"칠렐레 팔렐레 풀려 가지고는⋯⋯. 빨리 가서 감독님들께 인사
드리고 와."

"아, 네네! 누나, 밖에서 잠깐만 기다려요, 알았죠?"

-응, 기다릴게. 다녀와.

다시 냅다 달려 나가는 선우의 뒷모습을 물끄러미 응시한다. 친
구라는 이름 뒤에 숨어 맞잡은 너의 손. 조금만 더 이대로, 네 손
을 잡고 있어도 괜찮을까. 조금만.

⋯⋯아주 조금만 더. 미주는 입술을 가만히 물었다.

그런 미주의 얼굴을 흘끔 돌아본 지원이 고개를 절레절레 저었
다. 하여간 여기나 저기나 답답한 인간투성이다.

"제대로 멋 부렸네, 송미주. 오늘 어디 가?"

―음악회. 한 트리오 실내악 공연 있거든.

"선우랑?"

　―원래 주혁 오빠랑 가기로 했는데, 갑자기 중요한 회의가 잡히는 바람에. 오빠가 직접 선우한테 연락한 모양이야. 지원이 너도 요새 바쁘니까…….

"오케이, 오케이."

지원이 심드렁한 수화로 말을 자르자 미주는 이내 새침한 표정이 되었다. 괜스레 변명을 늘어놓은 기분에 씁쓸하다.

"그나저나."

잠시 뜸을 들이며 지원이 말을 건넸다.

"혹시, 너 일해 볼 생각 있어?"

　―일……이라니?

"작곡. 올겨울에 올라가는 소극장 시즌 작품인데…… 어때. 해 볼 생각 있어?"

첼로의 선율. 연미복을 차려입은 첼리스트가 힘찬 몸짓으로 활을 그어 내린다. G현, C현. 그리고 다시 G현. 느리게, 그리고 빠르게 트레몰로. 피치카토.

뒤이어 합류하는 바이올린. 교차하는 선율.

비올라의 나지막한 속삭임.

연주자의 몸짓 하나하나를 시선으로 좇던 미주가 흘낏 선우를 바라보았다. 손끝으로 의자 팔걸이를 소리 없이 두드리며 음악에 흠뻑 취한 모습이다. 선우에게서 시선을 거둔 미주가 다시 무대에 집중하기 시작했다.

'일해 볼 생각 있어?'

귓가에 어렴풋이 떠오르던 선율이 사라지고 만다.

'작곡 일, 어때?'

아무것도 들리지 않아.

미주는 주먹을 꼭 쥐었다. 소리 없이 움직이는 연주자들, 소리 없는 음악에 도취된 청중들. 그리고 선우.

순식간에, 드넓은 공연장 안에 홀로 남겨진 기분이 들었다.

─지루했지?

"아뇨. 재미있었어요. 그……."

수화를 건네던 선우가 머뭇거리자 미주는 옅은 미소를 지으며 가방에서 노트와 펜을 꺼냈다. 두툼한 노트는 벌써 절반도 채 남지 않았다. 모두 선우와 주고받은 필담이었다.

─안 돼, 싫어.

─로망스 공연 때.

─정말로?

─그거, 저도 있어요!

페이지를 펼쳐 훌훌 넘기면 전혀 연관성 없는 짤막한 문장들이 잇달아 떠오른다. 하지만 그 문장만으로도 선우는 당시의 기억을 어렵지 않게 떠올릴 수 있다. 글자 하나하나에 아로새겨진 추억 몇 조각. 둘만의 비밀이라 여겨져 무척 기분이 좋았다.

새하얀 여백이 펼쳐지고 난 뒤 선우가 펜을 집어 들었다.

- 클래식은 처음인데, 재미있었어요.

미주가 고개를 끄덕였다.

- 뭐랄까. 잘은 모르지만, 소리에 압도당했다고나 할까.
무슨 곡이에요?

- 바르톡, 현악 사중주.

"바르톡……."

선우는 입속으로 중얼거렸다.

- 처음 듣는 사람한테는 꽤 어려운 곡인데, 마음에 들었
어?

- 네, 좋았어요.

- 모험 정신이 특출한가 봐. 마니악한 취향.

- 그 제일 큰 악기가 첼로 맞죠?

- 맞아.

- 첼로 무지 마음에 들어요.

시답잖은 이야기를 주고받는 사이, 주혁이 도착했다. 먼발치서
손을 흔들며 레스토랑에 들어서는 주혁을 먼저 발견한 선우가 자
리에서 일어섰다.

"뭘 일어서고 그래, 앉아 있어."

"네에……."

엉거주춤한 자세로 인사를 건넨 선우는 주혁이 자리에 앉은 뒤
에야 뒤따라 앉았다. 그 모습을 보며 주혁이 작게 웃음을 지었다.
요즘 세대답지 않은 고지식함까지, 볼수록 재미있는 녀석이다. 주

혁은 눈을 가늘게 뜬 채 선우를 응시했다. 이 어린 사내가 어떤 마음으로 이 자리에 앉아 있을지 능히 짐작이 갔다.

역시, 내가 괴롭히는 셈이 되는 건가.

생각해 보면 자신도 꽤나 고약한 구석이 있는 모양이다.

웨이터를 불러 능숙하게 주문을 하는 주혁을 물끄러미 바라보며, 선우는 어쩐지 마음이 복잡해졌다. 이 남자를 동경한다. 그리고 조금은 질투한다. 서른넷. 선우는 주혁의 나이를 머릿속으로 가늠해 보았다.

10년 뒤엔 나도 저런 모습이 될 수 있을까.

"참, 미주야. 지원 씨한테 일 얘기 들었지? 어때? 해 볼 생각 있어?"

미주가 놀란 기색으로 주혁을 돌아보았다.

─그걸 어떻게 알아요?

"실은 연출 감독이 건너 아는 사람인데 음악 맡아 줄 사람을 구하더라고. 지원 씨는 겨울에 바쁠 것 같고, 미주 이야기를 했더니 그쪽에서 만나고 싶어 해서."

─저기, 나는 …….

"좋은 기회잖아. 이 기회에 한번 도전해 보는 거야."

미주의 손끝이 허공에서 몇 차례 머뭇거리다가 무릎 위로 가만히 내려앉았다. 선우는 그 애처로운 손끝을 홀린 듯 바라보았다.

'에너지 낭비야.'

문득 지원의 목소리가 귓가에서 맴돌았다. 보고만 있어도 좋을 것 같지? 어떻게든 곁에 남으면 행복할 것 같아? 정신 차려.

"선우는 음식이 입에 안 맞아?"

깨작거리는 모습에 본 주혁이 물어온다.

"아뇨, 맛있어요. 만날 라면만 먹다가 좋은 거 먹었더니 놀랐나 봐요."

"하하하, 이제 공연도 금방인데 체력 보충해야지."

- 많이 먹어. 매일 연습하느라 힘들 텐데.

애써 웃어 보인 선우가 큼직하게 썬 스테이크 조각을 입에 욱여 넣었다.

맞아요. 감독님 말 대로예요. 속상하고 힘들어요. 비참해요. 그런데도 자꾸 보고 싶고 그래요. 형한테도 정말 미안한데, 자꾸 만나고 싶고 그래요. 그런데요. 조금만 더요. 혼자 조금만 더 좋아할게요. 정말로 더는 욕심 안 낼 테니까, 조금만 더.

몇 년 더 지난 후에는 오늘을 생각하며 사람들한테 그럴 걸요. 예전에 엄청 쓰라린 짝사랑도 해 봤다고. 백합꽃 같은 여자를 아주 많이 좋아했었다고. 손끝만 보아도 가슴이 설레고 떨렸었다고. 바라만 보아도 행복했었다고.

그런 애달픈 사랑도 해 봤었다고, 나중에 사람들한테 그렇게 말할 거예요.

주문을 왼다.

이루어질 수 없는 사랑에 한탄하며 아파하기보다는, 누군가를 사랑하는 이 마음을 소중한 보물처럼 여기고 싶다고.

작은 설렘, 두근거림, 달뜬 흥분과 갈 곳 없는 질투까지. 그 모든 감정을 보물처럼 끌어안고, 적어도 이 순간만은 후회 없이 사랑할 수 있기를.

도리가 없었다.

그렇게 생각하는 것만이 나의 유일한 위안이었다.

바래다준다는 주혁의 제안을 기어이 물리친 선우를 주차장에서 배웅하고 막 차에 올라타려던 참이었다. 전화가 걸려 온 모양인지, 주혁이 재킷 안주머니에서 휴대폰을 꺼내 들었다. 어머니. 환히 빛나는 액정에 떠오른 이름을 스치듯 확인한 미주가 저도 모르게 숨을 집어삼켰다.

어쩐지 곤란한 표정으로 휴대폰을 바라보던 주혁이 미주에게 손짓을 했다.

"미주야, 차 안에서 잠깐만 기다려."

선선히 고개를 끄덕인 미주가 조수석에 올라탔다.

주혁의 차는 제 주인을 꼭 빼닮았다. 방향제 대신 주혁이 즐겨 쓰는 브랜드의 향수 냄새, 대시보드 위에 가지런히 놓인 선글라스. 손때 하나 묻지 않은 것 같은 청결한 내부를 가만히 둘러보다 차 창 밖으로 시선을 옮기자 통화 중인 주혁이 보였다. 표정이 밝지 않다. 무슨 일일까.

먼발치라 말도 표정도 흐릿하다. 미간을 모은 미주가 더듬더듬 주혁의 입술을 읽어 냈다.

듣기 싫다, 그런 말, 나는, 선 같은 거, 아니, 함부로 말하지 마세요, 귀머거리…….

순간 등줄기를 따라 소름이 돋았다.

귀머거리.

주혁의 입술을 통해 똑똑히 읽어 낸 단어. 달아오른 마음을 애써 가라앉히며 다시 한 번 숨을 삼킨다. 때늦은 후회가 파도처럼 밀려 왔다.

……차라리 눈을 감아 버릴걸.

애써 외면해 오던 현실이 마침내 거대한 바위가 되어 눈앞에 가로놓인 기분이었다. 그간 곤란했을 테지. 아들을 생각하는 모정 앞에서 싫은 소리를 늘어놓아야 했을 주혁을 떠올린다.

그리고 그 모정을 떠올린다. 곱고 고운 자식의 등 뒤에 달라붙어 있는 제 그림자를 두고, 그 모정은 얼마나 많은 원망을 쏟아 냈을까. 아마도 많이 미우셨겠지.

어찌할 도리 없는 자그마한 악의에 숨이 막힌다.

차 문을 열고 내리는 미주를 발견한 주혁이 서둘러 통화를 마무리하곤 잰걸음으로 다가왔다.

"미안, 오래 기다렸지."

─오늘은 나 혼자 갈게요.

미주의 말에 주혁이 눈에 띄게 당황했다.

"갑자기 왜 그래, 미주야."

─그냥 좀 걷고 싶어서. 일 얘기도 그렇고…… 혼자 천천히 생 각 좀 해 보고 싶어서요.

미주의 표정을 살피던 주혁이 결국 마지못해 고개를 끄덕였 다.

"그럼 조심해서 들어가. 너무 늦지 않게. 알겠지? 집에 도착하 면 꼭 연락하고."

─들어가서 연락할게요.

"지하철 역까지만 데려다줄게."

─정말 괜찮다니까요.

실랑이 끝에, 미주의 고집에 진 주혁이 먼저 차를 출발시켰다. 멀어져 가는 주혁의 차를 바라보면서 미주는 꾹꾹 눌러 두었던 깊 은 한숨을 토했다. 그제야 숨이 쉬어지는 기분이었다.

나는 그의 곁에서 무엇을 하고 살았나. 인형처럼 예쁘게 웃었다. 그의 손에 이끌려 걸었다. 화내지도, 울지도 않았다.

내가, 숨은 쉬었던가.

순간 옆으로 차 한 대가 신경질적으로 끼어들었다. 놀란 미주가 물러서려다 발을 헛디뎌 넘어졌다.

"이 여자가 미쳤나! 누구 신세 망치는 꼴 보려고, 정신을 어디 에 두고 다니는 거야!"

왜일까. 무슨 일일까. 제게 삿대질을 하는 사내를, 미주는 그저 멀거니 바라보기만 한다.

"귀먹었어? 클랙슨 울리는 거 안 들려?"

저 사람은 왜 화가 난 걸까. 어째서 내게 화를 내는 걸까.

"나 원, 재수가 없으려니까!"

소리 없는 영상. 다시 숨이 죄어든다. 미주는 제가 세상 밖으로 내몰린 기분이 들었다.

난폭하게 삿대질을 해 대던 사내가 차를 몰아 떠나고, 구경차 몰려 있던 주위 사람 서넛이 미주를 뱅 둘러쌌다.

"아가씨, 괜찮아요? 다친 덴 없어요?"

"거참 사람…… 좁은 길에서 운전 한번 더럽게 하네."

미주는 제게 내밀어진 타인의 손을 물끄러미 바라보다가 엉거주춤 땅을 짚고 자리에서 일어났다. 머쓱해진 손의 주인이 재빨리 호의를 거두어들인다.

어느새 달아난 구두가 앞발치에서 뒹굴고 있다. 주워 들고 보니 굽이 부러져 있다. 미주는 다른 한쪽 구두도 마저 벗어 들고 절뚝이며 발걸음을 옮겼다. 유령처럼 창백해진 얼굴로 자리를 뜨는 맨발의 젊은 여자를 두고 또 한 번, 작은 소란이 일었지만 누구도 나서서 미주를 붙잡지 않았다.

"막둥이 주제에 감히 제일 좋은 좌석을 빼돌려? 그것도 첫공을?"

"동호 형, 진짜 딱 한 번만 봐주세요!"

"누구 줄 거야. 부모님은 아마 아닐 테고……."

"……."

목에 팔을 두르고 조르기 시늉을 하던 동호가 은근한 목소리로 입을 열었다.

"여자야?"

"선배님, 먼저 실례하겠습니다!"

"너 이 자식, 당장 안 불어?"

실랑이 끝에 결국 VIP석의 초대권 두 장을 차지한 선우가 환하게 웃었다.

[미주야, 잘 도착한 거야?]

주혁의 메시지를 확인한 미주가 입술을 깨물며 휴대폰을 꼭 쥐었다.

― 행당동으로 가 주세요.

가방에서 꺼낸 노트를 펼쳐 휘갈기듯 적어 내려갔다. 펜을 잡은 손끝에 힘이 실렸다. 몇 번의 허탕 끝에 겨우 잡아탄 택시였다.

― 저는 청각장애인입니다.

덧붙여 쓰고 나자 진한 한숨이 흘러나온다. 미주는 차오르는 눈물을 애써 삼키며 창밖으로 시선을 옮겼다.

사실, 전혀 예상치 못했던 일도 아니었다. 어느 부모가 제 자식이 귀머거리 애인과 결혼한다는데 쌍수 들고 환영하겠는가. 짐작하고도 남음 직한 일을, 그저 모른 채 눈감고 그토록 피해 왔던 거였다.

그래, 처음부터 기대한 것은 아무것도 없었어.

"비가 쏟아지려나⋯⋯. 날씨가 영 우중충한 것이."

혼잣말처럼 중얼거린 택시기사가 백미러를 통해 미주를 힐끔 돌아보곤 끌끌 혀를 찼다. 차오른 눈물을 닦아 낸 미주는 차창 밖으로 무심히 시선을 던졌다. 화창했던 하늘은 어느새 구름으로 뒤덮여 있다. 소나기라도 한차례 지나갈 모양이었다.

상처 입고 싶지 않다는 바람. 그리고 상처 주고 싶지 않다는 바람.

누군가를 상처 입히고, 같은 상처에 아파하며 나는 또 한 번 스스로의 나약함을 깨닫고 만다.

상처 없이 산다는 것은 처음부터 불가능한 일인 것을.

—감사합니다.

짤막한 인사를 적은 메모와 함께 돈을 건넸다. 한쪽만 덩그러니 남은 구두를 손에 들고 보도블록에 내려서니 발바닥으로 냉기가 스며들었다. 이미 군데군데 상처가 나고 흙먼지에 더러워진 미주의 두 발은 몰골이 말이 아니었다. 그 모습에 줄곧 고개를 절레절레 흔들던 택시기사가 결국 차에서 내려 미주를 붙들어 세웠다.

"이봐요, 아가씨! 잠깐만요."

맨발로 도로에 뛰어들어 차를 세웠을 때엔 미친 여자라고 생각했다. 태울까 말까 고민하다가 그 표정이 영 가련하여 태우긴 했는데, 행선지를 물어도 묵묵부답이더니 느닷없이 청각장애인이란다. 솔직히 말하면 재수 옴 붙었다 싶었다.

"이거 신어요."

택시기사는 트렁크에 넣어둔 여분의 슬리퍼를 꺼내 미주에게 내밀었다.

"발 다쳤잖아. 이거, 신으라고."

놀란 표정으로 어쩔 줄 몰라 하는 미주의 발치에 슬리퍼를 놓아주며 얼굴을 스윽 훑어본다. 귀가 들리지 않는다는 이 여자는 오는 내내 숨소리조차 내지 않고 창밖만 바라보았다. 이따금씩 흘러내리는 눈물을 훔쳐 내며. 무언가 사연이 있어도 단단히 있겠거니 싶었던 참이었는데, 상처투성이의 맨발을 다시 보니 마음이 짠했던 것이다.

"무슨 일인지는 몰라도 힘내요. 세상 죽으라는 법은 없는 거니까."

예쁘장한 아가씨가 그리 울면 쓰나. 어차피 듣지 못할 테니 혼잣말처럼 중얼거렸지만, 괜스레 쑥스러워진 택시기사가 코밑을 슥슥 문질렀다.

－감사합니다.

마음 한구석이 따스해져 온다.

－정말로, 감사합니다.

서둘러 떠나는 택시를 배웅한 뒤에서야 긴장이 완전히 풀리고

220

말았다. 사이즈가 큼직한 슬리퍼를 질질 끌며 아파트 입구로 향하는 그 길이 아득히 멀게만 보였다. 걸은 거리는 많지 않은데 다리가 천근만근이다.

그렇게 한참을 느릿느릿, 걸음을 옮기던 미주가 우뚝 멈춰 섰다.

"……누나."

아아.

바람이 얼굴을 스치고 지나갔다.

열대야에 휩싸인 뜨거운 공기, 그 사이를 가로지르는 신록의 바람. 코끝을 스치는 여름밤의 냄새.

그곳에 네가 있었다.

여느 때와 다름없는 헐렁한 티셔츠, 찢어진 청바지. 잔뜩 헝클어진 머리칼.

한여름의 태양을 닮은, 네가.

1층 현관에 쪼그려 앉아 있던 선우가 놀란 기색으로 급히 몸을 일으켰다.

"……무슨 일이에요."

어째서.

왜 네가 여기에 있는 거야.

"······왜 그런 얼굴을 하고 있어요."

왜 하필이면.

하필이면 이런 때에 내 앞에 서 있는 거야. 왜 그런 아픈 표정으로 나를 바라보는 거야. 어째서 내게 다가오는 거야.

어째서.

하필이면, 네가.

가슴속에 꾹꾹 눌러 담았던 눈물이 순식간에 터져 나왔다.

"윽······ 으흐윽······!"

비참하게 일그러진 얼굴. 비틀린 입술 새로 억눌린 오열이 쉼 없이 새어 나온다. 미주는 그만 바닥에 주저앉았다. 참고 참았던 그간의 설움을 한번에 쏟아 내듯, 터진 눈물은 마를 줄 몰랐다.

"으······어······으으우······흑······!"

선우는 미주에게 아무것도 해 줄 수가 없었다. 곁에 다가설 수도, 위로의 말을 건넬 수도 없다. 못 박힌 듯 그 자리에 굳어 있던 선우가 손에 쥐고 있던 티켓을 서둘러 뒷주머니에 찔러 넣었다. 첫 공연 날, 정중앙의 VIP석.

사이즈가 맞지 않는 낡은 슬리퍼가 눈에 밟힌다. 상처투성이의, 발갛게 부어오른 미주의 두 발로 시선이 모였다. 대체 무슨 일이 있었던 것일까. 그 상처들이 미주의 마음에도 고스란히 새겨진 것만 같아 제 가슴이 시리다.

울지 말아요. 마음속으로 읊조렸다.

울지 마요.

울지 마요.

"……울지 마요."

미주의 앞에 쪼그려 앉은 선우가, 눈물로 얼룩진 두 손을 꼬옥 붙들었다.

"누나가 울면 어떻게 해야 할지 모르겠어요……."

울지 마요.

울지 마요.

선우는 그렇게 한참을, 미주와 마주한 채 조용히 기다렸다.

그녀의 모든 슬픔이 사라지기를.

미주의 눈물이 잦아든 것은 세상에 완전한 어둠이 내려앉은 밤이었다. 맞잡고 있던 두 손을 조용히 놓았다. 선우는 제 손을 바라보았다. 미주의 눈물이 스민 두 손은 그사이 땀까지 배어들어 무척 끈끈했다.

끈끈한 손.

꼭 그만큼의 슬픔과 한숨이 손안에 내려앉은 것 같은 기분이 일었다.

미주는 눈앞의 선우를 응시한다. 제멋대로 헝클어진 갈색의 머리칼, 땀내 어린 큼지막한 티셔츠. 선한 눈동자의 이 사내는 어쩔 줄 몰라 하는 난처한 얼굴로 자신을 바라보고 있다. 너는 어느 틈에 나타난 것일까. 언제나 제 앞에 서 있는 선우의 여느 때와 다름없는 그 모습은, 마치 마법과도 같았다.

─왜 내 앞에 있는 거야?

미주의 질문에 선우가 고개를 갸웃했다.

─넌 왜 항상…… 내가 힘들 때마다 나타나는 거야?

"……미안해요. 수화 아직 다 못 외웠어요."

─왜…… 내 곁에 있어 주는 거야?

"그리고, 왜 늘 누나가 울어야 하는지도 모르겠어요."

미주의 손이 허공에서 멈추었다.

선우는 미주의 얼굴을 똑바로 바라보았다. 선명한 눈매. 처음에는 차갑다는 인상마저 들었었다. 동그란 이마. 가끔은 저 이마에 입을 맞추고 싶다는 생각도 했었다. 적당히 오똑한 콧날, 분홍빛의 가느다란 입술.

저 고운 얼굴이 늘 예쁜 웃음으로 가득했으면 좋겠다.

선우는 바닥에 아무렇게나 던져두었던 스포츠 백을 끌어당겨 두툼한 수첩 한 권을 꺼내고는, 지저분한 메모 사이를 한참 동안 뒤적거려 적당한 여백을 찾아냈다.

─누나.

뭐든 기운이 날 만한 말을 건네고 싶었지만 생각은 머릿속을 어지러이 맴돌 뿐 좀처럼 밖으로 나오지 않았다.

─웃는 얼굴이 훨씬 예뻐요.

─울지 마요.

─무슨 일이 있었는지는 모르겠지만.

─속상한 일은 잊어버려요.

─푹 자고 내일 아침 일어나면 분명 기분이 좋아질 거예요.

224

삐뚤빼뚤한 글씨. 서툰 위로의 말들. 수첩을 물끄러미 바라보던 미주가 고개를 들어 선우를 바라보았다. 눈가의 자그마한 흉터. 저도 모르게 손을 뻗는다.

제 얼굴에 내려앉은 미주의 손길에 선우가 얼굴을 빳빳하게 붉힌다. 어찌할 바를 몰라, 그만 미주의 손을 급하게 떼어 내며 씩 웃어 버렸다.

"이거, 별로 보이지도 않아요. 이제 다 나았어요. 흉도 안 질 거래요."

제 말이 보이지 않았을까. 미주는 선우의 얼굴을 멀거니 바라보기만 한다. 표정 없는 얼굴. 무슨 생각을 하고 있을까.

"모르는 사람들이 하는 그런 말은 무시해 버려요. 전부 무시하면 돼요. 아무것도 모르면서……."

─ …….

"뭐…… 난 못 했지만요."

하하, 어색하게 웃고 난 뒤에도 미주는 여전히 말이 없다. 선우는 고요히 잠든 미주의 하얀 손등을 한 번 쓸어내렸다. 덤덤히 저를 위로하는 선우의 손길을, 미주가 다시 한 번 두 눈에 소리 없이 담는다.

넌, 강하구나.

강한 애구나. 넌 어떤 일에도 흔들리지 않고 단단하게 빛나겠구나. 그래서 그리도 환하게 웃는 걸까. 웃을 수 있는 걸까, 너는.

미주는 굳은 얼굴로 통화하던 주혁의 모습을 떠올렸다. 그간 나

약한 저를 감싸 안기 위해 주혁은 얼마나 단단해져 온 것일까. 저를 품는 단단한 나무가 되기 위해 많이 고단했을까. 힘들었을까. 때론 지치기도 했을까.

-넌 강하구나, 선우야.

미주의 손이 천천히 말을 그렸다.

-나도…… 너처럼 강해질 수 있을까.

"누나."

선우가 허공에서 머뭇거리는 미주의 손을 잡았다.

"참지 말아요. 아무것도 참지 말고, 하고 싶은 말은 다 해 버려요."

-…….

"그래도 돼요. 진짜로요."

생각이 말로 변하는 것은 한순간이지만 글로 변하는 데엔 더 오랜 시간이 걸린다. 무심하게 내뱉는 추임새, 아무래도 좋을 말, 겉도는 대화들. 그렇게 가지를 쳐내듯 말을 추리다 보면 결국 글로 남는 내용은 채 한 줌도 되지 않는다. 그리고 그런 짤막한 문장들은 대부분, 잠깐의 방심 사이 빛을 잃고 돌멩이가 되어 버리기 일쑤였다.

나는 그녀에게 보석 같은 말들만 전하고 싶었다. 보석처럼 반짝이는,

최소한의 말.

하지만 그것은 결코 쉽지 않은 일이었다.

주혁은 급히 차를 몰아 미주의 아파트 앞에 당도했다. 하필이면 근처에서 작은 주차 실랑이가 벌어지고 있어 멀찍이 차를 세우고 뛰다시피 서둘러 발걸음을 옮긴 참이었다.

[누나가 많이 울어요. 빨리 와 주세요, 형.]

선우의 메시지. 어째서 두 사람이 함께 있는지에 대해 생각해 볼 겨를도 없이 차를 몰았다. 거칠게 액셀러레이터를 밟는 동안 제 차를 마다하고 돌아가던 미주의 모습을 떠올렸다.

설마.

아니겠지.

먼발치서 나란히 앉아 있는 두 사람이 보였다. 미주와 선우.

호흡을 가다듬고 두 사람의 풍경을 눈에 담았다. 스포츠 백을 뒤적여 밴드를 꺼내고, 상처 난 발에 서툰 솜씨로 밴드를 붙이고, 낡은 슬리퍼를 다시 신겨 주고.

"……."

주혁은 차로 돌아가 목을 조르고 있던 넥타이를 느슨하게 풀어 헤쳤다. 시트를 뒤로 젖힌 채 두 눈을 감는다.

절뚝거리면서도 제 두 발로 걸어 나가던 미주. 그런 미주의 손을 잡고 함께 걷던 선우. 아직도 눈에 선한 두 사람을 떠올리며, 불과 얼마 전 자신의 모습도 함께 떠올렸다. 새 구두에 발이 쓸려 아파하던 미주를 가볍게 들쳐 안고 집까지 바래다주었다. 걷는 내 내, 품 안의 미주는 자신을 내려 달라며 몇 번이나 가벼운 투정을 늘어놓았더랬다.

……그때 왜 미주를 내려 주지 않았었더라.

'발 아프잖아.'

'걸을 수 있어요.'

'괜찮아.'

'내려 줘요.'

발이 아플 테니, 품에 안고 걸었다. 괜찮아. 괜찮아. 몇 번이나 그렇게 달래 가며 집 앞까지 미주를 안고 걸었다.

그건, 미주를 위한 위로였던가.

'혼자 걸을 수 있어요.'

"……미치겠군."

주혁은 제법 오랜 시간을 차에서 보낸 뒤에야, 미주의 집으로 향했다.

303호. 낯익은 문패. 미주의 집 앞에 당도하고 나니 안도의 한숨과 함께 다시 한 번 긴장감이 몰려왔다. 주혁은 숨을 고르며 넥타이를 다시 한 번 느슨하게 풀어 헤쳤다. 현관문에 기대어 주저앉아 있던 선우가 그런 주혁을 물끄러미 올려다보았다.

"선우야……."

선우는 느릿느릿 몸을 일으켰다. 주혁의 머리칼과 재킷 앞섶이 엉망으로 흐트러져 있다. 자신의 연락을 받자마자 곧장 이리로 달려온 모양이다.

"……얼른 들어가 보세요."

"고마워, 선우야."

"누나 울리지 마세요."

"……."

주혁은 선우에게 고개를 까닥여 보이곤 굳게 닫힌 현관문의 도어록을 해제했다.

너무나도 손쉽게 사라지는 장벽. 선우는 잠시 동안 그 자리에 멍하니 서 있었다. 이내 센서 등이 꺼지고 주위는 순식간에 고요한 어둠 속에 잠겨 들었다.

후우. 한숨과 함께 어둠 속으로 펼쳐진 계단을 물끄러미 응시한다.

'고마워, 선우야.'

주인공의 등장.

이제, 자신이 퇴장할 차례였다.

☆

설핏 잠이 들었던 모양이었다. 울었던 탓인지, 잔뜩 부어오른 눈꺼풀이 무겁다. 미주는 조심스레 눈을 깜박이며 벽에 걸린 시계로 시선을 움직였다. 여덟 시 오 분.

침대에서 천천히 몸을 일으켜 슬리퍼에 발을 꿰었다.

냉장고가 텅텅 비었네. 아침이라도 간단하게 차려 두고 싶었는데 마땅치가 않아서, 우선 근처 카페에서 샌드위치 사다 두었으니까 입맛 없더라도 꼭 먹고.

기분이 좀 풀리고 나면 문자메시지 부탁해.

그냥 아무 말이라도 좋으니까 네 얘길 듣고 싶다.

난 미주와 나란히 걷고 싶은데.
무리일까?

가지런한 글씨가 촘촘히 적힌 메모는 거실 탁자 위에 놓여 있었다. 한 치의 흐트러짐도 없는 곧은 정자체는 주혁의 성격을 꼭 빼닮았다. 구김 없는 와이셔츠, 정돈된 넥타이, 맵시 있는 정장, 커프스. 오늘의 주혁의 모습을 어렵지 않게 떠올릴 수 있다. 분명 여느 때와 다름없는 말쑥한 모습이리라. 싸늘한 거실에서 밤을 지새운 흔적 따윈 찾아볼 수 없겠지.

처음부터 그런 남자였다. 바르고 올곧은, 자신감에 충만한 주혁은 언제나 확신에 가득 차 있었다. 그런 스스로를 배반하지 않을 정도의 판단력과 지혜를 갖추었다. 남부럽지 않은 외모를 지녔다. 완벽한 남자. 지원은 주혁을 종종 그렇게 표현하곤 했다. 확실히 그랬다. 주혁은 완벽한 남자였다.

하지만 때로는 그런 주혁의 완벽함에 숨이 막혔다. 그를 마주할 때면 늘 필사적이 되고야 마는 제 모습이 힘겨웠다. 들리지 않는 두 귀가 가슴에 뿌리 깊게 박혔다. 그렇게 자신이 초라해질수록 그는 더욱더 완벽해졌다. 완벽한 남자, 그리고 더없이 완벽한 애인.

미주는 제 발을 물끄러미 내려다보았다. 선우가 서툰 솜씨로 덕지덕지 발라 주었던 캐릭터 밴드 대신, 말끔한 모양새의 하얀 반창

고가 붙여져 있다. 상처 위에 연고를 바르고, 깔끔하게 자른 붕대를 붙여 주는 주혁의 모습 역시 어렵지 않게 떠올릴 수 있다.

미주는 손을 뻗어 탁자 위의 메모를 집어 들었다.

난 미주와 나란히 걷고 싶은데.
무리일까?

메모를 되풀이해 읽는 동안 미주의 가슴속에 아릿한 감정이 번져 나갔다. 언제나 이 남자와 함께 걸으리라 믿어 의심치 않았었다. 하지만.

단 한 번도 이 남자와 나란히 걷지 못했다.

언제나 나를 이끄는 그의 뒷모습만 좇았다. 그의 보폭에 발을 맞추었다. 숨이 턱까지 차올라도 그를 향해 상냥하게 미소 지었다. 절망은 독이었다. 자신의 음습한 절망이 행여라도 그에게 스밀세라, 질투를 억누르고 눈물을 삼켰다.

……질투?

그랬었다. 나는 그를 질투했었다. 그의 건강함과 재능을, 충만한 행복 속에서 자라난 악의 없는 마음을, 언제나 빛을 잃지 않는 자신감을. 못 견디게 부러워하고, 또 미워했다. 그것은 제 가슴 깊숙이 품은 사랑의 또 다른 이름이었다.

미주는 모든 것이 혼란스러웠다.

난 미주와 나란히 걷고 싶은데.

내가,
이 남자를 완전히 포기할 수 있을까?

무리일까?

당신을 사랑해. 많이, 사랑했다고 생각해. 크고 단단한 그 손에,
지금껏 많이 의지해 왔다고 생각해. 이대로 당신의 손을 놓아 버린
다면 나는 틀림없이 후회할 거야. 비겁한 겁쟁이가 되어 단단한 껍
질 속에 숨어 버리고 말 거야. 모두에게 손가락질 받을 거야.
  하지만 나는 강한 여자도 아니고, 용기 있는 여자는 더더욱 아
니야. 한 발을 내딛는 것조차 마냥 두려운, 그저 초라한 귀머거리
여자일 뿐이야. 그러니까.

[우리 헤어져요.]
단 한 줄의 메시지를 보내는 데에 꼬박 세 시간이 걸렸다.

메시지를 보내며, 귀가 들리지 않아 다행이라는 생각을 했다.
떨리는 목소리도 눈물도, 서글픈 한숨도,
단 한 줄의 글자 뒤에 전부 숨길 수 있었다.

232

[만나자. 만나서 얘기해.]

만나는 것은 곤란하다. 표정을 감출 수가 없다.

[미안해요.]

뒤이어 도착한 주혁의 메시지는 뜻밖이었다.

[선우 때문이니?]

……선우 때문이라고?

휴대폰 자판 위를 서성이던 미주의 손끝이 멈추었다. 태양을 닮은 싱그러운 젊음으로 한껏 충만한 여름의 아이. 불어오는 그 바람에 슬며시 마음이 동했던 것도 분명 사실이었다. 하지만 미주에겐 제 마음속을 찬찬히 들여다볼 여유가 없었다. 커서가 텅 빈 액정 위에서 맥없이 깜박였다.

[미주야. 마지막으로 묻고 싶은 게 있어.]

다시 주혁의 메시지가 도착했다.

[넌 날 사랑했니?]

글자에서 한숨이 배어나는 듯하다. 미주는 입술을 꾹 깨문 채로, 한 글자 한 글자 정성스레 버튼을 눌렀다.

[미안해요.]

주혁의 답장은 더 이상 오지 않았다. 미안해요. 평소에도 주혁이 참 질색했던 말이었다. 미안하다는 말 대신 날 사랑한다고 말해줬으면 좋겠어. 주혁은 늘 그렇게 말하곤 했다.

사랑했어요.

결국 마지막 순간까지 그 말을 들려주지 못했다.

사실은 당신에게 몇 번이나 사랑한다는 말을 해 주고 싶었다. 조심스레, 당신과 나란히 걷는 꿈을 꾸기도 했었다.

　[미안해요.]

　어느새 흐릿해진 주혁의 얼굴 위로 간밤에 보았던 선우가 떠올랐다. 가로등 불빛 아래에서 어지럽게 흔들리던 새카만 눈동자.

　- 너 때문이니?

　허공에 대고 물었다. 당연히, 대답은 돌아오지 않는다.

　"네 유일한 단점을 말해 줄까?"

　선우는 지원의 말에 대꾸하는 대신 생수병을 집어 들었다. 뚜껑을 열고 막 한 모금 마시려는데, 지원이 손에 들린 병을 홱 하니 낚아챘다.

　"그 표정. 더러운 기분이 그대로 드러나는 얼굴은 프로 실격이야."

　"주세요."

　"한 시간 후면 드디어 첫공이야. 이창학 감독님하고 나, 윤선영 선생님, 그리고 스물아홉 명의 스태프와 일흔세 명의 배우가 손꼽아 기다리던 첫공이라고."

　"알아요."

　"망칠 셈이야?"

　"아니요."

　"그럼 당장 그 얼굴 풀어."

　"……네."

선우는 두어 번 볼을 씰룩이며 근육을 풀었다. 그 모습을 물끄러미 지켜보던 지원이 선우에게 생수병을 내밀었다. 목이 말랐던 것치고는 그리 달지 않게 물을 들이켜는 선우에게 자그마한 약 상자도 하나 내밀었다.

"감기는 왜 걸렸어?"

"······."

정말이지, 이 여자는 귀신이 아닌가 싶다. 일할 때에만 귀신같은 줄 알았더니 눈치도 귀신이다. 누구도 눈치채지 못했던 선우의 이상 컨디션을 용케도 알아챘다. 혼쭐을 내고 나서 슬쩍 약을 내미는 그 모습에 그만 설움이 왈칵 밀려왔다. 그러고 보니, 어제부터 자신은 몹시도 서러웠던 것 같다.

첫 주연급 배역. 누구에게든 한껏 자랑하고 싶었는데, 부모님과는 여전히 소식을 끊은 채 살고 있고 미주는 집 안에 틀어박혔다. 그리고 그런 미주의 곁을 지키고 있는 사람은 자신이 아닌, 아마도 주혁일 테다.

뭐, 그게 당연한 거지만.

"목 좀 가다듬어. 갈라지진 않았는데 영 텁텁하다. 스트렙실이라도 줘?"

"······주세요."

"미주랑 무슨 일 있어?"

역시나 지원다웠다. 아침 식사 메뉴를 묻기라도 하듯, 망설임의 기색도 긴장감도 없는 심드렁한 말투. 그 바람에 우울한 제 모습이 우습게까지 느껴지고 만다.

"없어요. 그런 거."

선우는 실없이 중얼거렸다.

"나랑 누나 사이에 일이 있을 게 뭐가 있어요."

새벽녘, 여름이라곤 해도 꽤나 서늘했다. 등 뒤로 느껴졌던 대문의 차가운 감촉 때문이었을까. 밤새 뒤척이다 하필이면 공연 날에 탈이 났다.

누나는, 괜찮을까.

열이 오르는 이마를 지그시 누르며 미주의 얼굴을 떠올렸다. 한참을 울어 눈물로 엉망이 된 얼굴. 간신히 집에 들여보낸 뒤에도 한참을 더 우는 것 같았다. 괜히 그런 기분이 들었다. 들릴 리 없지만 대문에 귀도 바짝 가져다 대 보았다.

결국, 주혁이 도착할 때까지 딱딱한 콘크리트 바닥에 주저앉아 문 밖을 지키는 것 말고는 제가 할 수 있는 일이 아무것도 없었다.

주혁은 어떤 손길로 그녀를 위로했을까. 눈물을 닦아 주었을까. 품에 꼭 안아 주었을까. 선우는 머릿속을 가득 메우는 상념을 애써 지워 내며 고개를 흔들었다.

빌어먹을.

"얼굴 퍼랬지."

"……걱정 마세요, 공연 안 망칠 거니까."

꼬박 두 달을 준비했다. 무대에서 쓰러지는 한이 있어도 멋지게 성공시켜 보일 테다. 나는 적귀(赤鬼)다. 한 여자에게 몸도 마음도 송두리째 빼앗겨 활활 타오르는 붉은 질투의 화신, 적귀.

어떻게 붙잡은 기회인데, 내가 놓칠 줄 알아.

마음껏 노래하고 춤추리라. 무슨 일이 있어도 반드시 위로 기어올라가고야 말겠다.

무대의 막이 올랐다. 혼령들의 현란한 군무에 이어 홀연히 등장하는 적귀. 텅 빈 눈동자는 날카롭게 허공을 훑는다. 비틀대는 발걸음에는 묘한 절도와 품위가 있다. 두 팔의 움직임을 쫓아 우아한 호선을 그리는 소맷자락. 매력적인 적귀의 등장에 객석이 일순 침묵했다.

적귀의 분장 아래 얼굴을 숨긴 선우가 객석을 응시했다. 만원인 객석 사이로, 비어 있는 로열석 두 자리가 금세 눈에 띄었다.

호연(好演)이다.

음향실에서 무대를 내려다보며, 지원은 만족스러운 표정으로 고개를 끄덕였다. 느낌이 좋았다. 성공의 예감이 뒤통수를 강하게 자극했다.

무엇보다도 선우의 연기가 압권이었다. 신인다운 풋내가 풍기면서도 가공되지 않은 원석처럼 거칠고 강렬하다. 순식간에 무대 위를 장악하고 관객을 사로잡는다. 홀린 듯 노래하는 선우를 물끄러미 바라보는 지원의 새빨간 입술에 미소가 떠올랐다. 제법이잖아.

못살게 군 보람이 있네.

공연은 어느새 클라이맥스를 향해 치달았다. 적귀의 세레나데. 사랑의 노래라기보다 찢어지는 절규에 가까운 이 곡의 타이틀 명은 이창학 감독이 붙였다. 지원은 이창학 감독 특유의 그런 짓궂음이 좋았다. 물론 그런 면은 그가 연출하는 모든 공연에 고스란히 묻어난다.

활활 타오르는 네 심장에 냉기를 불어넣는다.

서서히, 서서히.

검게 굳은 그것은 이제 나의 것.

네 심장은 나의 것, 나의 것.

나의 사랑과 증오와 분노는 너의 것.

남김없이 받아 내어 내게로 오라.

활활 타오르는 네 심장에 냉기를 불어넣는다.

서서히, 서서히.

싸늘하게 식어 버려.

네 심장은 나의 것, 오로지 나의 것.

활활 타오르는 네 심장은 나의 것.

모든 것을 빼앗아.

한 조각도 남김없이 빼앗아, 너의 모든 것은 나의 것.

한 여인의 생명을 빼앗으면서까지 그녀를 온전히 취하려 했던 서글픈 혼령들의 왕, 적귀. 온몸으로 적귀를 연기해 내는 선우를 보며 어쩌면 선우의 내면 깊숙한 곳에 적귀의 본성이 숨어 있는 것은 아닐까, 지원은 잠시 그런 생각을 했다.

5. 헤어지는 마음에게

5
헤어지는 마음에게

"팀장님, 먼저 퇴근하겠습니다."

"아아."

그제야 서류에서 시선을 뗀 주혁이 천천히 미소 지었다.

"네, 그래요. 늦은 시간까지 수고했어요."

마지막으로 남아 있던 여직원까지 퇴근하고 나자 널찍한 사무실이 텅 비었다. 사무실 한쪽에 자리한 주혁의 자그마한 집무실도 덩달아 고요해진다. 침묵과 고독은 늘 너무나 쉽게 퍼져 나갔다. 마치 전염병처럼. 주혁이 그것을 깨달은 것은 미주를 만난 뒤였다.

[우리 헤어져요.]

미주의 메시지는 아직 휴대폰 속에 남아 있다. 주혁은 하루에도 몇 번씩 미주의 메시지를 되풀이해 읽었다. 그러는 사이 머릿속을 가득 메운 것은 언제나 여지없는 선우의 얼굴이었다.

[선우 때문이니?]

제 질문에, 미주는 대답하지 않았다.

미주의 보폭에 맞추어 걷고 있다고 생각했다. 미주가 제 손에 의지해 세상 속으로 걸어 들어오고 있다고, 주혁은 줄곧 그렇게 생각했었다.

'인생을 가로막는 거대한 벽을 느껴본 적이 있어요?'

'벽?'

'영원히 사라지지 않을 것 같은, 그런 벽이요.'

언젠가 미주가 그런 질문을 던진 적이 있었다. 아마도 간만에 들른 단골식당에서 저녁을 먹는 중이었을 것이다. 인생을 가로막는 거대한 벽. 수저를 내려놓은 미주는 자못 진지한 얼굴로 그렇게 물어 왔다.

'미주야, 널 가로막는 벽 같은 건 없어.'

긴장한 빛이 역력한 미주를 향해 그렇게 대답했던 것으로 기억한다.

'네가 그렇게 느낄 뿐인 거야. 한 발자국만 내디뎌 봐. 네가 내디딘 그 자리에 벽 같은 건 없을 테니까.'

미주는 잠시 동안 망설이더니 작게 미소 지었다. 그럴까요. 납득하듯 그렇게 수화를 건네 온 뒤 밥 한 공기를 말끔히 해치웠다. 몹시 배가 고팠다는 제스처를 한 번 취한 뒤로는 주혁에게 눈길조차 주지 않은 채, 오로지 식사에만 열중했다.

[넌 날 사랑했니?]

어쩌면.

[미안해요.]

보폭을 맞춘 쪽은 미주였을지도 모르겠다.

주혁은 다시 선우의 얼굴을 떠올렸다. 훤칠하게 잘생긴 이목구비, 강아지처럼 까맣고 선한 눈동자.

처음 보았던 날, 푸른 소나무처럼 곧은 사람이라 생각했다. 허세도 겉치레도 없는 솔직담백한 청년. 그는 미주에게 반해 있었다.

'미주, 좋아하죠?'

심술궂은 질문에도 선선히 고개를 끄덕였다. 그런 선우가 마음에 들었다.

……미주는.

미주는, 선우에게 반했다. 반해 있었다. 결국 그렇게, 주저하던 마음이 열리고야 말았다. 주혁은 인정할 수 없었다. 하필이면 잠들어 있던 미주를 깨운 것이 그 녀석이라니. 내가 아니라니.

너에게, 거절이 예정되어 있는 프러포즈를 했다. 기대가 아예 없었다면 거짓말이겠지만, 나는 오로지 너의 의지로 내 손을 놓아주길 바랐다. 녀석에게 이끌리듯 나를 버리지 않기를. 적어도 그 모든 것은 많은 망설임과 많은 고민 끝에 내린, 오직 너만의 판단이기를 바랐다. 나와의 관계는 그렇게 네 손으로 끝내 주길 원했다. 그것이 우리의 마지막 순간, 이별의 순간에 너를 향한 내 마지막 자존심이었다.

네가 너를, 너와 나를.

그렇게, 오직 우리만을 생각했기를.

"……."

깊은 한숨을 내쉰 주혁의 시선이 망설이듯, 책상 위에 가지런히 놓인 휴대폰을 향했다. 한참의 신호음 뒤에야 상대가 전화를 받았다.

"지원 씨, 나예요."

"어서 오세요!"

언제나 신선한 커피입니다. 체인점 특유의 발랄한 인사말이 귓가에 달라붙는다. 주혁은 반사적으로 출입문을 향해 고개를 돌렸다. 주위를 두리번거리며 막 들어서던 지원이 주혁을 발견하곤 잰걸음으로 다가왔다.

"오래 기다렸어요?"

"아뇨, 금방 왔어요. 여기 커피요."

주혁은 마주앉은 지원에게 얼음으로 차게 식힌 진한 아메리카노한 잔을 내밀었다. 함께 커피를 마신 기억은 한 번뿐인데, 시럽을 넣지 않은 진한 아메리카노 외에는 커피로 여기지 않는 자신의 취향을 정확히 기억하고 있다. 지원은 머쓱한 기분으로 커피를 받아들었다. 뭐랄까, 참으로 주혁다운 행동이라는 생각이 들었다.

"공연 잘 되어 간다면서요?"

"뭐, 그럭저럭요. 얼굴 귀하신 최주혁, 송미주 커플이 언제쯤 공연장에 나타나 주려나 오매불망 기다리고 있었어요. 연습 땐 그렇게 뻔질나게 드나들더니 막상 본공 들어가니까 입 싹 닦기예요?"

툭 말을 던진 지원은 스트로를 입에 물며 주혁의 안색을 살폈다. 미간이 살짝 좁혀지는가 싶었는데, 이내 온화한 표정을 되찾는다. 지원은 쓴웃음을 지었다. 예상했던 바였다.

"미주랑 오빠, 무슨 일 있어요?"

"그래 보여요?"

"무슨 일 있는 게 아닐까 어렴풋이 짐작은 하고 있어요."

"미주, 어떻게 지내요?"

"……어떻게 지내냐고요?"

지원은 한숨과 함께 눈썹을 들어 올렸다.

"내가 묻고 싶은 말이에요. 문자는 죄다 씹지, 집으로 찾아가도 안 만나 주지. 대체 무슨 일인데요? 둘이 싸웠어요?"

"지원 씨는 인생을 가로막는 거대한 벽 같은 걸 느껴 본 적 있어요?"

주혁이 대답 대신 되레 질문을 건네 오자, 지원은 당황했다.

"네? 벽이오?"

"언젠가 미주가 그런 질문을 한 적이 있었어요. 밥을 먹다가 느닷없이…… 미주가 좋아해서 자주 가던 허름한 백반집이었는데, 얼굴을 빤히 쳐다보더니 그렇게 묻는 거예요. 벽을 느껴 본 적이 있느냐고."

주혁은 목이 타는지 커피를 한 모금 마셨다.

"그래서요?

"벽 같은 건 없다고 대답했어요."

그렇게 대답한 주혁의 얼굴에 그늘이 드리워졌다.

지원은 미주의 두 귀를 떠올렸다. 미주의 청력은 두 번 다시 되돌아오지 않는다. 만일 들리지 않는 두 귀가 인생을 가로막는 벽이라면, 미주는 절대로 그 벽을 뛰어넘을 수 없다.

하지만.

"오늘 술 한잔할래요? 내가 살게요."

피곤한 기색이 역력한 얼굴의 주혁이 쓰게 웃으며 자리에서 일어섰다.

선우는 적귀 분장차림 그대로 대기실 의자에 몸을 묻었다. 공연 열흘째, 평판은 상당히 좋다. 선우의 유명세도 꼭 그만큼 상승했다.

"선우, 오늘도 고생 많았어."

새된 목소리에 뒤돌아보니, 여주인공 역을 맡은 배우가 등 뒤로 다가와 있었다.

"수고하셨습니다."

"아까랑은 딴판이네."

쿡쿡 웃으며 건네는 말에 선우가 어리둥절한 표정을 지었다.

"무대에서 나한테 덤벼들 땐 귀신이더니, 대기실에서는 완전히 얼빠진 얼굴이잖아."

선우는 여자의 얼굴을 응시했다. 사랑하는 남자를 위해 기꺼이 죽을 만한 사람으로는 보이지 않는다. 조금 전까지 무대 위에서 빛났던 여자와는 영 딴판이다. 하긴. 어떤 의미로 보자면 닮은 듯도 싶다. 여자란, 참으로 강하다.

"귀엽다, 너."

"놀리지 마세요."

"안색이 왜 그래. 어디 안 좋아?"

"아뇨, 그냥 좀 피곤해서요."

"내일 쉬는 날이지? 푹 자 둬. 마지막까지 버티려면 체력이 생명이야."

강인한, 여자……. 선우는 한숨을 내쉬었다.

미주는 여전히 연락이 되지 않는다.

심플하다 못해 썰렁한 실내 장식, 벽을 가득 메운 오래된 음반. 삼십 대의 젊은 총각이 운영하는 이 아담한 바(Bar)는 지원이 무척 좋아하는 단골집이다. 주로 혼자서 찾던 곳이라 주혁과 함께 가게로 들어서는 것이 못내 어색하기도 했다.

"어쩐 일로 남자를 다 대동하고?"

지원의 얼굴을 알아본 사장이 인사를 건네 왔다.

"혹시, 애인?"

"그랬으면 좋겠지만 안타깝게도 아니네요."

농담처럼 던진 지원의 말에 주혁과 젊은 사장이 웃음을 터뜨렸다.

"전 오늘 상담역이에요."

"아니, 이렇게 잘생긴 분도 연애 문제로 고민을 해요?"

"그래서 연애란 게 심오한 거 아니겠어요?"

시답잖은 얘기를 몇 마디 주고받으며 술을 주문하고 나자, 눈치 빠른 사장이 구석으로 자리를 옮겼다. 그래 봐야 워낙 작은 가게라 소용없겠지만, 주혁은 그 마음 씀씀이에 기분이 한결 편하게 가라앉았다. 묘하게 일관성 없는 독특한 인테리어에도 마음이 끌렸다. 지원이 단골이 된 이유를 알 것 같았다. 좁은 실내에서 시종일관 흐르는 음악도 매력적이다. 사장은 사람 상대뿐만 아니라 음악 선곡에도 뛰어난 재능이 있는 모양이었다.

지원도 음악에 심취한 듯 잠시 대화가 끊겼다. 묵묵히 술을 마시다 보니 은근하게 취기가 오르는 것 같았다. 음악에 취하고 술에 취하는 곳인가. 그런 생각을 떠올리던 주혁이 작게 웃었다. 오늘따라 참 유난히도 감상적이다 싶다.

"친구들한테는 미주 얘기 잘 안 했어요."

"왜요?"

"뭐, 반응이 거의 비슷하거든요. 네가 힘들겠다, 뭐하러 그런 여자를 만나냐……. 그런 말 듣는 것도 지겨워져서."

위스키가 담긴 얼음 잔을 달각대던 지원이 주혁에게 시선을 돌렸다.

"……벽이라는 거, 사실 전 느껴 본 적이 없어요."

"그래요?"

"거만한 놈으로 보일지도 모르겠지만, 정말이에요. 정말 열심히 살았어요. 학교 다닐 땐 일등을 하고 싶어서 밤을 새우고, 배우고 싶은 게 있으면 무슨 일이 있어도 배우고…… 노력하면 안 되는 일이 없었어요. 생각해 보니까 전 참 운을 타고났던 것 같아요."

"운만 타고났게요? 머리도 타고났고 외모도 타고났죠. 정말 복 받은 인간이라니까."

지원이 장난스럽게 눈을 흘기자 주혁도 덩달아 웃고 말았다.

"처음 제 뜻대로 되지 않는 일이 미주였어요."

"고백 때부터 험난했잖아요?"

"응, 험난했죠."

주혁이 잔에 남은 위스키를 단숨에 들이켰다.

"한눈에 반하긴 했지만, 그래도 처음에는 반쯤 오기였던 것 같아요. 그러다가 점점 더 좋아지고……."

몇 번인가 대화가 끊어졌지만 다행히 음악이 메워 주었다. 기분 좋은 침묵. 지원은 침묵 사이로 간간히 한숨을 내쉬었다.

세 번째 술을 주문했을 때엔 두 사람 다 가볍게 취기가 올랐다.

"오빠는 결혼이 뭐라고 생각해요?"

"결혼?"

"사랑의 완성이니 뭐니, 그런 거 말고요."

"글쎄요……."

지원은 담배를 꺼내 불을 붙였다. 피우지 않는 것을 알지만 주혁에게도 권해 보았다. 예상대로 주혁은 부드럽게 고개를 저었다.

지원은 피식 웃으며 말을 이었다.

"난 죽도록 사랑하는 사람이랑은 결혼 안 할 거예요."

주혁이 고개를 들었다.

"왜요?"

"죽도록 사랑하는 사람이랑 같이 살면 말라 죽는대요. 그냥 적당히 좋고 편한 사람 만나서 배 나오고 망가지면서 사는 거라고. 그럴싸한 얘기죠?"

"뭐, 나름 그럴싸해요."

"제 친구 철학이에요. 그것도 남자 엄청 밝히던."

지원의 말에 주혁이 소리 내어 웃었다.

"미주는 분명히 오빠랑 결혼할 거라고 생각했어요."

"왜요?"

"……오빠를 죽도록 사랑하지 않으니까."

뼈 있는 농담이었다. 주혁은 작게 미소 지었지만, 지원은 웃지 않았다. 목이 타서 한 모금 삼킨 술은 그 뒷맛이 유난히 씁쓸했다.

"그런 의미에서 묻는 건데요."

"……."

"오빠는 미주를 가족으로 맞이할 준비가 된 거예요?"

주혁은 대답 대신 술을 한 모금 삼켰다. 지원도 술을 한 모금 삼킨 뒤 말을 이었다.

"가족 간의 애정은 남녀 간의 애정과는 조금 다르다고 생각해요. 사랑하는 남녀 간의 결혼은 그 애정을 가족 간의 그것으로 바꾸는 통과의례 같은 거라고, 전 그렇게 보거든요."

"신선한 해석이네요. 지원 씨다워."

"미주가 자꾸 도망치려고 하는 건 아직 오빠를 가족으로 받아들일 준비가 되지 않았기 때문인지도 몰라요. 생각해 봐요. 오빠 앞에서 망가지는 미주 모습, 상상할 수 있어요?"

"……."

"난 미주 앞에서 망가지는 오빠 모습도 전혀 상상이 안 가요."

지원은 술을 한 잔 더 주문했다. 그런 지원을 물끄러미 바라보던 주혁이 다물고 있던 입을 떼었다.

"차였어요."

느닷없는 말에, 지원이 눈을 두어 번 깜박였다.

"……네?"

"차였어요, 저."

느긋하게 음악이 흘렀다. 셀린 디옹의 When I fall in love. 지극히 간결하면서도 아름다운 멜로디가 잔잔하게 흐르는 사이, 지원은 대꾸할 말을 완전히 잊고 말았다.

……차였다고?

"그런 생각을 해 봤어요."

달콤한 멜로디 사이로, 주혁의 가라앉은 음성이 들려왔다.

"만약에 미주가 같은 질문을 한다면…… 벽 얘기 말이에요, 인생을 가로막는 벽. 그럼 그 친구는 과연 뭐라고 대답할까……."

지원은 퍼뜩 정신이 들었다.

"……선우 말이에요?"

"지금까지 한 번도 그런 생각을 해 본 적이 없었는데…… 난 정말 자신 있었거든요. 미주가 나 이외에 다른 사람을 선택할지도 모른다는 생각은 정말로 한 번도 해 본 적 없었어요. 그런데, 이유는 잘 모르겠지만, 만약 미주가 그 친구를 선택한다면…… 그러니까, 상대가 선우 씨라면……."

"……."

"이길 수 없을지도 모르겠다고……. 그냥 문득 그런 생각이 들었어요."

울적함을 떨쳐 내지 못한 선우는 밤거리를 홀로 서성이는 중이었다. 제 목구멍에 무언가 커다란 덩어리가 걸려 있는 것 같다.

적귀(赤鬼).

선우는 아직도 손끝에 남아 있는 공연의 잔상을 더듬었다. 허공을 배회하는 손짓, 그 처절한 영혼의 몸부림. 차갑게 가라앉은 열정과 욕망이 숨어 있는 적귀의 춤. 문득, 미주의 수화를 떠올렸다. 단아한 손짓 뒤에 숨어 있을 수많은 말들. 채 쏟아 내지 못한 말들이 독이 되어 미주의 목을 조인다.

그리고 자신의 목을 조여 오는 세상의 말들.

공연계의 스타로 급부상한 선우의 뒤에는 늘 그림자처럼 적귀가 들러붙어 있다. 적귀를 향한 관심은 선우를 향했고, 선우를 향했던 관심은 어느새 무성한 소문을 피워 내고 있었다. 땀, 예술혼, 끈적이는 욕망과 돈. 그 모든 것이 뒤범벅이 된 무대 위에서, 선우는 홀로 내팽개쳐진 기분이 들었다. 자라난 소문이 제 뒤에 드리워질 때면 선우는 더욱더 연기에 몰입했다. 무대 위에서 함께하는 적귀만이 스스로를 온전히 위로했다.

적귀. 고독한 혼(魂).

적귀는 한 여인을 강렬하게 사랑했다. 결코 제 것이 될 수 없는 가련한 여인을. 적귀의 절규가 조금씩 선우의 몸을 잠식해 가는 사이 선우는 조금씩, 그리고 확실하게 이쪽 세계에 적응해 가는 중이었다. 욕망과 이상의 치열한 경계. 꿈과 현실이 뒤엉킨 아득한 밑바닥.

어느새, 선우의 발걸음은 미주의 아파트를 향했다.

걸음을 재촉하며 시선을 한 바퀴 굴렸다. 미주의 아파트까지 곧게 뻗어 있는 보도블록은 벚나무가 죽 늘어서 있다. 지금 같은 여름에야 초록빛 잎사귀로 뒤덮여 있지만 봄이 되면 새하얀 꽃잎이 흐드러지게 매달릴 것이다. 그러고 보니 미주는 새하얀 벚꽃을 닮았다.

"……뭐예요."

선우는 피식 웃음을 흘렸다.

"우연도 세 번이면 필연이라던데. 우리 우연은 몇 번째예요? 두 번째인가?"

마법처럼, 미주가 눈앞에 서 있었다. 푸르른 녹음을 등진 채 오롯이 피어난 희고 흰 꽃. 선우는 배시시 웃었다. 몇 번이면 어때.

그런 건 아무래도 좋았다.

"……살았다."

이번에는 수화로 말을 건넸다.

- 보고 싶었어요. 엄청.

- 수화 공부도 엄청 열심히 했어요.

- 봐요, 잘하죠?

미주는 대파며 음료수 따위가 든 봉투를 왼손으로 옮겨 들고는 선우를 지나쳐 가려고 했다. 봉지가 다리를 스치며 바스락거리는 소리를 냈다.

선우는 미주의 손을 붙들었다.

"보고 싶어서 죽는 줄 알았단 말이에요."

이거 놔. 미주가 속으로 말했다.

이거 놔 줘, 선우야.

"……우울한 표정도 예뻐 보인다. 나 누나가 진짜 보고 싶었나 봐요."

제 손을 붙든 선우를 뿌리치려는데, 도리어 선우가 힘껏 끌어당겨 그 품에 안기고 말았다. 코끝에서 술 냄새가 풍겼다.

술 마셨니? 다시 속으로 말을 건넨다.

"미안한데, 잠깐만 이러고 있게 해 줘요. 오 분만, 아니 일 분만…… 부탁이에요."

어깨에 닿은 선우의 목울대가 간헐적으로 울렸다. 넌 지금 어떤 말을 하고 있을까. 미주는 잠자코 선우를 내버려 두었다. 굳이 말로 듣지 않아도 조금은 그 애의 기분을 알 것 같았다.

심장이 가늘게 떨린다. 잠시 망설이던 미주가 머뭇머뭇, 팔을 들어 올렸다. 가만히 끌어안은 선우의 품에서 희미한 여름밤의 냄새가 풍겼다.

욕망으로 점철된 초조함이 나를 조금씩 옥죄어 오던, 숨 막히는 나날들. 우연히 조우한 그녀를 품에 힘껏 끌어안았다. 머리칼이 찰랑이는 어깨에서 청량한 향기가 났다.

어쩌면 나 역시 도망칠 곳이 필요했던 것일지도 모른다.

그녀처럼.

그래서 더욱, 나는 그녀를 힘껏 사랑해야만 했다.

놀이터에 쪼그려 앉은 선우가 나뭇가지 하나를 주워 들곤 모래판 위에 큼지막하게 글씨를 썼다. 손바닥으로 몇 번이고 지워 가며.

─나 누나 좋아해요.

고개를 들고 미주와 시선을 마주한 뒤 묻는다.

"알고 있었죠?"

미주는 조용히 고개를 끄덕였다.

"사실은 정말로 친구만 할 생각이었는데……. 친구 하자고 했던 거 다 거짓말이었나 봐요. 오늘 누나 얼굴 보니까 자꾸 나쁜 생각만 들어요."

─ 나쁜 생각.

선우는 모래 위에 그렇게 새겼다. 나뭇가지가 새긴 글씨를 응시
하던 미주의 시선이 천천히 선우를 향했다. 조심스레 수화로 묻는
손길이 이유 없이 떨렸다. 어쩌면, 뒤이어 나올 그 말을 짐작이라
도 하듯.

─ 나쁜 생각?

선우가 마른침을 삼켰다.

"그렇게 힘들면……."

목이 꽉 막혀 와, 이어지는 말은 수화로 대신했다.

─ 나한테 올래요?

"내가 미주의 아픔을 다 치유해 줄 수 있다고 믿었어요. 우스운
얘기죠……. 신이라도 되는 것처럼."

"……."

"경솔했어요. 오만한 생각이야."

지원은 주혁의 말을 흘려 넘기며 술을 두 잔 더 주문했다. 그러
곤, 묵묵히 술을 한 모금 삼키는 주혁을 향해 혼잣말처럼 중얼거렸
다.

"지친 사람한테는 절대로 힘내라는 말을 해선 안 된대요. 힘내
려다가 더 지쳐 버린다나 뭐라나……."

"……."

"너무 곁에서 애쓸 것 없어요. 결국엔 다 자기 짐이고 업인 거니까."

열 번째 술잔이 깨끗이 비워지고 나자 한껏 술기운이 오른 주혁이 비틀대며 테이블에 머리를 묻었다.

주혁을 물끄러미 바라보던 지원은 한참을 망설인 후, 느릿하게 입을 열었다.

"나, 오빠 좋아해요."

말끝으로 길게 여운이 늘어졌다. 여운 사이로 드문드문 들려오는 음악이 고막을 간질인다. 지원은 입술을 깨물었다.

"……좋아하지 말아요."

역시 예상대로 주혁은 깨어 있었다. 피식, 저도 모르게 웃음을 흘린 지원이 말을 꺼낸다.

"내가 왜 오빠를 깨끗이 포기할 수 있었는지 알아요?"

"……."

"내 남자가 될 수 없는 사람이었으니까."

거기까지 말한 뒤, 숨을 한번 골랐다.

"정말 내 사람 아니라면…… 오빠도 이제 그만 미주 포기해요. 붙잡고 있어 봐야 내 손해야. 나만 아프고, 나만 다쳐."

"……벌써 포기했는지도 몰라요."

줄곧 테이블에 고개를 묻고 있던 주혁이 부스스 몸을 일으켰다.

"난…… 노력하면 뭐든 가질 수 있다고 생각했어요. 사람 마음까지도, 그렇게 내가 가질 수 있을 줄 알았나 봐요."

노력. 그래, 언젠가 내가 그런 말을 했었지. 노력하지 않으면 앞으로 나아갈 수 없다고.

그 노력을, 나는 미주에게만 강요했던 것은 아니었을까.

자신은 미주가 두 귀의 장애로부터 벗어나길 바랐다. 노력으로 자유로워질 수 있을 거라 생각했다. 중요한 건 들리지 않는 미주의 귀가 아니었음에도. 정작 미주의 두 귀에 얽매여 있었던 이는 다름 아닌 자신이었다.

미주의 귀가 되려 했다. 듣지 않아도, 말하지 않아도 살아 낼 수 있는 세상을 만들어 주려 했다. 그렇게 날개를 달아 주는 것이 서툰 날갯짓을 돕는 거라 여겼다. 한심하기도 하지. 미주의 두 날개를 움켜쥐고 있던 이가 저인 줄도 모르고.

주혁은 미주와의 사이를 떠올려 보았다. 굳게 맺어져 있는 줄로만 알았다. 마음의 실로 단단히 묶여 있는 거라 생각했던 자신과 미주의 사이에는 이제 그 무엇도 남아 있지 않는 것만 같다.

마치 오래전 태엽이 다해 버린 오르골처럼.

"내 사람이 아니라면, 보내 줘야죠."

"후회 안 할 자신 있어요?"

주혁은 눈을 가늘게 뜨고 지원을 바라보았다. 저렇게 날카로운 표정도 지을 줄 아는구나. 지원은 작게 웃었다. 어쩌면 이마저도 주혁다웠다.

지원은 담배를 한 대 꺼내 물었다.

"미주, 이대로 놔 버려도 후회 안 할 자신 있느냐고요."

"후회할 일은 하지 말자는 주의예요, 난."

"뭐야……. 포기했다더니?"

"붙잡았다간 더 후회할 것 같아서."

보내 줘야죠. 들릴 듯 말 듯 중얼거린 주혁이 지원의 손에서 담배를 빼앗아 들었다. 그대로 재떨이에 사장되는 담배를 바라보며 지원이 눈을 치켜떴다. 술기운에 노곤해진 눈꺼풀이 자꾸만 가라앉는다.

"시간도 늦었는데, 그만 나가죠."

어느새 말끔해진 모습으로 서류 가방을 챙기는 주혁을 바라보며 지원이 혀를 찼다. 하여간 인간미 없는 남자. 3년간의 치열한 연애에 종지부를 찍는 순간까지도 흐트러짐 하나 없다.

하긴, 저런 모습에 반한 적도 있었더랬지. 속으로 중얼거리자 아득한 옛일처럼 느껴진다.

"아, 술 오빠가 사기로 약속한 거예요!"

지원이 가방을 둘러메며 큰 소리로 외쳤다.

"나는 누나가 얼마나 힘들지 짐작 못 해요. 내 귀는 들리니까. 그렇다고 해서 누나의 귀가 되어 줄 수도 없어요. 나는 아무것도 할 수 없어. 내 앞가림도 힘들어요. 아직 이룬 것도 없고, 그저 하루하루 아등바등 살고 있는 어린애에 불과하니까."

미주는 선우의 눈을 똑바로 바라보았다. 선우는 미주가 제 말을 듣지 못한다는 사실마저 잊은 것 같았다.

"애인이 있다는 것도 알아요. 나 같은 건 상대도 안 되는 멋있는 애인. 그런데, 그래도 누나가 좋아요. 정말 정말 좋아요. 되게 이기적인 것도 아는데…… 그래도, 좋은 걸 어쩌라는 거야. 사람을 좋아하는 건 죄가 아니라면서요? 다들 그러잖아요. 그죠?"

미주는 선우가 부러웠다. 선우가 뱉어 놓는 말이 부러웠다. 제 감정을 스스럼없이 드러내는 선우가 사랑스러웠다. 나도 저렇게 마음껏 떠들 수 있었다면, 그랬다면 지금과는 많이 달랐겠지. 틀림없이 그랬을 거야.

순간적인 감정을 글로 옮기기란 쉽지 않았다. 옮기지 못한 마음들은 가슴 한구석에 고스란히 쌓인다. 응어리진 앙금. 그것은 필시 주혁도 마찬가지일 터였다. 등 뒤에서 아무리 소리쳐 봐도 닿지 않는다. 항상 얼굴을 마주 보아야만 하는 대화. 미주는 그 안에서 감정을 삭이는 방법을 배웠다. 마음껏 소리칠 수 없었다.

당연한 것이지만, 수화에는 억양이 없었다.

－나도 너한테 아무것도 해 줄 수 없어. 나 하나 추스르기도 버겁고 다른 사람을 배려할 여유도 없어.

"……무슨 말인지 모르겠어요."

－어쩌면…… 지금도 도망치고 있는 건지도 몰라.

"무슨 말인지 모르겠다고요!"

선우가 허공에서 미주의 손을 붙들었다. 선우의 손아귀 안에서 힘을 잃은 두 손이 파르르 떨렸다.

"뭐라고 하는지 모르겠어요. 모르겠으니까, 그만해요!"

……나는.

선우야, 나는.

"자꾸 도망가지 말아요…… 제발."

선우는 미주를 품 안에 끌어안았다.

울지 마. 울지 마, 선우야.

제멋대로 흐르는 눈물이 입술 새로 흘러들었다. 눈물에서는 굉장히 씁쓸한 맛이 났다.

차마 묻지 못한 말이 가슴에서 흘렀다.

정말로 괜찮을까. 밝고 맑은 너에게, 정말로 내가.

내가, 너에게로 가도 될까.

6. 발걸음

6
발걸음

멍한 기분으로 천장을 응시한다.

규칙적인 격자무늬가 흰 벽지 위에 도드라져 있다. 하나둘, 희미한 그 선을 좇다가 시계로 시선을 돌렸다. 여덟 시 십 분. 미주는 숨을 깊숙이 들이마신 뒤 몸을 일으켰다.

커피포트에 물을 붓고, 노릇노릇하게 구운 식빵 위에 계란프라이를 얹었다. 그렇게 완성시킨 간단한 토스트를 세 쪽이나 먹고 커피를 마신 뒤에는 집 안 청소를 했다. 창문을 활짝 열고 집 안 구석구석. 먼지를 걷어 내며 제 안에 드리워진 우울함도 구석구석 들어냈다. 이불 빨래를 하고 방향제를 한가득 뿌렸다. 그렇게 한참을 움직이며 땀을 흘리고 나니 기분이 조금은 상쾌해지는 것 같았다.

마지막으로, 수일간 꺼 두었던 휴대폰의 전원을 켰다. 액정이 되살아나자마자 스무 통을 훌쩍 넘긴 부재중 메시지가 차례차례 쉼 없이 쏟아졌다.

[대체 어떻게 된 거야?]

[집에 있는 거 맞지? 얼른 문 열어.]

[당장 연락해.]

[누나, 지금 뭐 해요?]

[공연 보러 와요.]

대부분 지원이 보낸 메시지였고, 그 사이에 간간히 섞여 있는 선우의 메시지도 보였다. 메시지를 확인하던 미주는 어제 마주쳤던 선우의 얼굴을 떠올렸다.

장을 보고 돌아오는 중이었다. 며칠을 방 안에만 틀어박혀 있다가 냉장고가 텅텅 비어 버리는 바람에 하는 수 없이 집을 나섰다. 슬리퍼를 꿰어 신고 보도블록을 거닐며, 죽을 만큼 슬프고 괴로운 일이란 게 이 세상에 존재할까 하는 생각을 잠시 했다.

아무리 눈물이 쏟아져도 시간이 되면 어김없이 배가 고팠고, 슬프고 괴로워도 밤이 되면 눈꺼풀이 절로 무거워졌다. 근처 슈퍼마켓으로 들어가 손에 집히는 대로 몇 가지 식료품을 구입했다. 그리고 돌아오는 길, 거짓말처럼 선우가 눈앞에 나타났다.

선우는 초록빛 벚나무 사이에서 아이처럼 웃었다. 선물을 한 아름 받은 크리스마스의 소년처럼.

'나, 누나 좋아해요.'

고백의 말이 그토록 안타깝고 서글프게 울릴 수 있을까. 소리를 지르고 눈물을 쏟으며 저를 제 품에 끌어안았다. 마냥 흘러넘치는 감정을 주워 담지 못해 어쩔 줄을 몰라 했다. 목덜미에서는 건강한 땀 냄새가 희미하게 풍겼다. 입술은 드문드문 읽혔다. 끊어진 영상처럼, 두서없이 조각난 말들이 뒤엉켜 떠올랐다.

'얼마나 힘들지 짐작 못 해요.'

'내 귀는 들리니까.'

'난 누나의 귀가 되어 줄 수도 없어요.'

귀가 되어 줄 수도 없어요. 망연히 떠올린 대사에, 미주는 몸을 흠칫 떨었다.

오랜 연인은 자신의 귀가 되어 주겠노라 말했다. 그의 인생을 건 모험이었고 온 진심을 다한 고백의 말이었다. 기쁘고 고마운 말이었다. 하지만, 주혁이 정말로 자신의 두 귀를 대신할 수 있을 거라곤 단 한 번도 생각해 보지 않았다.

'귀가 되어 줄 수도 없어요.'

선우는, 발갛게 상기된 볼로 그렇게 말했다. 내 두 귀를 대신할 수는 없다고.

'애인이 있다는 것도 알아요. 그런데, 누나가 너무 좋아요.'

스물넷의 청년다운 제멋대로의 고백이었다. 무엇 하나 책임질 만큼 준비되어 있는 것도 이루어 놓은 것도 없는 불안정한 청춘.

아이와 어른의 경계에서 불안하게 헤매고야 마는, 그 푸른 여름의 시대. 타인의 인생에 끼어들 자신도 없는 주제에 한없이 제 감정에 충실하다. 하지만.

어쩌면, 그런 점이 좋았던 게 아닐까.

청소를 하다 보니, 일주일 전 도착한 항공우편 한 통이 굴러 나왔다. 오빠의 편지였다.

미국에서 살고 있는 오빠와 엄마로부터 매달 한 번씩 날아오는 편지의 내용은 언제나 한결같다. 지난달과 동일한 액수의 생활비를 계좌로 송금하였다는 것, 자기네들은 모두 안녕하며 언제나 한국에 홀로 남아 있는 네 걱정을 한다는 것. 미주는 익숙한 내용을 천천히 읽어 나갔다. 끝맺음은 예상대로, 자신이 한시라도 빨리 미국 캘리포니아 주의 오빠 집으로 들어오길 바란다는 완곡한 부탁의 말이었다.

아버지가 지병으로 돌아가신 뒤 호시탐탐 하나뿐인 여동생과 노모를 미국으로 불러들이려던 미주의 오빠는, 미주가 사고를 당한 후부터 본격적으로 두 사람의 초청이민 준비를 시작했다. 초청이라기보다는 강제로라도 미국으로 끌고 가겠다는 분위기였다.

처음에는 미주도 한국을 완전히 떠나 낯선 곳에서 새로운 삶을 살고 싶었다. 그 누구도 자신의 과거를 알지 못하는 이국의 땅. 그곳에서 제 지난날을 말끔히 지워 내고 두 번 다시 떠올리지 않으리라.

하지만 막상 출국일이 다가오자 돌연 마음이 바뀌었다. 그 이유는 미주 자신도 알 수 없었다. 펄쩍 뛰는 엄마와 오빠를 설득하는데 자그마치 석 달이 걸렸다. 눈물, 협박, 회유. 미주가 알고 있는 모든 수단이 동원되었다. 결국 지원까지 나서서 책임을 떠맡으며 머리를 조아린 끝에 허락이 떨어졌다. 지원은 이삿짐을 채 풀지도 않은 미주의 새 보금자리에서 꼬박 네 시간을 기막혀하며 혀를 찼다. 모든 것을 잃은 미주였지만 어릴 적부터 유난했던 그 고집만은 청력이 사라진 후에도 끄떡없이 남아 있었다.

— 너는 도대체 언제까지 한국에 혼자 남아 있을 생각이니.

미주는 한숨과 함께 편지를 접었다. 통장에 차곡차곡 쌓여 가는 오빠의 돈, 혼자 살기에는 쓸데없이 넓기만 한 스물다섯 평의 아파트, 오랜 시간 방치된 주인 잃은 피아노.

피아노.

미주는 홀린 듯, 피아노가 놓여 있는 작은방으로 향했다.

놓여 있다기보다는 처박아 두었다는 표현이 더 어울릴 것이다. 메마른 곰팡내가 엷게 드리워진 방 한구석에 덩그러니 놓인 검은색 피아노 위에는 부연 먼지가 켜켜이 쌓여 있다. 어린 시절, 거실에 놓여 있던 새 피아노 선물에 하루 종일 들떴던 기억이 참 무심히도 떠올랐다.

뚜껑을 들어 올렸지만 열리지 않았다. 미주는 기억을 더듬었다. 이사 날 차마 버리지 못한 채 짊어지고 온 손때 묻은 피아노. 그 앞에서 한참을 주저앉아 시간을 죽이다가 뚜껑을 잠가 버렸다. 그러고 보니 열쇠를 어디에 두었더라. 미주는 뚜껑을 잠가 버렸던 그 날처럼 피아노 앞에 주저앉아 한참 동안 희미한 기억을 되짚었다.

싱겁게도 열쇠는 싱크대 서랍 안에 들어 있었다. 그렇게 손이 쉽게 닿는 곳에서 용케 삼 년을 잠들어 있었다 싶어 절로 웃음이 났다. 미주는 열쇠를 꺼내 와 신중한 손길로, 천천히 피아노 뚜껑을 열었다.

건반을 누르자 아무 소리도 나지 않았다. 그것이 아무 소리도 나지 않은 게 아니라 아무 소리도 들리지 않는 것을 의미한다는 사실을 깨닫는 데에 수초의 시간이 걸렸다. 미주는 다시 건반을 눌렀다. 건반이 느슨하게 내려앉아 있다. 문득, 아무렇게나 방치된 채 늙어 간 낡은 피아노가 몹시 가엾다는 생각이 들었다.

조율이라도 해 놓을까.

미주는 멍하니 그런 생각을 떠올리다가 피아노 뚜껑을 닫고 열쇠로 굳게 잠갔다. 싱크대 서랍 속으로 다시 열쇠를 되돌려 놓으며 휴대폰으로 시간을 확인했다. 오후 세 시. 삼십 분간 샤워를 하기로 마음먹었다.

오늘은 소문이 자자한 이창학 감독의 신작 공연을 보러 다녀올 참이었다. 물론 지원과 선우 모르게. 힘껏 춤추고 노래하는 선우를, 그 반짝이는 모습을 단 한 순간도 놓치지 않고 최선을 다해 지켜볼 생각이었다.

[시간 좀 내 줄 수 있니? 잠깐이라도 좋으니까.]

막 휴대폰을 내려놓으려는데 진동이 울렸다. 주혁의 메시지였다. 고심하며 메시지를 작성했을 주혁의 얼굴이 눈앞에 선하다. 가슴께가 아려 왔다.

한참을 망설이던 미주가 마침내 결심이 선 듯, 버튼을 꼭꼭 눌러 답신을 보냈다.

[회사 앞으로 갈게요.]

"……얼굴이 안 좋다. 밥은 챙겨 먹고 있는 거야?"

첫인사는 주혁이 먼저 건네 왔다. 지극히 그다운 말투로. 미주는 고개를 살짝 끄덕였다. 서로의 얼굴을 바라보는 것이 얼마만인가 싶었다. 고작 일주일 정도가 지났을 뿐인데 이렇듯 마주 앉는게 어색하기 그지없다.

마음 언저리에 내려앉은 시큼한 통증만은 여전하다.

회사 지하에 위치한 작은 커피숍은 늘 그렇듯 사람으로 북적였다. 이렇게 붐비는 곳일수록 오히려 주고받는 수화가 눈에 띄지 않는다는 사실을, 두 사람은 오랜 경험으로 잘 알고 있었다. 마치 손에 잡힐 듯한 익숙함이다. 이런 익숙함이 또 얼마나 많이 존재하고 있을까.

나란한 보폭. 닮아 가는 입맛. 외국영화 자막 사이사이로 틈틈이 건네 오는 주혁의 수화 속 수많은 소리들.

자신을 바라보는 주혁을 향해, 미주가 한참 만에 말을 꺼내 놓았다.

-마른 것…… 같아요.

"요즘 회사 일이 바빴거든. 저절로 다이어트가 되네. 밥도 잘먹고 잘 자고, 난 잘 지내고 있으니까……."

그러니까 걱정하지 않아도 괜찮아. 뒷말은 삼켰다. 예리하고 민감한 여자였다. 구태여 변명을 늘어놓을 필요는 처음부터 없었다.

주혁의 예상대로 미주는 있는 대로 풀이 죽어 있었다. 얼굴에는 진한 걱정의 그림자를 드리운 채.

－미안해요.

조심스러운 손짓으로 수화를 건넨 미주가 고개를 떨구었다. 커피 잔을 만지작대는 미주의 손 위로 큼직한 주혁의 손이 포개졌다.

주혁은 다만, 천천히 미소 지었다. 그 외에 달리 어떤 표정을 지어야 할지 도무지 떠오르지 않았다.

－피아노 조율하려고요.

미주는 저도 모르게 말을 꺼냈다.

"조율?"

－네, 조율하려고요. 오늘 피아노를 열어 봤는데……. 그러니까 그게 엉망진창이었어요. 건반은 다 내려앉고 소리도 안 나고…… 아니, 소리야 당연히 났겠지만…….

주혁은 가만히 고개를 끄덕이며 두서없이 이어지는 미주의 이야기를 지켜보았다.

－그래서 피아노 뚜껑을 다시 잠갔거든요. 그런데…… 역시 조율해야겠어요.

"그래, 잘 생각했어."

주혁의 시선이 창백하게 질린 미주를 향했다. 잔뜩 울상인 얼굴 표정이 어딘가 필사적으로 보인다. 스스로를 바꾸어 보려는 자그마한 의지가 피어난 것일까.

그래도 조율이라니, 참 의외의 단어였다. 조율이라. 조율이란 말이지. 마음속에 번져 가는 허탈한 감정에 주혁은 적잖이 놀랐다. 누구보다도 미주의 변화를 간절히 바랐던 자신이었는데. 자신이 모르는 곳에서 변해 버린 미주가 낯설고 싫었다.

……싫다고?

주혁은 다시 한 번 흠칫 놀랐다. 놀란 내색을 애써 감추며 미주를 향해 웃어 보인다. 과연 얼마나 다정하게 보일지는 스스로도 자신이 없었지만.

변하기 위해서 내 곁을 떠나야만 했던 것일까.

미주야, 그런 거니?

"네 말대로, 우리 헤어지자."

주혁은 수화로 같은 말을 한 번 되풀이했다. 그리고 얼마간의 침묵이 둘 사이에 흘러들었다. 무서우리만치 고요한 침묵이었다. 주혁은 손끝으로 테이블을 한 번 두드렸다. 침묵은 너무나 어이없이 순식간에 사라졌다.

주혁은 테이블을 한 번 더 두드렸다. 토옥. 테이블이 곤두선 신음을 뱉었다. 주혁은 그제야 제 목소리가 매우 날카롭게 곤두서 있다는 것을 깨달았다. 그리고 미주가 듣지 못함에 안도했다.

자신은 마지막까지 너그러운 연인이어야만 했다.

"많이 사랑했었어."

─……나도, 많이 사랑했었어요.

"네가 누구를 만나고 누구를 사랑하든, 그리고 앞으로 내가 누구를 사랑하든 나는 언제나 네 편이야."

미주의 눈에서 기어이 눈물 한 방울이 넘쳐흘렀다.

지난 삼 년간, 많은 것들을 그와 함께해 왔다. 함께 공연을 보고 음악을 들었다. 그의 손이 내게 음악을 들려주었다. 영화를 볼 때면 손바닥에 소곤소곤, 화면 속 소리를 들려주었다.

'내가 미주의 두 귀가 되어 주고 싶어.'

결코 두 귀를 대신할 수는 없었다. 하지만, 미주는 그의 손을 통해 세상에 담긴 소리를 보았다.

가슴 한편으로 스치듯, 아릿함이 번져 나간다.

"그러니까 움츠러들지 마, 미주야. 선우한테 가서 당당하게 말해. 널 좋아한다고."

주혁의 손길이 미주의 눈가를 부드럽게 어루만졌다. 손끝을 따라 번지는 축축한, 꼭 그만큼 씁쓸한 미주의 눈물로 주혁은 제 울음을 대신했다.

이제야 제가 짊어지고 있던 모든 미련을 내려놓을 수 있을 것 같았다.

주혁과 헤어진 뒤, 미주는 홀로 선우의 공연장을 찾았다. 호연이라던 이창학 감독의 신작.

팸플릿을 구입해 몇 번이고 되풀이해 읽었다. 적귀 역의 남궁선우. 붉은 눈가로 이쪽을 노려보는 선우의 사진을, 미주는 몇 번이고 따스하게 더듬으며 제 안에 새겨 넣었다.

공연이 시작되고 화려한 조명 아래 배우들이 무대 위를 수놓기 시작했다. 피부를 타고 전해지는 묵직한 진동. 미주는 허리를 꼿꼿이 세웠다. 숨을 한껏 들이마셨다. 공연장 안의 열기를, 네 숨결을 하나도 남김없이 받아 내고 싶었다.

네 심장은 나의 것, 나의 것.
나의 사랑과 증오와 분노는 너의 것.
남김없이 받아 내어 내게로 오라.

적귀의 솔로. 미주의 시선이 홀로 무대에 등장한 선우를 집요하게 좇았다. 눈앞에서 선우가 그림처럼 움직인다.
미주는 두 눈을 감았다. 곧바로 암흑이다.
눈을 떴다.
내 앞에 네가 보인다.
그 당연한 사실에, 미주는 그만 감격했다. 저토록 밝게 빛나는 네가 보인다. 네가 노래한다. 네가 춤을 춘다. 네가…….

네 심장은 나의 것, 나의 것.

순간 선우와 눈이 마주친 것 같은 기분이 들었다. 착각이었을까. 아무래도 좋았다. 미주는 그 순간을 오래도록 곱씹으며 누구보다도 열심히 박수를 쳤다.
짝짝짝.

언젠가 네게 주었던 글자들. 네가 말했었다. 이렇게 예쁜 말인가 싶었다고. 그래서 몇 번이나 들여다보았다고. 나도 네게 주며 참 예쁜 말이라 생각하였다. 아무것도 아닌 그 말들이, 마치 세상의 모든 것인 듯 반짝거렸다.

"브라보!"

공연이 끝난 뒤의 커튼콜. 미주는 서둘러 자리에서 일어났다. 로비로 나오자 선물 꾸러미를 한 아름 손에 든 여학생들이 대형 포스터 앞에 옹기종기 모여 있다.

적귀.

선우 오빠.

재잘대는 아이들의 입술에서 네 이름이 보인다. 언젠가 눈이 부셔 너를 바라보지 못하는 날이 오게 될까. 미주는 그런 생각을 망연히 떠올리며 포스터 속 선우의 모습을 물끄러미 바라보았다.

공연장을 빠져나오자 네온사인이 빛나는 밤거리가 펼쳐진다. 미주는 크게 심호흡을 한 뒤, 어둠 속 화려한 불빛을 향해 발을 내디뎠다.

☆

"……정말이에요?"

선우가 주혁의 사무실에 들이닥친 것은 다음 날 오후였다. 주혁은 태연한 미소를 입가에 드리운 채 서류를 두어 장 넘겼다. 물론, 그 내용이 눈에 들어올 리 없었다.

"무슨 소린지?"

"……정말로 누나랑 헤어졌어요?"

"……."

"정말이냐고요!"

"이미 알고 온 것 같은데, 굳이 물을 필요가 있나?"

주혁의 대꾸에 선우의 말문이 막히고 말았다.

미주와는 연락이 닿지 않은 지 벌써 수일째. 홀로 머리를 쥐어뜯다가 지원에게 소식을 전해 듣고 나니 선우의 눈앞에 불벼락이 튀었다. 그길로 무작정 달려오긴 했는데, 막상 주혁의 얼굴을 마주하자마자 온몸이 뻣뻣하게 굳어 버렸다. 한심해 죽겠다.

선우는 마른침을 삼키고 겨우 입을 떼었다.

"……혹시, 그거 저 때문이에요?"

"아니. 이건 미주와 나 사이의 문제야."

주혁은 단호하게 잘라 말했다. 눈앞의 어린 친구에게, 자신의 어떠한 빈틈도 보이고 싶지 않다.

"……죄송해요."

"나한테 죄송할 일이 뭐가 있어. 나쁜 짓 한 거 아니잖아."

곤두선 목소리에 선우가 제 어깨를 웅크린다. 주혁은 한숨과 함께 머리를 쓸어 올렸다.

"죄지었어? 그런 것 같아?"

"……아니요."

"그럼 어깨 펴. 죽어 가는 얼굴 하지 말고."

남궁선우. 매력적이고 선한 친구다. 젊고 싱그러운 에너지로 충만하다. 스스로 빛을 발하며 주위를 밝게 물들인다. 동굴 속에 웅크린 미주는 틀림없이 그 환한 빛에 이끌렸으리라.

미주는 선우에게 흔들렸다. 하지만 그건 아주 미약한 움직임이었을 테다.

선우는 헤어짐의 이유가 될 수 없다. 아니, 결코 이유가 되어선 안 되는 거였다. 그것은 누구도 손대어서는 안 될, 끝나 버린 제 사랑의 마지막 성역. 주혁은 다시 한 번 마음을 다잡았다.

"어쩌면, 미주가 네게로 갈 수도 있겠지."

"……."

잠시간의 침묵 뒤, 시계를 흘끔 바라본 주혁이 선우를 향해 물었다.

"오늘 공연 있는 날인가?"

"아뇨, 오늘은 쉬는 날인데……."

"그럼 술 한잔 어때? 아, 혹시 불편한가?"

"……아뇨, 괜찮아요."

주혁은 손목시계를 힐끗 보았다. 저녁 다섯 시 반.

"좀 이르긴 하지만…… 잠깐만 로비에서 기다려 줄래? 금방 정리하고 내려갈게."

선우는 어떤 표정을 지어야 할지 몰라 허둥지둥 고개만 급히 숙였다.

차로 삼십여 분을 달려 도착한 곳은 한강변에 있는 주혁의 단골 바(Bar)였다. 이른 시간이라 그런지 아직 오픈 준비가 한창이다. 안으로 성큼 들어선 주혁은 바텐더에게 친근하게 인사를 건넸다.

"어어? 형님, 이렇게 이른 시간에 어쩐 일이세요?"

"술이 좀 생각나서. 경수는?"

"에이, 사장님이 이런 시간에 나오시겠어요? 그리고 오늘은 아마 안 나오실 것 같던데……. 아, 우선 앉으세요. 여기 친구분도."

서글서글한 인상의 앳된 바텐더가 중앙의 테이블로 두 사람을 안내했다.

선우는 긴장한 기색이 역력한 얼굴로 주위를 휘휘 둘러보았다. 상당히 고급스러운 인테리어의 이곳은 주혁의 친구가 운영하는 가게라고 했다. 한껏 기가 죽은 선우는 행여나 발자국이라도 남길세라 조심스럽게 발걸음을 옮겼다.

"미안해. 일찍부터 쳐들어와서."

"형님이 그런 말씀 하시면 섭섭하죠. 드시던 걸로 준비할까요?"

"그래, 고마워."

바텐더가 선우의 옷차림새를 위아래로 한 번 훑고 사라진 뒤 테이블엔 얼마간 정적이 흘렀다. 선우는 말없이 주혁의 얼굴을 살폈다. 평소와 다름없는 말끔한 정장에 꼼꼼히 면도한 파르께한 턱. 여전히 얄미우리만치 완벽한 모습이다. 하지만 분위기는 여느 때와 다른 듯도 싶었다. 얼굴에 짙게 드리워진 그림자 역시, 어두운 실내 탓으로만 돌리기엔 지나치게 깊고 적나라하다.

"……저기, 형."

"그냥 술이 한잔하고 싶어서."

주혁이 선우의 말을 잘랐다.

"혼자 마시긴 외로울 것 같더라고."

부드러운 미소를 입가에 드리운 채, 주혁이 선우에게 얼음 잔을 내밀었다. 선우는 술잔에 채워지는 황금빛 액체를 무심히 바라보다가 다시 주혁에게로 시선을 돌렸다.

"형."

"……."

주혁은 대꾸하지 않았다.

모르겠다, 될 대로 되라지. 선우는 결연한 표정으로 눈앞의 술잔을 단숨에 비워 냈다. 독한 양주가 식도를 짜르르 울리며 몸속으로 흘러 들어갔다.

"쿨럭……!"

급하게 들이켠 독한 술에 연신 헛기침이 터져 나왔다. 콜록거리는 선우를 물끄러미 바라보던 주혁이 입을 열었다.

"부모님은 어떤 분들이셔?"

"……저희 부모님요?"

선우는 여전히 혀끝에 남아 있는 씁쓸한 향에 입맛을 다시며 벌써 여러 해 동안 연락 한 번 하지 못했던 부모님의 얼굴을 떠올렸다.

사회적 체면만을 중시하는 권위적인 아버지. 명문대의 교수로서 오랫동안 강단에 선 아버지는 무척 고지식하고 엄한 분이었다. 춤과 노래, 배우로서의 삶을 갈망하던 자신의 꿈과 열정을 한낱 사춘기의 반항으로 치부하며 결코 허락하지 않으셨다. 쫓겨나다시피 집을 나오던 시절에는 아버지의 원망을 참 무수히도 했더랬다.

그리고, 어머니.

자신 때문에 언제나 눈물짓던 어머니를 떠올릴 때면 늘 가슴 한 구석에서 묵직한 돌덩이 같은 것이 차오르곤 한다.

"선우 보면 부모님이 참 멋진 분들이실 것 같아서."

"에이 무슨……. 그냥 뭐 평범한 분들이세요. 엄하고 무서운 아버지에, 엄마는 엄청 맘 여리고 눈물 많은 분이었고요."

"……."

"사실, 저 집 나왔거든요. 연락 못 드린 지도 오래됐어요."

"집을 나왔어?"

"배우 하는 거 엄청 반대하셨어요. 그래서 전문대 연극과 들어가면서 거의 쫓겨나다시피 집 나왔어요."

"그래도 연락은 드려야지. 얼마나 걱정하시겠어."

"……그러게요."

선우는 쓰게 웃어 가며 새로 채운 술잔을 반 정도 비웠다. 그런 선우를 물끄러미 바라보며 제 술잔을 비운 주혁이, 여전히 부드러운 미소를 머금은 얼굴로 천천히 입을 열었다.

"우리 부모님은 내가 하는 일에 단 한 번도 반대를 하신 적이 없었어."

"형이야 워낙 알아서 잘했겠죠. 안 봐도 비디오인데요, 뭘."

"글쎄…… 꼭 그런 것만은 아니었을 거야. 혹시라도 당신들 때문에 내가 마음을 다칠까 봐 그러셨던 거겠지."

의아한 눈으로 주혁을 바라보던 선우는 뒤이은 주혁의 말에 깜짝 놀랐다.

"나 입양아야."

잠시 그 말뜻을 가늠해 보았다. 주혁의 입에서 나온 입양이라는 단어는 몹시 건조하여 도통 현실감이라곤 없었다.

"지금 부모님께는 아홉 살 때 입양됐어."

지금껏 그 누구에게도 내보이지 않고 제 안 깊숙한 곳에 묻어 두었던 비밀. 주혁이 손에 들린 술잔을 가볍게 흔들었다. 카랑, 얼음이 부딪히는 소리가 날카롭게 울렸다.

"28년 전, 한 보육원에 어느 노부부가 찾아와서 당신들의 아이가 되어 줄 어린 사내아이를 찾았지. 여섯 살짜리 아이가 입양되었지만 유감스럽게도 1년 만에 파양되었어. 결혼 15년 만에 부부 사이에 아이가 생겼거든. 당신들의 피를 이은 친자식 말이야."

설마. 선우가 고개를 들었다.

"파양된 아이의 이름은 강주혁."

"……."

"보육원으로 되돌아온 꼬마는 3년 후에 다시 입양되었어. 불임으로 고통받던 어느 교양 있는 부부에게로."

주혁은 그날을 떠올렸다. 자신을 보며 부드럽게 미소 짓던 낯선 부부. 딱딱하게 굳은 얼굴로 당신들을 응시하던 차가운 소년에게 조심스레, 그 따스한 손을 내밀었다. 안녕, 주혁아. 만나서 반갑구나.

이제부터 우리가 네 엄마 아빠란다.

잊을 수도 없는 그날의 온기. 꼭 그만큼 두려웠다. 잃고 싶지 않아. 엄마, 아빠. 가족. 그 따스한 울타리 안에서 살아가고 싶었다. 또다시 버림받고 싶지 않아.

어린 소년은 필사적으로 노력했다. 예의 바른 말씨를 쓰면 날 좋아해 주실 거야. 심부름을 잘하면, 숙제를 잘하면, 시험에서 백점을 맞으면, 반장이 되면, 회장이 되면. 주위에 봉사하는 착한 사람이 된다면 틀림없이 날 사랑해 주실 테지.

자랑스러운 아들로 여겨 주실 거야.

"최주혁으로 살아오는 25년의 인생 동안, 필사적으로 노력했어. 뒤돌아볼 틈도 없이……. 누구에게나 인정받을 수 있을 만큼 훌륭한 사람이 되고 싶었어. 날 받아들여 준 부모님께 보답할 길은 그것뿐이라고 생각했었고."

주혁은 선우와 자신의 빈 잔에 다시 술을 채웠다. 찰랑이는 황금빛 술잔을 물끄러미 바라보며 주혁이 말을 이었다.

"흔들리고 싶지 않았어. 그 어떤 일에도."

"……."

"하물며, 사랑에도 말이야."

우스운 일이지. 자조적으로 중얼거린 주혁은 선우에게 건배를 청했다. 선우는 말없이 잔을 들어 맞부딪쳤다. 챙, 유리의 경쾌한 마찰음이 귓가에 맴돌았다. 이럴 땐 무슨 말을 해야 하는 걸까. 어설픈 위로나 동정의 말 따원 건네고 싶지 않다. 술을 한 모금 삼킨 주혁이 작게 한숨을 내쉬었다.

"형."

주혁이 고개를 들었다. 자신감이 넘치던 당당한 눈빛. 마냥 부러웠던 그 눈동자가 조금은 서글프게 일렁인 듯 보였다.

"……."

막상 주혁을 부르고 나니 말문이 막혔다. 그런 선우를 바라보던 주혁이 예의 부드러운 미소와 함께 대신 입을 열었다.

"참 이상해. 선우를 보면 조금은 말이 많아진다고 해야 하나……. 뭐랄까, 내 얘기를 솔직하게 털어놓게 되는 것 같아."

"……."

"미주도 이런 기분이었을까 싶기도 하고."

고개를 들어 올린 선우가 투명한 시선으로 주혁을 응시한다. 주혁은 시선을 마주한 채 술을 한 모금 삼켰다. 참 올곧고 순수한 눈동자. 처음부터 저 눈빛이 자꾸만 걸렸다.

내겐 없는 것. 내가 결코 가질 수 없는 것.

그런 선우의 눈동자를 마주하고 있노라면 마치 스스로가 벌거벗겨지는 기분이 든다. 내면 깊숙이 숨겨진 자아가 조금씩 꿈틀거린다. 최주혁, 너는 어떤 인간이었지?

주혁은 다시 술을 한 모금 삼켰다.

"……그동안, 나도 모르게 미주에게 강요하고 있었던 건 아닌가 싶어. 앞만 바라보는 삶을 말이야."

이상적인 삶. 이상적인 연인.

……이상적인 사랑.

나는 줄곧, 그런 것을 꿈꾸어 왔던 것 같다.

"내가 정말로 미주를 사랑했던 걸까?"

"형."

"한낱 미련이고 욕심이었는지도 몰라. 모두가 부러워할 만큼 멋지고 완벽한 연인의 모습을 갖고 싶었던 거야, 난."

언제나 눈앞만을 보며 살았다. 그렇게 앞을 보며 달려가는 동안 곁에서 시들어 가고 있는 작은 연인을 돌아보지 못했다.

"그렇게…… 멀어져 가는 줄도 모르고 말이야."

선우는 술잔 너머 주혁의 얼굴을 찬찬히 살폈다. 언제나 완벽하고 자신감이 넘치는 남자, 결코 흐트러지지 않을 이 남자의 입에서 흘러나오는 약한 소리가 낯설기만 하다. 괜스레 가슴이 버석거렸다.

어느새 술 한 병이 모두 바닥났다.

"……."

"형, 괜찮으세요?"

"……으음…… 괜찮아."

몸을 일으키려던 주혁이 테이블을 짚으며 휘청했다. 겉보기엔 크게 표가 나지 않아 몰랐는데, 지금 보니 주혁은 이미 취할 대로 취해 제 몸도 제대로 가누지 못하는 상태였다.

"형, 모셔다 드릴게요. 지금 대리 부를까요?"

"……아냐, 괜찮아."

"지금 많이 취하신 것 같은데, 제가……."

"선우야."

주혁이 조금은 단호하게 선우의 말을 잘랐다. 주섬주섬 주혁의 재킷까지 챙겨 들고 일어선 선우가 그 목소리에 멈칫했다.

"미주한테 가."

"형."

"……네가 미주 잡아 줘."

나는 못 잡아. 내게서 훨훨 날아갈 수 있게 놓아줄 거야. 멀리 날아가 버리기 전에, 영영 날아가 버리기 전에 네가 꼭 붙잡아 줘.

"내가 아니야……. 네가 할 수 있는 일이야."

밝은 세상으로 데려가 줘.

제 주위를 서성이는 선우를 기어이 가게 밖으로 몰아낸 뒤, 주혁은 그대로 테이블 위에 쓰러지듯 누웠다. 어쩐지 후련해진 기분이다. 한숨 달게 자고 일어나야겠다.

피아노 앞에 한참을 멍하니 앉아있던 미주가 조심스럽게 건반을 눌렀다.

디잉-

손끝을 타고 가느다란 진동이 전해진다. 작게 한숨을 내쉰 미주는 다시 신중한 표정으로, 새하얀 건반을 꼭꼭 눌렀다. 도, 미, 솔. 머릿속으론 그 음을 상상한다. 십수 년을 들어 왔던 친숙한 계이름, 익숙한 소리.

도, 레, 미, 파.

솔―

[조율 끝났니? 잘됐어?]

지원으로부터 문자메시지가 도착했다. 넋을 놓고 있던 미주는 뒤늦게, 착신 램프가 깜박이는 휴대폰으로 천천히 시선을 돌렸다.

[음색까진 모르겠지만 현 장력은 딱 좋아. 터치감도 마음에 들고.]

[다행이네, 그 조율사 괜찮지? S대 음대 전속이었대. 나하고도 5년째거든.]

[응. 덕분에 조율 잘했어. 고마워.]

[시나리오는 읽어 봤니?]

뒤이어 도착한 메시지에 미주의 손이 멈칫했다.

[아직.]

[내 그럴 줄 알았다. 느려 터져서는. 아직도 고민할 게 남았어? 빨리 읽어 봐.]

액정을 뚫어져라 바라보던 미주의 시선이 느릿느릿 피아노 위에 올려 둔 서류봉투로 향했다. 크리스마스 시즌을 겨냥한 가족 뮤지컬. 지원이 건네준 시나리오는 진즉에 읽어 봤다.

눈을 감고 잠시 망설이던 미주가 다시, 건반 위에 천천히 손을 얹었다.

시나리오의 배경은 폭설이 쏟아진 크리스마스. 말썽꾸러기 쌍둥이 남매와 서로를 헐뜯기 바쁜 부부가 사는 집에 찾아온 도둑. 어

단지 어설프기 짝이 없는 헐렁한 도둑은 쌍둥이 남매에게 발각되지만 위기를 모면하기 위해 재빨리 산타클로스 행세를 하기 시작한다. 그 귀여운 도둑으로 인해 참된 가족애를 깨닫게 된다는 것이 이 뮤지컬의 주요 줄거리다.

가족극의 특성상 음악이 차지하는 비중과 그 효과가 크진 않지만, 배우들이 노래하는 곡들은 대사의 전달과 극의 몰입도를 고려해 세심하게 작곡하지 않으면 안 된다.

미주는 다시 한 번 시나리오를 넘겨 보며 가볍게 한숨을 쉬었다. 음악감독은 오랜 꿈이었다. 두 귀와 함께 잃었던 꿈을 과연 내가, 듣지 못하는 지금의 내가 되찾을 수 있을까.

헤어날 수 없을 것만 같던, 길고 지독한 슬럼프였다. 때마침 들리지 않게 된 두 귀를 핑계 삼아 지긋지긋한 음악에서 도망쳤다. 내가 음악을 버렸다. 스스로 포기한 것이다.

청력을 잃은 이후로 미주는 애써 그렇게 생각해 왔다. 두 귀와 함께, 소리와 함께 빼앗긴 것이 아니라 스스로 음악에게서 떠나온 것이라고.

물론 위안은 되지 못했다.

'그래서, 넌 평생 그러고 살 거야?'

'네가 원하는 삶이야?'

미주는 고개를 저었다. 아니, 싫어. 이대로 무덤 속에 갇힌 사람처럼 살고 싶지 않아. 고인 물처럼 서서히 썩어 들어가고 있는 스스로가 싫었다. 곪아 들어간 마음은 악취를 풍기며 모두를 괴롭히고 있다. 어쩌면 미주가 잃은 것은 두 귀가 아닌, 스스로의 밝고 건강한 미소였는지도 몰랐다.

나도 전처럼 웃을 수 있었으면 좋겠어.

미주는 오선 노트와 연필을 챙겨 와 피아노 앞에 앉았다. 크리스마스 시즌을 겨냥한 가족뮤지컬. 음악감독은, 송미주.

눈을 감고 이미지를 떠올린다. 커다란 크리스마스트리. 그 아래에는 언제나 큼지막한 선물상자가 놓여 있었다. 어느 해엔 곰 인형, 어느 해엔 예쁜 원피스, 또 어느 해에는 귀여운 구두.

가장 기뻤던 선물은 새빨간 리본을 단 채 거실 한쪽에 놓여 있던 피아노였다. 검은색으로 반짝반짝 윤이 나던 피아노는 어린 미주의 눈에 마치 보석처럼 보였다. 그래, 정말로 기뻤더랬다. 어린 시절을 회상하던 미주의 입가에 자그마한 미소가 떠올랐다.

미주는 건반 위에 얹은 오른손을 천천히 움직였다.

행복한 크리스마스에 어울리는 밝고 화사한 느낌으로. 조성은 라장조. 시작은 셋잇단음표로 우렁차게, 행진곡의 팡파르처럼.

건반을 하나하나 꾹꾹 누르며 머릿속에 선율을 덧그린다. 파는 어떤 음색이었지? 라장조에서의 도#은 늘 예민한 소리를 냈었어. 기억해 내. 너는 모든 소리를 알고 있잖아. 세상의 모든 소리가 네 음악이었어.

저도 모르게 입에서 흥얼거림이 새어 나왔다.

"……!"

순간, 미주가 소스라쳐 손을 멈추었다. 입에서 흘러나온 소리가 제 귀엔 들리지 않는다는 사실을 깨닫곤 퍼뜩 현실로 되돌아온 것이다. 머릿속에서 춤을 추던 소리가 순식간에 자취를 감추었다. 멍해진 기분으로 악보에 휘갈긴 음표들을 물끄러미 응시하다가 건반 위에 조심스레 손을 얹는다. 레. 레— 다음 화성은 세븐 코드로.

……어떤, 울림이었지?

미주는 작게 한숨을 내뱉곤 오선노트를 덮었다. 들리지 않은 지도 벌써 햇수로 오 년째. 이젠 익숙해질 만도 하건만, 이렇게 불현듯 무성(無聲)의 세계에 갇힌 스스로를 깨닫게 될 때면 한결같은 좌절감과 비참함이 어깨 위를 짓누른다.

문득 시선이 휴대폰을 향했다. 잠시 휴대폰을 바라보던 미주가 천천히 손을 뻗어 메시지를 확인했다.

수신된 메시지 0건.

당연한 일이지만, 주혁에게서는 연락이 없다.

미주는 휴대폰을 손에 쥔 채 피아노 위에 엎드렸다. 가벼운 실망감이 가슴 언저리를 스치고 지나갔다. 나는 대체 누구의 연락을 기다리고 있는 걸까. 누구에게도 기대고 싶지 않다며 모두를 상처 입힌 주제에, 지금도 끊임없이 제게 손을 내밀어 줄 누군가를 기다리고 있다.

잔잔하게 퍼져 나가는 시린 외로움.

휴대폰을 만지작거리며 한참을 그렇게 피아노 위에 엎드려 있었다. 휴대폰이 울린 것은 악보를 챙겨 든 미주가 막 피아노 뚜껑을 닫고 일어서려는 순간이었다.

[누나, 보고 싶어요.]

선우였다.

벌써 한 시간째다. 한 시간째 선우는 미주의 아파트 화단 주위를 맴돌고 있다. 순찰을 돌던 경비아저씨에게 몇 번이나 의심 섞인 눈총도 받았다. 서성이다가 용기를 내어 메시지를 보냈지만, 미주의 답장은 없다.

주혁과 헤어진 뒤 무작정 아파트 앞까지 찾아왔다. 하지만 막상 불러내려니 할 말도 없었다. 만나서 대체 뭐라고 할 거야. 누나, 헤어졌다면서요. 저 사실은 형 만나고 왔어요.

있잖아요, 누나.

"......후우."

가슴을 서서히 물들여 가는 불손한 마음. 선우는 그런 자신에게 가벼운 혐오감마저 일었다. 결국은 이럴 거였나.

아니, 어쩌면 처음부터 이럴 작정이었는지도 모르겠다.

'포기하지도 못할 거면서 폼 잡지 마.'

지원의 목소리가 머릿속에서 어지러이 맴도는 사이 휴대폰이 울렸다. 맙소사. 미주였다. 놀란 토끼 눈이 된 선우가 서둘러 메시지를 확인한다.

[나랑 얘기 좀 해 줄래?]

답신을 보냈다.

[누나, 저 지금 아파트 앞이에요.]

미주의 메시지를 초조하게 기다렸지만 답신은 좀처럼 오지 않았다. 한숨을 크게 몰아쉬고 있는데, 누군가가 선우의 어깨를 툭툭 두들겼다.

-안녕.

미주가 못내 어색하게 손을 들어 보였다. 양손에 맥주 캔이 하나씩 들려 있다.

-잘 지냈어?

"……."

미주의 얼굴을 보는 순간, 걷잡을 수 없는 감정이 끓어올랐다. 선우는 미주를 제 품에 와락 끌어안았다.

감정 앞에서 나의 이성은 무의미했다.
적어도, 그 순간만큼은 그랬다.

제법 긴 여름의 해가 뉘엿뉘엿 넘어가고 있다. 아파트 놀이터 안 벤치에 나란히 앉은 두 사람은 말없이 맥주 캔만 비워 냈다. 맥주까지 다 마시고 나자 그 침묵이 더없이 길게만 느껴졌다.

"……누나."

먼저 입을 연 것은 선우였다.

마침 고개를 들어 선우를 바라보던 미주가 입술을 읽고선 눈을 깜박였다.

일단 입을 떼긴 했지만 말문이 막혀 버린 선우는 운동화로 지면의 흙만 툭툭 차 댔다. 그런 선우를 물끄러미 바라보던 미주가 선우의 등을 두드렸다. 부스스 고개를 든 선우의 투명한 시선이 미주를 향한다. 그 시선에 가슴이 저며 왔다.

－나, 아마 일하게 될 것 같아.

"……일?"

미주의 수화에, 선우가 뒤늦은 반응을 보였다. 아직도 수화 배우고 있었네. 미주는 괜스레 울컥했다.

－응, 일…… . 나 일하려고. 올겨울에 올라가는 가족뮤지컬.

벤치 옆에 나뒹굴던 나뭇가지를 주워 흙바닥에 새겼다. 뮤지컬. 미주의 손끝을 응시하던 선우의 눈이 휘둥그레진다.

"진짜요? 진짜예요?"

－아직 확실한 건 아니지만. 곧 심사도 받아 봐야 하고, 또…… .

"잘 됐다! 진짜로 너무 잘 됐어요!"

선우는 마치 제 일처럼 기뻐했다. 미주는 그런 선우를 물끄러미 응시한다. 표정이 그대로 드러나는 솔직한 얼굴. 꾸밈없는 성격. 천진한 미소.

자신과 주혁에게는 없는 것들이었다.

"어떤 내용인데요?"

－크리스마스를 맞이한 가족의 집에 도둑이 들어.

"도둑?"

－응, 도둑. 그 도둑이 쌍둥이 남매한테 들키게 되거든.

"아아, 들켰다고요?"

-그래서 무사히 도망가기 위해 산타클로스 흉내를 내는 거야.

"······흉내 내기?"

-응, 산타클로스 흉내.

"그러니까, 도둑 이야기란 거죠?"

와, 도둑 역 재밌겠다. 키들대며 한껏 기지개를 켜는 선우의 모습을, 미주는 한참을 말없이 바라보았다. 이 아이를 바라볼 때면 늘 이렇게 마음 한구석이 설레곤 했다.

줄곧 가면을 쓴 채 살아왔다는 생각이 들었다. 주혁의 앞에서 자신은 송미주가 아니었다. 송미주가 아닌 주혁의 애인이었다. 비록 귀는 들리지 않지만 선하고 우아하며 현명한 여자. 자신은 그렇게, 완벽한 그의 애인으로서의 송미주를 연기해 왔던 게 아닐까.

······나도 너처럼 솔직할 수 있었으면 좋았을 텐데.

-넌 참 좋은 사람이야.

"그런 말 하나도 안 반가워요."

선우의 말에, 미주의 손이 허공에서 멈칫했다. 개구쟁이 같은 미소가 만연하던 얼굴에는 어느새 그늘이 잔뜩 드리워져 있다.

"저 별로 좋은 사람도 아니고······. 지금도 누나 위로해 주러 온 거 아니에요. 나 때문에 온 거예요, 내가 미치겠고 내가 답답해서."

선우는 머리를 북북 긁었다.

"이런 얘기 하면 누나가 곤란하겠지만······."

뒤늦게 맥주 한 캔의 취기가 슬금슬금 올랐다. 시선이 허공에서 얽혀 들었다. 말간 눈동자. 선우는 숨을 삼켰다. 이 여자를 상처 입히게 될지도 모른다. 괴롭게 만들지도 모르겠다. 어쩌면 누군가를 사랑한다는 것은 지독하게 이기적인 일이 아닐까 싶다. 주혁의 얼굴과 미주의 얼굴이 번갈아 머릿속을 스쳤다. 눈을 한번 깜박였다. 여전히 말간 눈동자의 미주가 보인다.

그래서, 대체 뭘 어쩌겠다는 거야.

"있잖아요, 누나."

선우는 지금 이 순간, 제 감정에 충실하고 싶었다.

"……내가 옆에 있어도 돼요?"

긴 침묵.

미주의 속눈썹이 파르르 떨렸다. 오히려 자신이 선우에게 묻고 싶은 말이었다. 내가 네 곁에 있어도 괜찮은 거니? 단지 내가 괴롭고 힘들다는 이유로, 외로움을 핑계로 네게 기대어도 괜찮은 거야?

'선우한테 말해. 널 좋아한다고.'

좋아해. 널 좋아해, 선우야. 미주가 고개를 들어 선우의 얼굴을 응시했다. 네가 좋아.

하지만.

지금 내가 네게 가서는 안 되는 거잖아.

"이제 그만 가 볼게요."

선우가 손안에서 맥주 캔을 우그러트리며 비적비적 자리에서 일어났다. 그런 선우의 손을, 미주가 무심결에 붙들고 말았다. 다시 얼마간의 침묵이 이어졌다.

ㅡ선우야, 나는…….

"괜찮아요. 이렇게 손잡아 준 걸로 충분해요."

아니, 전혀 충분하지 않아.

사실은 끌어안고 싶어. 입 맞추고 싶어. 당신이 나만 바라봐 줬
으면 좋겠어. 선우는 가슴 밑바닥에서 서서히 차오르는 흉포한 욕
망을 애써 억눌렀다.

"공연 보러 올 거죠?"

선우를 향해, 미주는 속으로 대답했다. 보러 갔었어. 팸플릿을 사
고 포스터도 찍어 오고, 네가 부르는 노래를 하나도 빠짐없이 봤어.

ㅡ응……. 갈게.

"약속했어요. 꼭 보러 와야 돼요. 나 엄청 멋있게 나와요."

응. 엄청 멋있었어. 배우들 중 네가 제일 멋있었어. 반짝반짝 빛
이 났어.

ㅡ약속. 꼭 보러 갈게.

선우는 미주를 향해 애써 웃어 보인 뒤 미련 없이 뒤돌아섰다.
미주는 그런 선우의 뒷모습을 바라보며 한동안 그 자리에서 꼼짝
도 하지 않았다.

네 뒷모습이 무척이나 쓸쓸했다.

그런 네게, 나는 어떤 말을 해 주어야 했을까.

7. 너의 세상에서

7
너의 세상에서

[집 앞이야.]

[현관문 열어 뒀어. 올라와.]

"얘 좀 봐, 요즘 세상이 얼마나 흉흉한데……."

휴대폰에 도착한 미주의 메시지에 혀를 끌끌 차던 지원이 때마침 도착한 엘리베이터에 몸을 실었다.

집에 도착해 보니 미주는 주방에서 차를 끓이는 중이었다.

"미쳤어, 송미주. 요즘 같은 세상에 여자 혼자 사는 집 대문을 그렇게 활짝 열어 놔? 뉴스도 안 봤어? 가뜩이나 인기척도 못 느끼는데 문은 제대로 걸어 잠그란 말이야."

차를 내오자마자 일장설교가 시작되었다. 잔소리를 해 가며 소파에 털썩 앉은 지원에게 어깨를 한 번 으쓱해 보인 뒤, 미주가 카펫 위에 조심조심 앉는다. 지원은 그 모습을 물끄러미 바라보았다. 미주의 모든 행동은 늘 조심스럽다. 자신이 어떤 소리를 내는지 모르기 때문에 자리에 앉을 때도, 컵을 내려놓을 때도, 음식을 먹을 때도 언제나 소리 없이 움직인다.

문득, 들리지 않는다는 사실이 몹시 잔인하다는 생각이 들었다. 그 사람을 에워싼 소리마저 모두 빼앗아 버리다니.

"어쩐 일로 이런 늦은 시간에 다 부른 거야?"

차게 식힌 녹차를 홀짝이며 지원이 물었다. 미주는 테이블 옆에 내려 두었던 서류봉투 하나를 지원에게 건넸다.

－이거.

"이게 뭐야?"

－곡.

지원이 눈을 크게 치켜떴다.

"……뭐어? 벌써 다 쓴 거야?"

지원은 분주한 손길로 서류봉투에 든 악보 뭉치를 꺼내 살폈다.

"진짜 미쳤네. 그간 쉬었던 영감들이 쏟아진 거야, 뭐야……. 서곡은 금관 5중주 편성이고……. 야, 도입부 좋다 이거. 거봐, 하면 되잖아. 라인 살리는 거야 일도 아니면서. 편곡은 내가 도와줄 테니까 앞으로 맘먹고 제대로 한번 일해 보자."

잔뜩 상기된 얼굴의 지원은 미주가 듣지 못한다는 사실도 잊은 듯, 쉴 새 없이 떠들며 악보를 팔랑팔랑 넘겼다.

"어디 보자, 흐음, 흠……. 근데 왜 이건 코드를 적다 말았어?"

흠흠, 허밍으로 작게 멜로디를 읊조리던 지원이 악보에서 시선을 떼었다.

-그냥 뭐⋯⋯. 선율은 그럭저럭 떠올리겠는데, 화성은 좀 막히더라. 대충 이미지는 그려져도 귀로 확인하고 싶어서. 미묘한 느낌들이⋯⋯.

"⋯⋯아무래도 그렇긴 하지."

-미안한데 마무리는 네가 좀 맡아 줘.

"어머, 이제 와서 떠맡기는 건 곤란하다? 끝까지 네가 해 봐. 도와줄 테니까. 느낌 같은 건 내가 봐주면 되잖아. 하여간 예나 지금이나 고집만⋯⋯."

-있지, 나.

미주가 지원의 말을 잘랐다.

-나 미국 가려고.

"⋯⋯뭐?"

뜻밖의 말에 절로 입이 떡 벌어졌다. 지원은 애써 놀란 기색을 지우며 따지듯 캐물었다.

"미국이라니? 아니, 갑자기 미국엔 왜? 여행 다녀오려고?"

-잠깐⋯⋯ 한국 떠나 있을까 해.

역시. 예상했던 대답이었다.

-그렇지 않아도 오빠가 전부터 오라고 했는데, 사실 한국에서 혼자 사는 게 좀 외롭기도 하고⋯⋯.

"⋯⋯실컷 잘 살아 놓고 외롭기는."

미주를 물끄러미 바라보던 지원이 한숨과 함께 고개를 끄덕였다.

"식구들하고 살겠다는 거 말릴 이유는 없지. 안 말리겠는데, 그 전에 하나만 묻자."

- …….

"주혁 오빠 때문이니?"

- 아니야.

"그러면, 남궁선우 때문이야?"

- 지원아, 난 …….

"이제 와서 혼자 미국으로 도망가려고 주혁 오빠랑 헤어진 거야?"

미주가 힘없이 손을 떨구었다. 뒤이어 매섭게 찾아든 침묵. 지원은 슬그머니 치밀어 오르는 짜증을 어찌하지 못해 입술을 잘근잘근 깨물다가 핸드백을 집어 들었다. 담배라도 한 대 태워야 속이 조금은 시원해질 것 같았다.

"선우한테 못 가는 이유는 뭔데? 둘이 좋아한다며. 죄책감 때문이야? 주혁 오빠한테 미안해서? 최주혁 그렇게 시시한 남자였으면 애초에 너랑 헤어지지도 않았어. 아니, 미안할 건 또 뭐야, 내가 좋다는데. 사람 마음이 뭐 수학공식이니?"

- …….

"송미주. 이제는 대체 뭐가 문제인 거야? 어?"

- 나.

"이건 또 무슨 자다 봉창 두드리는 소리야."

ㅡ귀 안 들리잖아.

"야, 송미주!"

ㅡ인정할 건 인정해야지. 젊고 잘생기고 앞날 창창한 배우가 아쉬울 게 뭐가 있어. 나는…… 잠깐의 호기심이고 동정이었을지도 몰라. 선우 착한 애잖아.

"핑계 대지 말고. 결국 또 도망치는 거 아냐?"

날 선 지원의 물음에 미주는 선선히 고개를 끄덕였다.

ㅡ그래, 핑계 맞아. 도망치는 거야.

"……"

ㅡ나, 이제 연애 같은 거 자신 없어. 무서워.

"……내가 진짜 기가 막혀서……."

ㅡ지원아.

"이런 게 뭐 예쁘다고 애걸복걸했는지 몰라."

탄식하듯 중얼거리던 지원은 기어이 담배에 불을 붙였다.

"기억은 나? 내가 너 한국에 남게 해 달라고 너희 오빠한테 무릎 꿇고 울면서 빌었던 거? 난 그때 승주 오빠 뚜껑 열린 표정이 지금도 눈앞에 어른거린다."

ㅡ미안해, 지원아.

"됐다. 나한테 미안할 건 또 뭐래니. 사람 속 터지게 해서 미안한 거면 말 정도로는 안 돼. 술을 사든 밥을 사든 해야지. 내 속이 지금 어떤 줄이나 알아?"

손을 내저으며 휘적휘적 베란다로 향하는 친구의 등을 물끄러미
바라본다. 허공에 토해 내는 담배 연기가 마치 한숨 같다.

쪼르르 달려가 난간에 팔을 걸치고 나란히 섰다. 지원은 대번에
싫은 소리다.

"꼴 보기도 싫어. 저리 가."

─나 미국 가서 공부할 거야, 지원아.

미주의 수화를 가만히 지켜보던 지원의 입술이 비죽거렸다.

"갑자기 무슨 바람이 불어서 공부래……."

─이번 일, 너랑 주혁 오빠가 힘써 준 거 알아. 두 사람 아니
었으면 내가 어떻게 뮤지컬을 맡았겠어.

"……."

─이번에 일하면서 느꼈어. 나 많이 부족해. 청각장애라는 핸디
캡도 있어. 자꾸 그런 표정 짓지 마. 당연한 거야. 잘 들리고,
곡도 잘 쓰는 사람은 얼마든지 있어.

내내 주혁에게 어리광을 부려 왔다. 그의 손을 잡고, 그 손에 이
끌려 어둠 속을 걸으며, 당연한 듯 모든 시간을 그에게 기대어 살
았다. 세상의 모든 불행을 제가 짊어진 줄로만 알았다. 눈을 감으
면 그렇게 온통 까맣기만 한 세상이었다.

그 어둠 너머, 그 애가 서 있었다.

나의 어둠 속으로 그 애가 성큼 걸어 들어왔다. 어둠 속에서 그
애는 눈부시게 빛이 났다. 나를 일으켜 세우지 않았다. 그 환한 빛으
로 어둠을 걷어 내며, 주저앉은 나의 곁에서 가만히 기다려 주었다.

네 덕분에 나는 처음으로, 아득한 발아래 까만 땅을 딛고 일어설 용기를 얻었다.

─미국에 가서 공부할 거야. 귀가 안 들리는 것쯤은 우스워질 만큼 열심히 공부하고, 대단한 타이틀 몇 개는 따 와서 내 힘으로 보란 듯 성공할 거야.

"흥. 퍽이나. 말처럼 쉬우면 벌써 하고도 남았게."

어느새 예쁘게 접힌 제 친구의 눈가에 보일 듯 말 듯 물기가 어려 있다. 코를 훌쩍이면서도 끝내 싫은 소리다. 미주는 부루퉁한 표정의 지원이 귀여워 그만 웃고 말았다.

─내내 신세만 지고 살았어. 너한테도, 주혁 오빠한테도, 그리고 선우한테도.

"알면 잘해."

─보고 싶다고 울지 마.

"내가 미쳤니?"

결국 지원이 팔에 얼굴을 묻었다.

☆

"오케이, 거기에서 턴! 라인 살리고!"

선우는 벌써 세 시간째 안무가 윤선영의 지도 아래 동작을 익히고 있다. 배우들의 후끈한 열기로 가득한 연습실에서는 삼 주 뒤에 무대에 올릴 극단창립기념 〈홀릭〉 특별 공연 연습이 한창이었다.

"발끝 포인하고, 무릎 올려! 더! 특공 때도 그따위로 할 거야?"

새로운 안무로 임하게 될 특별한 기획공연을 앞두고 묘한 설렘과 흥분으로 들뜬 배우들은 연습에 여념이 없다. 그런 배우들 사이에서도 선우는 유독 눈에 띄었다. 바짝 독이 올라 연습에 맹렬히 몰두하고 있는 선우는 리허설과 공연으로 무대에 오르는 시간을 제외하고는 이곳 연습실에서 살다시피 하며 제 안무동작을 되풀이했다. 무서울 정도의 집중력이었다.

눈을 감고 배역의 이미지를 떠올린다. 심호흡을 하며 천천히 스텝을 밟기 시작한다. 손끝 세포 하나하나까지 되살려 동작을 덧그린다.

그렇게 춤을 추다 보면 머릿속에 뒤엉킨 잡념이 모두 사라졌다. 마음의 공허함을 느낄 겨를이 없었다. 정신없이 땀을 흘린 뒤 집으로 돌아가면 잠도 달았다. 꿈조차 꾸지 않았다.

"다리근육 풀지 마!"

이창학 감독의 〈홀릭〉은 뮤지컬이라기보다는 차라리 노래가 가미된 무용극에 가까울 정도로 극 중 춤의 비중이 무척 높았다. 섬세한 감정선을 배우들의 춤이 표현한다. 이창학 감독으로서도 모험이었던 이번 시도는 뮤지컬의 대호평과 함께 성공을 거두었다. 선우가 맡은 배역은 혼령들의 왕, 적귀(赤鬼). 선영은 혼령 특유의 몸짓을 살리기 위해 현대무용과 우리나라 전통 춤사위를 접목해 역동적이고도 선이 유려한 안무를 고안해 냈다. 무용이라고는 접해 보지 않은 풋내기 배우가 적귀의 안무를 소화해 내기란 결코 쉽지 않은 일이었다. 선우는 온몸의 근육을 다시 만들어 나가는 피땀 어린 노력으로 적귀의 안무를 완벽에 가깝게 구현해 냈다.

선영은 이를 악물고 연습에 열중하는 선우를 보며 처음 녀석을 가르치던 당시를 떠올렸다. 그때의 독 오른 모습 그대로다.

"스톱, 스톱!"

선우의 동작 하나하나를 날카로운 시선으로 좇던 선영이 음악을 중단시켰다.

"그게 아니지, 남궁선우!"

선영은 직접 시범을 보이며 선우의 동작을 바로잡았다.

"균형이 안 살잖아, 손끝까지. 댄서의 생명은 밸런스야. 밸런스가 무너지면 아무리 테크닉이 뛰어난 무용수라도 완성도가 안 나와."

"네."

"그리고 밸런스보다 더 중요한 것, 뭐야."

"……."

선영이 손가락을 들어 뒷짐을 지고 선 선우의 심장 언저리를 쿡 찔렀다.

"마음."

낯간지러운 단어였지만, 그 말이 어쩐지 선우의 뇌리에 박혔다.

"마음 없는 메마른 춤에는 감동이 없어. 그건 춤이 아니야, 서커스지. 그냥 인간의 신체를 이용한 묘기야. 보는 사람 마음을 움직일 수 없단 말이야. 무슨 말인지 알겠어?"

"네."

"알아들었으면 다시 해 봐. 감정 더 잡고 필 살려서! 자, 음악 준비! 원- 투- 쓰리!"

선영은 선우에게 공을 들이는 중이었다. 그저 혈기 왕성하기만 하던 새파란 녀석이 전과는 뭔가 느낌이 다르다. 눈빛이 깊어졌다. 말수는 부쩍 줄었다. 그 점이 선영의 호기심을 강하게 자극했다. 이 녀석을 뒤흔든 것이 대체 무얼까. 묘하게 달라진 분위기는 그대로 춤과 연기에 녹아들었다. 그 과정을 지켜보는 재미도 톡톡했다. 공을 들이지 않고는 배길 수 없다.

그렇게 선우를 지켜보던 선영은 녀석의 내면에서 무언가가 꿈틀거리는 것을 감지했다. 켜켜이 쌓인 수많은 감정. 선영은 그것을 밖으로 끄집어내고 싶었다.

'목하 사랑 중이거든요.'

'어차피 한심한 짝사랑이라서.'

실연이라도 한 건가? 선우를 물끄러미 바라보던 선영은 피식 웃으며 다시 목소리를 높였다.

"스톱, 스톱! 처음부터 다시!"

"요즘 열심이네, 우리 병아리."

숨을 몰아쉬는 선우에게 지원이 차가운 캔 음료를 던졌다. 요령 좋게 캔을 받아 든 선우가 내용물을 단숨에 비워 낸다.

"물 한 모금 못 얻어먹고 다니나 봐?"

"왜 또 시비세요."

"미주랑은 연락하니?"

툭 던진 질문에 선우의 눈가가 금세 내려앉았다. 정말 못 봐주겠네. 지원은 쯧, 혀를 찼다.

"……아니요."

"둘 다 어지간하다. 내가 진짜 속 터져서 제명에 못 산다니까. 알아?"

선우는 대답 대신 수건으로 땀에 젖은 얼굴을 벅벅 문질렀다. 그 모습을 물끄러미 지켜보던 지원이 입을 뗐다.

"미국 간대."

"누가요."

"누구긴 누구야, 송미주지."

그제야 선우가 놀란 눈으로 지원을 돌아보았다.

"가서 공부하고 오겠대. 말은 유학이긴 한데, 한국으로 다시 올지 어떨지 모르지. 식구들 다 거기 있으니까 간 김에 그대로 자리 잡을 수도 있고. 얘기 안 하려고 했는데, 네 꼬라지 보니 불쌍해서 안 되겠다."

"……."

"출국 한 달 뒤야."

한 달 뒤. 선우는 속으로 날짜를 헤아려 보았다. 미국이 얼마나 멀리 떨어져 있는지도 가늠해 보았다. 비행기로도 열 시간이 넘게 걸린다던데. 여기가 낮이면 거기는 밤이라던데.

그렇게 먼 나라로 가 버리는 건가.

"미주 잡고 말고는 네 자유인데, 만약 진짜로 미주 못 가게 붙잡으면 가만 안 둘 줄 알아."

"와…… 치사. 뭐예요, 그게."

"네가 잡으면 혹시라도 맘 흔들려서 남을까 봐 그래."

"감독님은 누나가 미국 갔으면 좋겠나 봐요."

"아니."

지원의 말에 선우가 미간을 찌푸렸다. 지원은 그런 선우를 향해 피식, 실없는 웃음을 흘렸다.

"나도 모르겠어. 갔으면 좋겠기도 하고, 안 갔으면 좋겠기도 하고."

"……진짜 뭐예요."

심드렁하게 대꾸한 선우는 다시 수건으로 얼굴을 북북 문질렀다. 북. 북북북. 북북북북북북.

결국 참다못한 지원이 선우의 등짝을 냅다 후려갈겼다. 하여간 내가 이것들 때문에 속 터져서 제명에 못 살지.

"얌마, 얼굴 다 닳겠다!"

[누나, 잘 지내요?]

선우로부터의 메시지는 꼭 열흘 만이었다. 미주는 휴대폰 액정에 떠오른 글자를 하나하나 꼭꼭 씹어 가며 읽었다.

몇 번을 망설이고 고민해 가며 말을 골랐겠지. 너무 특별하지도,

너무 무성의하지도, 너무 진지하지도 않은 아주 평범한 인사.

제가 그랬었다. 몇 번이고 쓰고 지우길 반복하며 선우에게 끝내 보내지 못할 말을 골랐더랬다. 너무 특별하지도, 너무 무성의하지도, 너무 진지하지도 않은 아주 평범한 인사를.

미주는 신경이 잔뜩 곤두선 채로 설거지를 했다. 밥공기 하나, 수저 한 벌. 세제를 묻힌 수세미로 개수대를 닦았다. 한참을 문질러 닦은 뒤 찬장을 열어 안 쓰는 그릇을 죄다 꺼냈다. 다시 설거지를 마치고 벽에 걸린 시계를 확인하자 한 시간이 흘러 있었다. 세탁기를 돌렸다. 서랍 속에 곱게 개어 둔 옷가지를 모두 빨아서 건조대에 널었다. 그러곤 다시 시계를 확인했다. 한 시간 반. 시곗바늘이 달라붙은 것 같다.

구석구석 청소기를 밀고 나서 걸레질을 하고 있는데, 다시 휴대폰의 착신 램프가 번쩍였다.

[집이니?]

지원이다. 메시지를 확인한 미주가 잠시 고민한 뒤 답신을 보냈다.

[응.]

[은둔형 외톨이냐. 바깥 구경 좀 하고 살아라. 아름다운 금수강산 내 나라도 이제 앞으로 한 달이야.]

[그러게. 저녁에 산책이라도 할까 봐.]

짤막한 메시지를 전송하며 작게 한숨을 내쉬었다. 다시 걸레를 손에 쥐고 거실 바닥을 힘주어 닦았다. 미주가 무릎걸음으로 걸레질을 하는 사이, 다시 몇 번인가 휴대폰의 착신 램프가 번쩍였다.

걸레질을 마치고 난 미주가 다시 시계를 확인했다. 일곱 시. 저녁밥을 지어야 할 시간이다. 미주는 이마 위로 흘러내린 머리카락을 쓸어 올리며 천천히 몸을 일으켰다.

하루가, 이토록 길었었나.

어쩐지 갑갑한 마음에 베란다로 나갔다. 여름도 이제 막바지에 접어들어 저녁 공기가 제법 선선하다. 맨발에 와 닿는 서늘한 타일 감촉에 미주가 어깨를 부르르 떨었다.

멍하니 바깥 풍경을 응시한다. 퇴근길의 샐러리맨. 엄마의 손을 꼭 붙잡고 재잘거리는 꼬마. 한껏 치장하고 길을 나서는 앳된 얼굴의 여대생.

바삐 오가는 사람들 사이로 익숙한 인영이 보였다.

……아아.

미주는 커다란 스포츠 백을 둘러메고 화단 주위를 초조하게 서성이는 선우를 그저 물끄러미 내려다보았다. 툭, 툭. 한참을 제 발끝만 노려보며 지면의 흙을 차던 선우가 돌연 고개를 들었다.

아아. 미주는 다시 한 번 소리 없는 신음을 토했다.

눈이 마주친 채로, 또 한참을 서로 바라보고만 있었다. 3층 베란다를 올려다보던 선우가 바지 주머니를 뒤적여 휴대폰을 꺼냈다. 미주는 황급히 거실로 달려가 휴대폰을 집어 들었다.

[저 왔어요.]

미주는 저도 모르게 숨을 삼켰다. 언젠가 선우가 꼭 같은 자리에서 제게 보내 주었던 메시지였다.

휴대폰을 한 손에 꼭 쥔 채 베란다로 돌아온 미주가 떨리는 손
으로 메시지를 작성했다. 눈앞이 자꾸만 어른거린다. 손등으로 눈
가를 문질렀다.

[어서 오세요.]

메시지를 확인한 선우가 미주를 향해 휴대폰을 흔들었다.

[기억나요? 그땐 엄청 더웠는데.]

[유례없는 더위였대.]

[우리 연습실은 아직도 유례없는 더위예요. 안무 샘이 근육에
안 좋다고 에어컨 안 틀어 줘요. 죽을 것 같아.]

[공연은 어땠어?]

[완전 성황리에 마쳤죠. 창립기념일 특별 공연 한 번 하고 나
선 지방 투어래요.]

바삐 오가던 메시지가 잠시 멈추었다. 긴 메시지가 오려나. 조
금 떨리는 마음으로 휴대폰을 바라보던 미주가 고민 끝에 자판을
띄웠다.

[잠깐 올라올래?]

[잠깐 내려올래요?]

전송과 동시에 메시지가 도착했다. 다시 한 번 휴대폰이 부르르
울렸다.

[내려갈게.]

[올라갈게요.]

또 한 번, 나란히 떠오른 메시지에 그만 웃고 말았다.

선우는 지체 없이 곧장 내달렸다. 총총한 계단을 성큼성큼 건너 뛰었다. 숨이 턱에 닿도록 충계를 오르자 막 열리고 있는 미주의 집 현관문이 보였다.

하아. 선우는 미주가 나오는 모습을 지켜보며 숨을 골랐다.

-땀 좀 봐. 금방 나갈 텐데 뭣하러 뛰어 올라왔어.

"누나."

-들어올래? 아니면 잠깐 걸을까?

선우가 대답이 없자 미주는 수화 대신 손가락으로 현관문을 가리켜 보였다.

오랜 망설임 끝에, 선우가 미주를 끌어안았다. 행여나 깨질세라, 한없이 조심스러운 손길이었다.

넓은 품이다. 제 이마에 와 닿는 단단한 어깨에 가만히 제 손을 얹으며, 미주가 소리 없는 한숨을 삼켰다. 아무렇지도 않게 머리를 쓰다듬는 커다란 손. 끈끈한 목덜미에서 풍기는 희미한 땀 냄새.

"……미국."

맞닿은 살갗을 타고 미세한 울림이 번졌다. 미주는 두 팔로 매달리듯 선우를 감싸 안았다.

"가지 마요."

지금 너는 내게 무슨 말을 하고 있을까.

"그렇게 먼 데로 가지 말아요."

그렇게 한참을 더 끌어안고 있던 선우가 미주를 품에서 떼어 냈다. 미주는 선우의 표정을 찬찬히 살폈다.

얼굴을 마주하며, 선우가 싱긋 웃는다.

"미국 간다면서요."

– …… 응.

"한 감독님이 알려 줬어요."

– …… 응.

그렇게 대답하고 나니 더 이상 할 말이 없었다. 미주는 힘없이 손을 떨구었다.

선우가 그런 미주의 손목을 붙들었다.

"우리 잠깐 걸어요."

선우의 손을 잡고 총총 계단을 걸었다. 화단을 돌아서 돌담길을 나란히 걸었다. 놀이터에 들어섰을 때엔 선우가 하얀 모래밭으로 미주를 이끌었다.

나란히 쪼그리고 앉아 나뭇가지로 모래밭에 글자를 그렸다.

–잘 지냈어요?

–잘 지냈어.

–나 보고 싶었어요?

미주는 잠시 머뭇거렸다.

–보고 싶었어.

그제야 엷게 웃은 선우가 호주머니에서 주섬주섬 뭔가를 꺼냈다. 반으로 곱게 접힌 빳빳한 봉투였다.

미주는 선우가 건넨 봉투를 물끄러미 바라보았다. 그런 미주의 어깨를 선우가 톡톡 건드렸다.

"9월 13일에 특별 공연 하거든요. 창립기념일 특별 공연. 이거, 티켓이에요. 제일 좋은 자리예요. 엄청 고생해서 얻은 거예요."

고개를 끄덕인 미주가 다시 봉투로 시선을 옮겼다.

톡톡, 선우가 다시 한 번 미주를 부른다.

"올 거죠?"

-응, 갈게.

"이번엔 약속 꼭 지켜야 돼요."

-약속 꼭 지킬게.

선우가 먼저 엉덩이를 털며 일어섰다. 그리고 미주에게 손을 내밀었다.

"가요."

잠시 망설이던 미주가 작게 미소 지으며 선우의 손을 맞잡았다.

☆

특별 공연 당일. 공연장 로비에서 미주는 문득 어떤 위화감을 느꼈다.

수화.

위화감은 다름 아닌 수화 때문이었다. 주위에 수화를 사용해서 대화를 나누는 사람들이 제법 눈에 띄었던 것이다. 어떻게 된 일일까. 주위를 둘러보며 미주는 저도 모르게 어깨를 움츠렸다.

공연 시간이 임박해 오자 로비의 사람들이 하나둘 공연장 안으로 사라졌다. 미주도 서둘러 티켓에 표시된 좌석 위치를 확인한 뒤 공연장 안으로 들어섰다.

잠시 후, 암등과 함께 공연이 시작되었다.

어두운 무대 중앙으로 한줄기 조명이 비춰졌다. 미주가 숨을 삼켰다. 눈부신 조명 아래, 헐렁한 민소매 티셔츠와 청바지 차림의 선우가 서 있었다.

〈**안녕하세요.**〉

- 안녕하세요.

〈**이곳을 찾은 특별한 당신을 환영합니다.**〉

- 이곳을 찾은 특별한 당신을 환영합니다.

대형 스피커에서 흘러나오는 목소리에 맞추어, 선우는 수화로 인사했다.

- 오늘 저희가 준비한 공연은 한울컴퍼니의 창립 5주년 특별 공연, 사랑 나눔 〈홀릭〉 수화 뮤지컬입니다.

허공에서 말을 그리는 선우의 손짓이 무척 우아하고 아름다웠다. 미주는 눈가가 달아오르는 것을 느끼며, 다시 한 번 숨을 삼켰다.

- 오늘의 공연은 오직 당신을 위해 준비했습니다.

- 부디.

- 마음껏 즐겨 주세요.

객석을 가득 메운 박수와 신음성 같은 환호 속에서 조명이 사라졌다.

공연이 시작되었다.

무대에 늘어선 혼령들의 일사불란한 군무. 새하얀 옷자락을 나부끼며 깃털처럼 가볍게 무대 위를 누비는 혼령들을 헤치고 한 사내가 등장한다. 훤칠한 키와 다부진 몸매를 가진 배우는 능숙한 솜씨로 수화를 하며 대사를 읊었다. 혼령들이 사내를 향해 달려든다.

 −놓아라. 내 앞길을 가로막지 말지어다.
 −어둠의 피조물, 가련한 저승의 사자들이여.

거세게 저항하며 사내는 우렁찬 목소리로 〈홀릭〉의 첫 곡을 열창했다. 수화는 안무에 적절히 녹아들어 있다.

사내를 괴롭히던 혼령들이 한 줄로 늘어서며 마치 파도처럼 길을 갈랐다. 무대 중앙으로 난 그 길을 따라 붉은 옷자락을 휘날리는 영혼이 등장한다. 혼령들의 왕, 적귀(赤鬼)다.

선우의 등장에 미주는 살짝 긴장했다. 어리게만 보았던 평소의 개구진 모습은 온데간데없었다. 새하얗게 분칠을 한 얼굴 위로 길게 늘어진 눈꼬리에는 붉은 그림자가 드리워져 있다. 혼령들이 주위를 에워싼 가운데, 적귀가 천천히 움직이기 시작했다.

 −어서 오라, 감미로운 어둠의 세계로.
 −한 발 한 발 내딛는 너의 발걸음은 달콤한 죽음.

미주는 어느새 두 손을 꼭 모아 쥔 채 극에 몰입했다. 사랑하는 여인을 결코 취할 수 없는 외사랑. 소유하고픈 탐욕에 젖어 들어 검게 침식되고 만 외로운 영혼의 비틀린 애정. 울부짖는 적귀의 애끓는 아픔이, 선우의 아픔이 고스란히 미주의 안으로 스며들었다.

어느새 극은 중반부를 넘어서 절정으로 치달았다. 무대 위에는 눈부신 조명 아래 적귀가 홀로 서 있다.

특별 공연의 클라이맥스, 새로이 추가된 적귀의 솔로였다.

–꿈이었는가, 환상이었는가.

마치 시간이 멈춘 듯한 착각에 사로잡혀 미주가 숨을 죽였다. 땀이 배어난 두 손을 간절히 기도하듯, 꼭 맞잡는다.

–새인 듯 날아들었다. 나비인 듯 날아들었다. 꽃 같은 그대여.
–심장에 차오른 붉은 연모는 더없이 싸늘하고.
–결코 타오르지 않는 내 심장도 함께 얼어붙어 싸늘하게 식는다.
–꿈이었는가, 환상이었는가.

어느새, 미주의 두 눈에 눈물이 차올랐다.

-하현의 달 아래 서성이던 그 고운 자태는.

-꿈이었는가, 환상이었는가.

-새인 듯 나비인 듯 스며든 그대를 심장에 잠재운다.

-심장에 잠들어라. 영원히.

-그림자를 품어라.

-영원히.

-영원히.

선우는 혼신의 힘을 다해 노래하며 눈부신 춤으로 허공에 말을 수놓았다. 제 마지막 안녕을, 차마 붙잡지도 못한 서툰 사랑에게 고하려는 듯이.

누나를 만났던 일이 마치 오래된 꿈처럼 느껴져요. 어쩌면, 누나와 함께한 유난히도 더웠던 여름은 제가 만들어 낸 환상일지도 모르겠어요. 햇살에 반짝이는 신록의 잎사귀 사이로 한 줄기 바람이 불어올 때면 저는 무심코 이 여름을 떠올리곤 하겠죠. 예쁜 손놀림으로 사뿐사뿐 말을 그려 내던 손가락도, 까만 눈동자도.

누나를 만나서 정말로 좋았어요.

-영원히.

미주의 두 눈에 차올랐던 눈물이 소리 없이 흘러내렸다.

"어머, 쟤 웬일이니. 남궁 연기하는 것 좀 봐. 완전히 신들렸는데?"

객석 맨 뒷줄에 앉아 무대를 바라보고 있던 선영이 옆자리의 지원에게 귀엣말을 했다. 지원은 그런 선영에게 미소로 응수하며 이 공연을 기획하던 날을 떠올렸다. 이창학 감독과 기획실장 정선, 안무가 윤선영, 그리고 지원과 스태프 몇 명이 〈홀릭〉의 특별 공연 준비를 위해 한창 회의를 진행하던 때였다.

"애초에 저희 한울컴퍼니가 '하나의 울타리' 라는 뜻을 갖고 있잖아요. 그런 의미에서 저희 창립 기념 특별 공연도 소외된 이웃과 나눔을 실천하는 형태로 가면 좋을 것 같아요. 우리는 모두 하나의 울타리 안에서 살고 있는 가족이다. 평소에 뮤지컬 같은 문화공연을 접해 보지 못한 사람들을 대상으로요."

"저는 찬성. 좋은데요?"

"하나의 울타리 안에서 살고 있는 가족…… 괜찮은 것 같아요, 취지나 성격도 좋고. 이걸로 가죠, 실장님."

"그럼 대상을 한번 뽑아 보죠."

"음, 복지시설에서 생활하는 아이들은 어때요?"

"싱글맘 가정도 괜찮을 것 같아요."

그때, 회의 내용을 묵묵히 듣고 있던 지원이 손을 들었다.

"청각장애인요."

회의실에 모여 있던 사람들의 시선이 지원에게 쏠렸다. 펜을 손안에서 굴리던 지원이 주위를 둘러보며 말을 이었다.

"귀가 들리지 않으니 음악회, 뮤지컬 등의 소리가 주가 되는 문화콘텐츠를 접할 수가 없는 거죠. 그런 청각장애인들을 초청해서 그들을 위한 공연을 하는 거예요."

지원을 물끄러미 지켜보던 이창학 감독이 입을 열었다.

"방법은?"

"수화요."

지원이 눈을 빛냈다.

"뮤지컬은 여느 음악공연과는 달리 대사가 있고 노래가 있어요. 음까지 전달할 수는 없겠지만, 배우들의 대사와 노래는 수화로 충분히 전달이 가능해요. 수화를 안무화(化)하는 거죠."

"선영 씨 생각은 어때?"

구미가 동했는지, 흥미로운 표정의 이창학 감독이 안무가 윤선영에게 물었다. 선영의 반응도 호의적이었다.

"수화를 안무에 접목시킨다……. 신선하겠는데요?"

"좋은 아이디어인 것 같아요."

대다수의 스태프들도 찬성표를 던져, 삼 주 앞으로 다가온 한울 컴퍼니의 창립 기념공연은 지원이 제안한 청각장애우를 위한 수화 뮤지컬로 결정되었다. 기존의 안무에서 크게 벗어나지 않는 선에서 수화 손동작을 덧입혀 새로운 안무를 고안하고, 배우들은 본인의 대사에 해당하는 수화 동작을 2주간 익히기로 했다.

"지원 씨."

회의가 끝난 뒤, 자료를 챙겨 일어나는 지원을 선영이 불러 세웠다.

　"안무를 수화에 맞춰야 하기 때문에 변형에 아무래도 한계가 있거든. 안무 나오면 거기에 맞춰서 편곡이 조금 들어가야 할 것 같아. 템포나 리듬 같은 부분. 나중에 나랑 따로 좀 맞춰 보자."

　선영의 말에 지원이 고개를 끄덕였다.

　"네, 그럴게요."

　"그나저나 이거 참신하다. 나 너무 마음에 들어. 어쩌다가 수화로 공연을 할 생각을 다 했어?"

　지원은 살짝 웃으며 고개를 가로저었다.

　"사실 이거 제 아이디어 아니에요."

　"그럼 누구 생각인데?"

　"선우요."

　선영이 눈을 크게 떴다.

　"남궁선우?"

　"네. 언젠가 넌지시 그런 말을 하더라고요. 청각장애인들은 이런 공연을 보기 힘들지 않겠느냐. 대사나 노래에 수화를 곁들이면 좋을 텐데, 하고요."

　"걔가 그런 생각을 다 해? 의외네."

　"겉보기완 다르죠? 건들건들하게 생겨서는."

　지원이 깔깔 소리 내어 웃었다.

　"이런저런 일을 겪으면서 철이 바짝 들었거든요."

"그래? 그것 참 기대되네. 이번 안무는 과연 어떻게 소화해 줄지."

의욕에 가득 찬 선영이 기합이 잔뜩 들어간 파이팅을 하며 지원의 어깨에 팔을 둘렀다.

"될성부른 싹, 무럭무럭 자라니까 아주 보람차다. 안 그래?"

한참 생각에 빠져 있는데, 옆자리의 선영이 다시 지원의 옆구리를 쿡쿡 찔러 왔다.

"무럭무럭 자라 주니 아주 보람차. 그렇지?"

선영이 그때와 같은 말을 속삭이며 씩 미소 짓는 바람에 지원도 덩달아 웃고 말았다. 암요, 보람차고말고요.

고개를 돌린 지원이 무대 위로 다시 시선을 던졌다. 눈부신 조명 아래, 노래를 마친 선우에게 박수갈채가 쏟아지고 있었다.

공연이 끝난 뒤, 선우는 돌아가지 못하고 텅 빈 로비를 서성였다. 이미 관객들도 빠져나간 지 오래. 하필이면 휴대폰 배터리도 나가 버렸다.

손목시계를 확인했다. 밤 11시 45분. 공연이 끝나고도 벌써 한 시간 이상이 흘렀다. 미주도 집으로 돌아갔을 것이다.

그냥 갈까.

막상 가려 하니 발걸음이 떨어지지 않는다.

역시 돌아가자. 가방 속 휴대폰을 한참 동안 만지작거리다가 고개를 든 순간, 로비 저편에서 반대쪽 출입문 밖으로 나가는 미주가 보였다. 뒤로 그러모아 하나로 질끈 묶은 생머리, 발목까지 나풀거리는 주름스커트, 낮은 굽의 크림색 플랫슈즈. 마치 사슴처럼 걷는 총총한 발걸음도 눈에 익었다.

"……!"

채 부르기도 전, 미주가 시야에서 사라졌다.

선우는 스포츠 백을 어깨에 둘러메고 무작정 뛰었다. 넓은 로비를 가로질러 밖으로 뛰쳐나오자 서늘한 밤공기가 뺨에 내려앉는다. 시선이 황망히 허공을 가로질렀다. 고궁 돌담길이 품은 공연장 주변은 인적이 끊긴 지 오래. 눈앞에 펼쳐진 왕복 8차선의 널찍한 도로도 한낮의 체증은 온데간데없이 한산하기만 하다. 한껏 속력을 낸 승용차가 드문드문 모습을 드러냈다가 순식간에 시야 밖으로 사라졌다.

고요한 공기.

흡사, 소리 없는 세계 같다.

그 서늘하게 가라앉은 고독한 세계 속에서, 다시 미주가 보였다.

"……누나……."

도로를 사이에 두고 미주가 멀어져 간다. 선우가 저도 모르게 발을 내디뎠다. 신경질적으로 헤드라이트를 쏘아 낸 택시가 빠른 속도로 눈앞을 스쳐 지나갔다. 횡단보도로 시선을 옮긴다. 여전히 빨간불이다.

"……누나!"

소리 없는 세계.

"미주 누나……! 누나!"

순식간에 자신을 에워싸고 만 그 무성(無聲)의 세계 속에서, 선우는 쥐어짜듯 되풀이해 미주를 불렀다.

들리지 않을 테지.

내 목소리는, 이대로 영영 그녀에게 닿지 못하는 걸까.

"송미주……!"

순간, 화면이 정지하듯 모든 것이 멈추었다. 바스락. 새벽바람이 머리 위에 드리워진 녹음을 뒤흔들며 가냘픈 소리를 냈다. 선우가 거친 숨을 내쉬며 흐릿한 눈을 두어 번 깜박였다. 이미 선우의 귓가에서는 모든 소리가 사라진 지 오래였다.

"……누나."

미주가,

천천히 뒤돌아섰다.

무언가에 이끌리듯 천천히 뒤돌아서자 그의 모습이 보였다.

마치, 마법처럼.

미주는 숨이 멎는 기분이었다.

공연이 끝난 뒤, 쏟아져 나온 인파들 사이에 섞여 로비를 한참이나 서성였다. 몇 번인가 망설이다 네게 메시지도 보냈더랬다. 그러고 나서 또 한참을 기다렸지만 휴대폰은 울리지 않았다. 까치발을 하고 사람들 사이를 몇 번이나 훑었다. 역시 네 모습은 보이지 않았다. 그러다 운 좋게 낯익은 배우 한 사람을 발견했다. 붙들고 네 이야기를 묻고 싶었지만 물을 수도, 들을 수도 없었다.

돌아가자.

가라앉은 마음으로 공연장을 빠져나왔다. 설마하니 내 뒤에 네가 서 있을 거라곤 생각하지 못했다. 커다란 스포츠 백, 하얀 티셔츠, 찢어진 청바지. 땀내 어린 갈색 머리카락. 그곳에 선우 네가 있었다. 네가, 나를 보고 있었다.

혹시, 네가.

……나를 불렀어?

"누나."

족히 수 미터는 됨 직한 거리를 떨어져 있었지만 어찌 된 영문인지 선우의 입술이 똑똑히 읽혔다.

미주 누나.

송미주.

송미주.

선우는 쉼 없이, 그렇게 자신의 이름을 부르고 있었다. 새카만 고요 속에서 오로지 선우의 얼굴만이 보였다. 제 이름을 부르는 그 입술이 생생하게 움직였다. 그만, 목이 메고 만다.

파란불.

기다리던 신호가 들어왔다. 선우가 어지러이 흔들리는 눈빛으로 발을 내디뎠다.

"……송미주."

울지 말아요.

지금 내가, 그리로 갈게.

미주의 시야 속에서 선우가 소리 없이 움직였다. 텅 빈 차도 위로 올라선 선우가 한쪽 발을 내디뎠다. 그리고 다시 반대쪽 발. 미주의 시선이 선우의 움직임을 좇았다.

내게로 걸어오는 네가 보인다.

이대로 허공에서 손을 뻗으면,

나는 너를 당장 만질 수도 있을 것 같았다.

선우는 벅찬 마음을 지그시 누르며 천천히 입술을 떼었다.

"……와, 미주 누나다."

잠시 망설이던 미주가, 천천히 제 손을 뻗었다.

차게 식은 손끝이 네 뺨에 사뿐히 내려앉았다. 콧날에 앉았다. 이마에 앉았다. 조심조심, 입술 위에도 앉았다.

선우야.

이토록 쉬운 일이었다. 가슴을 앓아 가며 줄곧 망설여 온 일이 이토록 쉬웠다. 왜 진작 손을 내밀지 못했을까. 네 손을 잡아 주지 못했을까.

……선우야.

"엄청 보고 싶었어요."

선우가 제게 조심스레 와 닿은 미주의 손을 잡았다.

손을 맞잡아 온 선우의 입술이 소리 없이 달싹인다. 미주의 눈동자가 입술의 움직임을 좇았다.

"혹시, 나 때문에 울었어요?"

고개를 저었다.

"에이, 쪼금은 울었을 줄 알았는데……."

잠시 숨을 고른 선우가 말을 이었다.

"누나."

─ 응.

"미국 가요."

─ 응.

"갔다가, 다시 여기로 돌아와요."

─ …….

"나랑 약속해요."

선우는 말을 멈추고 잠시 미주의 얼굴을 바라보았다. 제 말을 담는 미주의 눈동자, 소리를 잃은 귀. 분홍빛 자그마한 입술은 마녀에게 혀를 빼앗긴 인어공주처럼, 그토록 아름다웠을 제 목소리를 잃었다.

"나는 여기에서 계속 기다리고 있을 테니까, 꼭 다시 돌아와요."

세상으로 날아가려는 그녀를 잡을 수는 없다. 혹여나 다칠까 두려워, 상처 입은 날개를 겨우 펼치려는 작고 하얀 새를 감히 잡으려야 잡을 수가 없다.

그렇게 훨훨 날다 내게로 돌아온다면.

"오겠다고, 나랑 약속해요."

내가 그녀의 튼튼한 두 다리가 되어 소리 잃은 세상을 살아 내게 하겠다. 네 세상의 소리가 되어 주겠다. 말이 되어 주겠다. 세상 훨훨 날다 지친 날개, 잠시 고이 접어 쉬어 갈 수 있도록.

미주의 눈이 느릿하게 깜박였다. 속눈썹에 동그랗게 맺힌 투명한 눈물이 두 볼을 따라 소리 없이 흘러내린다.

새하얀 손이 허공에서 말을 그렸다.

-불을 끄면 모든 게 사라져.

"……"

-어둠 속에서는 입술도 수화도 보이지 않아. 내가 지금 눈을 감으면 나는 너하고 대화조차 할 수 없어……. 계속 무서웠어. 온통 캄캄한 동굴 속에 갇혀 버린 기분이 들고, 한없이 원망도 하고……. 심술궂은 마음이 자꾸만 자라나. 그런 내 자신이, 너무 보기 싫고 흉했어.

눈물이 쏟아졌다. 그 숨죽인 훌쩍임 사이로 미주가 쉼 없이 말을 그려 냈다.

모든 말을 보지는 못했다. 선우는 드문드문 읽히는 수화 사이로, 그저 최선을 다해 미주의 마음을 들여다보았다.

-가끔은 내가 이상한 게 아니라 세상이 미쳐 버린 것 같았어. 거대한 세상이 소리 없이 멈춰 버린 느낌. 소리를 잃은 건 내가 아니라, 이 세상일 거라고.

선우는 미주의 수화를 하나하나 눈동자에 새겨 넣었다. 그 손짓이 쏟아 내는 새하얀 아픔을 모두 거두어 주고 싶다. 마주한 시선이 허공에서 얽혀 들었다.

-나는 평생 그 안에 갇힌 채 살아갈지도 몰라.

"나, 아무 데도 안 가고 여기에 있을게요."

-……그래도, 너는 괜찮아?

"항상 옆에 있을게요."

-이런 나라도…… 정말 괜찮아? 난…….

"내가 누나의 괴로움을 다 이해할 순 없을 거예요. 대신 아파 주지도 못할 거예요. 내가 곁에 있어도 누나는 힘들지 몰라요. 슬플 때도 있을 거예요. 누나 인생에서…… 나 하나가 전부일 수는 없는 거잖아."

선우가 미주의 손을 붙들었다. 창백한 손끝이 파르르 떨렸다.

"그래도 난 내 인생, 송미주한테 걸고 싶어요."

-…….

"그러니까…… 나랑 같이 걸어요. 넘어져도 좋으니까 같이 천천히 걸어요. 송미주 인생, 나한테 걸어요. 나 아직 별거 아니지만, 가진 것도 아무것도 없지만 끈기는 있는 놈이에요. 적귀예요. 독한 놈이라고요. 절대 포기 안 해요. 주저앉으면 까짓것 다시 일어나면 되잖아. 이렇게 손잡고."

천천히, 한 발씩 걸으며 느리게 살아요.

미주의 입술 새로 억눌린 흐느낌이 새어 나왔다. 선우가 그런 미주의 어깨를 다독이며 눈물 젖은 볼을 어루만졌다. 그 손길 안에서 미주는 오래도록 울었다.

그렇게, 느릿느릿 살아가자.
너와 내가 허리가 굽어지고 백발의 노부부가 되어서.
그렇게 행복하게, 오래오래 살아가자.

☆

어라, 남궁이다.

동호는 그렇게 생각했다. 이 시간에 쟤는 여태 집에도 안 가고 뭐 한 거지, 하는데 길 건너에 홀연히 서 있는 여자가 보였다. 어라, 낯이 익은데…….

그 여자다.

A열 15번. 퍼뜩 떠오른 생각에 절로 웃음이 났더랬다. 뭐야, 그런 거였어. 남궁, 저 능구렁이 녀석을 어떻게 골려 줄까.

막 동호가 가방을 고쳐 메던 순간이었다.

……수화?

여자의 손이 허공에서 움직인다. 조금은 놀란 동호의 시선이 여자의 손을 따라 움직였다. 선우를 마주한 여자는 넋이 나간 표정으로 숨죽인 눈물만 하염없이 쏟아 냈다. 그 소리 없는 오열이 몹시 기이하게 보였다.

선우는 그저 여자를 가만히 바라보고만 있었다. 그 애달픈 표정이 손에 잡힐 듯 선하다. 지켜보는 마음이 절로 묵직해져 왔다. 저 답답한 녀석, 그간 속깨나 앓았겠지 싶다.

들리지 않는 대화 대신, 동호는 속으로 두 사람이 주고받을 사랑의 말들을 상상해 보았다. 보고 싶었어요. 기다렸어요. 다시는 떠나지 말아요.

그리고, 키스.

"역시."

긴 입맞춤을 나누는 두 사람을 먼발치에서 지켜보며, 동호가 흐뭇한 미소를 짓는다. 마치 제가 두 사람에게 마법의 주문이라도 걸어 준 기분이다.

8. 여름, 끝

8
여름, 끝

미주가 부스스 눈을 떴다. 묘한 느낌에 몸을 일으켜 주위를 둘러본다. 낯선 벽지. 낡은 책장. 반쯤은 시들어 버린 자그마한 화분이 하나.

아아. 그제야 간밤의 일을 떠올린 미주가 제 뺨을 붉혔다.

"⋯⋯잘 잤어요?"

비좁은 매트리스 안에서 눈을 뜬 선우가 말을 건네 온다. 어쩔 줄 몰라 하는 미주가 귀여워, 선우가 쿡쿡 웃음을 깨물었다.

"너무 순진한 여자는 매력 없다던데."

-놀리지 마!

"농담이에요, 농담."

주먹 꼭 쥐고 제게 달려드는 미주를 한껏 끌어안는다.

"너무 이뻐요. 이뻐서 죽을 것 같아."

품 안에 안긴 미주는 자그마한 새처럼, 수줍게 웅크린 채 파르르 몸을 떨었다.

네 말이 내 안에 울린다.
듣지 않아도 손에 잡힐 듯한, 따스한 울림의 그 말들이.

아침밥으로 선우가 끓인 라면을 먹었다. 앉은뱅이 상을 사이에 두고, 냄비째로 올린 라면을 호호 불어 가며 나누어 먹었다. 설거지는 미주가 했다. 조록조록 흐르는 물에 손을 담그고 있는 내내, 선우는 뒤에서 미주의 허리를 끌어안고 있었다. 코를 묻은 머리카락에서 희미한 샴푸 냄새가 풍겼다.

손을 맞잡고 지하철에 나란히 몸을 실었다. 아직 출근시간인 탓에 열차 내부는 승객으로 혼잡했다.

공간이 비좁아, 수화 대신 서로의 손바닥에 손가락으로 글씨를 썼다. 안내방송이 나올 때마다 선우는 미주의 손바닥에 정차할 역 이름을 써 주었다. 간지러움 때문인지, 미주는 어깨를 살짝 비틀며 볼을 붉혔다.

역을 빠져나와 미주의 아파트까지 함께 걸었다. 선우가 맞잡고 있던 미주의 손을 콕콕 잡아당겼다.

"나, 누나 따라 미국 갈까요?"

이렇게 예쁜데 어떻게 보내라는 거야. 뒤이은 선우의 대사에,

그저 마주 보고 한참을 웃어 버렸다.

☆

이창학 감독의 뮤지컬 〈홀릭〉이 큰 성공을 거둔 후로 선우는 몰라보게 바빠졌다. 자고 일어났더니 유명인이 되었더라는 책 속 농담이 이제는 농담으로 느껴지지 않을 정도였다.

잡지에 실린 선우의 인터뷰를 읽던 미주가 툴툴거렸다. 이런 인기 배우님하고 만나도 되나 몰라. 괜한 서운함에 반쯤은 농담으로 던진 투정이었는데, 되레 토라진 선우를 달래느라 한참 동안 진땀을 뺐다. 뒤늦게 분한 맘이 들어 선우의 이마를 콩 들이받기도 했더랬다.

극성팬들에게 뒤를 밟혀 자취집 인근이 소란스러워지자 선우는 극장에서 그리 멀지 않은 오피스텔로 이사를 했다. 그리고 새 보금자리에서 미주와 짧은 데이트를 즐겼다. DVD를 보며 치킨을 시켜 먹고, 맥주 한 모금을 나누어 마시고, 미주의 무릎을 베고 누워 도란도란 이야기를 나누다가 피곤을 이기지 못해 곯아떨어지곤 했다.

그 며칠간, 선우는 미주와 새로 시작하는 기분이었다. 마치 다시 태어난 것만 같았다. 자신도, 그리고 미주도. 모든 것이 눈부시고 매일이 새로웠다.

오롯이 맺혀 있던 꽃봉오리가 활짝 피어나기라도 하듯, 미주는 부쩍 웃음이 많아졌다. 꽃처럼 웃고 떠들었다. 작은 일에도 손뼉을 치며 기뻐하고, 그 자그마한 손으로 참새처럼 재잘거렸다. TV에서 슬픈 장면이라도 나올라치면 코를 팽 풀고 훌쩍거렸다. 이토록 감성이 풍부했었나. 미주에게 그만큼이나 다양한 표정이 있다는 사실도 처음 알았다.

그것은 미주 또한 마찬가지였다. 함께 살다시피 하며 선우의 곁에서 보낸 며칠의 시간 동안 미주는 선우의 소소한 버릇들을 하나둘 찾아내며 즐거워했다. 손톱을 바짝 깎는다는 것도, 둘째 발가락이 유난히 길다는 것도, 단추는 꼭 맨 아래부터 채우기 시작한다는 것도, 의외로 어수룩하다는 것도, 하지만 한번 고집을 부리기 시작하면 아무도 말리지 못한다는 것까지. 새로이 알게 된 선우의 면면들에 미주는 매일이 기쁘고 신기했다.

미주의 출국일까지 앞으로 보름. 그런 소소한 매일이 이어지고 있었다.

☆

[나 맛있는 거 해 줘요!]

막바지 더위가 기승을 부리던 한낮, 모처럼 리허설이 일찍 끝날 것 같다며 선우가 들뜬 메시지를 보내왔다.

덩달아 들뜬 미주가 양손 한가득 장을 봐서 오피스텔을 찾은 게 벌써 세 시간 전의 일이다. 끝나자마자 달려오겠다던 선우는 미주와의 약속 시간을 훌쩍 넘기도록 집에 돌아오지 않았다.

[늦게 끝나?]

메시지를 보내 보아도 묵묵부답이다. 전에 없던 일에 사뭇 긴장한 미주가 초조한 마음으로 연신 시계만 살폈다.

[무슨 일 있는 거야?]

[선우야.]

결국 참지 못하고 집을 나섰다.

극장은 선우의 오피스텔에서 걸어서 10분 거리. 미주는 두 번 정도 넘어질 뻔하고, 마주 오는 사람과 기어이 한 번을 부딪치고 나서야 극장에 도착했다.

무작정 찾아오긴 했지만 선우의 안부를 어떻게 확인하면 좋을지 몰랐다. 휴대폰을 두 손에 꼭 쥔 채 넓은 로비만 하염없이 두리번 거리고 있을 무렵, 누군가가 미주의 어깨를 툭툭 두드렸다.

흠칫 놀라 돌아보니 낯선 남자가 서 있다.

누구지? 미주가 굳어 있는 사이 남자가 입을 열었다.

"저, 선우랑 친한 형이에요. 요전에 같이 뮤지컬 했어요. 박동호라고 합니다."

그제야 미주의 눈에 살짝 안도의 빛이 번졌다.

"혹시…… 들리세요?"

조심스럽게 묻는 말에, 잠시 놀란 듯 눈을 크게 뜬 미주가 이내 설핏 웃는다. 뒤이어 고개를 젓곤 제 입술을 가리켜 보였다.

"아아……."

그런 미주를 물끄러미 바라보던 동호가 미주의 두 귀를 의식한 듯, 부자연스러우리만치 명확한 발음으로 또박또박 말을 이었다.

"저, 그쪽 알아요."

— …….

"로망스 보러 자주 왔었죠? 다들 궁금해했어요."

미주는 살짝 고개를 끄덕였다.

"선우하고는……."

대답 대신 쓰게 웃는다. 동호는 미주의 얼굴을 꼼꼼히 뜯어보았다.

역시 미인. 예쁘장한 여자다. 다정하게도, 조금은 차갑게도 보이는 여린 인상에 자그마한 체구. 둘이 어느 정도 진지한 사이인지는 모르겠다만, 설마하니 귀가 안 들리는 여자였을 줄이야. 동호는 저도 모르게 가벼운 한숨을 내쉬었다.

"혹시 선우 만나러 오신 거예요?"

동호의 말에 미주가 반색했다.

— 어디에 있는지 아세요?

"그게……."

"미주야!"

무어라 말을 이으려는 찰나, 제 말을 자른 누군가가 앙칼진 고함을 지르며 요란하게 로비를 가로지른다.

"야, 송미주!"

여자는 미주를 발견하자마자 이리로 뛰다시피 다가왔다. 서슬

퍼런 기세의 여자를 돌아본 동호가 경악했다.

"엑…… 지원 누나!"

"박동호? 네가 왜 여기 있어?"

"누나, 이분이랑 아는 사이세요?"

"너야말로 미주랑 어떻게 아는…… 그것보다, 송미주! 전화는 폼이야? 왜 사람 문자는 다 씹어!"

그제야 미주가 제 손안의 휴대폰을 바라보았다. 착신 메시지 7건. 질린 표정의 미주를, 지원이 재차 부산한 손짓으로 불렀다.

"빨리. 선우 지금 병원 갔어. 대한병원."

-병원……?

순간 미주의 얼굴이 얼어붙었다.

-개가 병원은 왜? 어디 아파? 다쳤어?

정신없이 수화를 쏟아 내다 동호를 돌아보았다. 도움이라도 청하듯 간절한 미주의 눈빛에, 동호는 저도 모르게 마른침을 넘기며 입을 열었다.

"아, 그게…… 선우 아버지가 많이 위독하시대요."

선우는 산소 호흡기에 의지해 중환자실 병동에 누워 있는 제 아버지를 새빨개진 눈으로 노려보았다.

"……그래서요. 얼마나 사신대요?"

"선우야……."

"깨어나긴, 할 거래요?"

언제나 저를 엄한 얼굴로 다그치던 꼬장꼬장한 양반이다. 찔러도 피 한 방울 안 나올 듯 차갑기만 하던 양반이다. 유리벽 너머에서 온갖 기계를 주렁주렁 매달고, 저런 초라한 모습으로 간신히 생명을 이어갈 만큼 약한 인간이 아니었다. 내 아버지란 사람은.

"아버지가 끝까지 너한테 연락하지 말라고 해서……."

너무 늦은 연락을 두고, 제 어머니는 그렇게 말했다. 연락하면 당장에라도 그 자리에 혀를 깨물겠다 말씀하셨다고. 마지막까지 하나뿐인 아들을 그리도 불효자식 만들고 싶었던 모양이다, 저 빌어먹을 아버지께선.

"……선우야."

어머니의 부름에, 선우는 저도 모르게 한 발짝 뒤로 물러섰다.

"저…… 그만 가 볼게요."

"선우야!"

제 뒷덜미를 잡아당기는 어머니의 부름을 애써 무시하고, 선우는 도망치듯 그 자리를 빠져나왔다.

미주와 지원, 동호가 막 중환자실 병동 입구에 도착했을 무렵. 잰걸음으로 복도를 돌아 나오던 선우가 미주 일행과 마주쳤다.

"어어……."

모난 그 기세에 눌린 동호가 채 입을 떼기도 전, 제 손을 붙잡아 오는 미주를 뿌리친 선우가 뒤도 돌아보지 않고 달려 나간다. 아니, 저 자식이. 발을 동동 구르던 동호는 결국 작게 욕설을 내뱉으며 선우의 뒤를 쫓아 달려갔다.

"……너, 괜찮아?"

눈에 띄게 창백해진 얼굴의 미주를 돌아보며 지원이 걱정스레 물었다.

"선우 쟤가 아버지 일로 많이 놀랐나 봐."

-괜찮아, 나는.

"송미주."

-난 괜찮으니까 선우한테 좀 가 봐, 지원아.

잔뜩 기가 죽은 표정이다. 지원은 한숨을 내쉬었다.

"무슨 소리야, 네가 가야지."

-아니, 난…… 안 갈래. 못 가겠어.

"그런 말이 어디 있어."

내내 도리질을 치는 미주의 손목을 붙들며 지원이 실랑이를 벌이던 중, 초조한 걸음으로 복도를 서성이던 중년 부인이 작은 소동에 이쪽을 바라보았다. 눈물에 젖은 자그마한 얼굴의 이목구비가 선우와 꼭 닮아 있다. 선우의 어머니 영숙이었다.

저분이 선우의…….

영숙과 눈이 마주친 미주는 지원이 말릴 새도 없이, 마치 무엇에 홀리기라도 한 듯 천천히 발걸음을 옮겼다.

"……."

가까이 다가가 고개를 숙여 보이자, 눈물로 젖은 얼굴이 미주를 향해 묻는다.

"……누구……세요?"

미주는 입술을 깨물며 허공에 수화를 그렸다.

 죄송해요.

"······저기, 아가씨."

갑작스러운 수화에 영숙은 눈에 띄게 당황했다. 미주는 개의치
않고 말을 이었다.

 저 선우랑 사귀고 있어요.

 귀가 안 들려요.

 그래서, 정말 죄송해요.

 아버님이 위독하신데······ 지금 이러면 안 되는데, 이런 말씀
드려서······ 정말, 죄송해요.

다리에 힘이 풀린다. 미주가 무너지듯 주저앉자, 깜짝 놀란 영
숙이 허둥지둥 제 앞의 자그마한 아가씨를 살폈다.

"······세상에, 식은땀 좀 봐······. 괜찮아요?"

걱정스럽게 제 어깨를 어루만지는 그 주름진 얼굴을 마주하는
순간, 미주의 속에서 뭔가가 왈칵 치솟아 올랐다.

짧고도 길었던 여름. 그간의 많은 기억이 제 안을 스치고 지나
갔다. 선우와 주혁. 첫 만남, 주고받던 필담, 수화, 설렘과 아픔,
끈끈한 땀, 쌉싸래한 눈물.

"······으으······으······."

"이걸 어쩌면 좋아······. 누가 많이 아파요······?"

"······으······으윽······흐······."

"아······ 귀가 안 들려요? 이걸 어째······."

미주는 아이처럼 큰 소리로 울음을 터뜨렸다.

"으허어엉……!"

크게 소리 내어 우는 것이 얼마만의 일인지 까마득하다. 미주는 세상에 갓 태어난 아이가 울음을 터뜨리듯, 여린 어깨를 떨며 한참을 큰 소리로 목 놓아 울었다.

"……괜찮아요. 괜찮아요, 아가씨……."

영숙은 미주의 등을 가만히 토닥이며, 마치 엷은 한숨 같은 미소를 지어 보였다.

"……우리 아들은…… 제 아빠 앞에서 울지도 않더라고요. 못 운 거려나…… 다시 보는 게 오 년 만인데……."

오래전, 제 꿈을 따라 쫓겨나듯 집을 떠난 곱고 고운 제 아들. 어떤 일에도 울지 않던 강하고 씩씩한 아이였다.

영숙은 떨리는 입술을 꼭 물었다.

"괜찮을 거예요. 우리 선우, 착한 애니까……. 괜찮아요. 선우 아빠는 괜찮을 거야……. 아가씨 친구도 괜찮을 거예요. 다 괜찮을 거예요……."

마치 저를 다독이듯, 그렇게 미주를 달랬다. 부서지듯 온몸으로 울고 있는 자그마한 아가씨가 그리도 안쓰러웠다. 조금 전, 제게 수화를 하던 모습이 떠올랐다. 귀가 안 들리는 모양이지, 가엾게도.

떨리는 손으로 전하던 말은 무엇이었을까.

"……저런, 그만 울어요. 예쁜 얼굴 다 상해요……."

복도에서 흐느끼는 두 사람을 바라보던 지원은 슬그머니 몸을
돌려 그 자리를 빠져나갔다.

소식을 듣고 몰려온 스태프들이 선우의 어머님께 인사를 드리며
수선을 피우고, 사라진 선우를 찾느라 또 한바탕 소동이 일어난 사
이. 미주는 어수선한 병원을 조용히 홀로 빠져나왔다.

[미안, 나 먼저 갈게. 뒷일 잘 부탁해.]

지원에게 문자메시지를 보낸 뒤, 부스스 고개를 들어 제 주위를
둘러보았다. 어느새 어둠이 짙게 내려앉은 거리는 퇴근길에 오른
승용차가 가득 메우고 있다. 눈앞에 멈춰 선 버스에 올라탔다. 요
금을 치르고 자리에 앉으니 온몸의 힘이 죽 빠져나가는 기분이 들
었다.

그렇게 집으로 향하는 길, 훌쩍이며 또 한 번을 울었다.

새벽녘, 겨우 청한 잠자리에서 소스라쳐 일어났다. 꿈을 꾼 모
양이다. 온몸이 식은땀으로 흠뻑 젖어 있다. 미주는 숨을 몰아쉬며
벽에 걸린 시계를 살폈다. 3시 20분. 몇 시에 잠들었더라. 아직도
목덜미에 달라붙는 서늘한 악몽의 기운을 떨쳐 내기 위해 고개를
거세게 흔들었다.

까맣게 가라앉은 어둠 속. 침대에 걸터앉아 희미하게 빛나는 휴
대폰을 멍하니 바라보았다. 한참이 지나고서야 착신 램프가 깜박
이고 있다는 사실을 깨닫곤 서둘러 손을 뻗는다.

[자니? 선우 어머니가 네 걱정 엄청 하시더라. 친구인 줄 몰랐다고, 인사도 제대로 못 하셨다며. 아무튼 일어나면 병원 좀 들러. 참, 선우는 어디서 뭐 한다니? 맘은 알겠는데, 그래도 병실 지켜야지. 걘 엄마 걱정도 안 한대? 병원 가라고 네가 잘 좀 타일러 봐.]

[안전하고 빠른 대리운전 1599-****]

[송미주. 안 자면 연락 줘.]

[누나.]

메시지를 넘기던 미주의 손길이 멈칫했다. 선우였다.

[보고 싶어요.]

메시지가 수신된 시각을 확인한다. 새벽 1시 48분. 재빨리 베란다로 나가 밖을 내다보았다. 화단 옆의 콘크리트 블록, 둥글게 몸을 말고 웅크린 네가 보인다.

잠깐의 망설임도 없었다. 잠옷 차림 그대로 슬리퍼를 꿰어 신고 층계를 밟았다. 하아, 하아……. 소리 없이 숨을 몰아쉬며 네 앞에 무릎을 세우고 앉았다.

부르지도, 말을 걸지도 않았다. 그저 물끄러미 바라보며 너를 기다리는 사이, 달 사이로 까만 구름이 느릿하게 흘렀다.

얼마나 지났을까.

"……누나."

얼굴을 묻고 있던 선우가 부스스 고개를 들었다.

"나…… 깜박 졸았나 봐요."

-춥잖아.

기다림의 끝에서, 네게 가만가만 말을 건넨다.

-이런 데서 자면 감기 걸려.

"아버지가, 아프대요."

볼에 눈물이 말라붙어 있다. 미주는 손을 뻗어, 까칠한 선우의 두 뺨을 가만히 감쌌다.

"진짜로 죽을지도 모른대요."

- …… .

"죽을지도 모르는데, 진짜로 영영 다시는 못 볼지도 모르는데…… 그래도…… 죽기 전에도 아버지는 내 얼굴이 보기 싫었나 봐."

작게 읊조리는 선우를 바라보다가 품에 끌어당겨 꼭 안아 주었다. 마냥 크기만 하던 네 어깨가 한껏 움츠린 채 가늘게 떨고 있다. 미주는 속으로 되뇌었다. 괜찮아. 괜찮아. 그 언젠가 네가 내게 주었던 온 마음을 다한 위로의 말.

괜찮아, 선우야.

-들어가자.

"……."

-들어가서, 푹 자고 일어나서, 아침에 같이 병원 가자.

선우는 새빨개진 코끝으로, 대답 대신 작게 고개만 끄덕여 보였다.

크게 스트레스를 받았던 탓인지, 간밤에 시리게 맞은 새벽이슬 탓인지. 이튿날 선우는 기어이 탈이 나고 말았다.

열에 들떠 좀처럼 정신을 차리지 못하는 선우를 보고 혼비백산 한 미주가 울며불며 지원에게 메시지를 보냈다. 손이 덜덜 떨리는 통에 미끄러지는 휴대폰을 부여잡고 눈물을 닦아 가며 겨우겨우 보낸 메시지였다.

[선우가 죽어!!!]

그렇지 않아도 병원을 뛰쳐나간 뒤 행방이 묘연한 녀석이었는 데, 미주의 짧고 강렬한 메시지에 놀란 지원이 지레짐작으로 끔찍 한 상상을 떠올린 것도 무리는 아니었다. 결국, 눈이 뒤집힌 지원 과 가장 먼저 연락이 닿은 주혁이 만사 제치고 차를 몰아 미주의 집으로 달려갔던 것이다.

"어…… 얘 이제 깨나려나 보다."

지원의 말에, 멀찌감치 서 있던 주혁이 침대 곁으로 다가왔다. 해쓱한 얼굴의 선우가 지금의 상황이 선뜻 이해 가지 않는 듯 커 다란 눈을 끔벅거리고 있다. 주혁은 조금 전의 일을 떠올리며 고개 를 절레절레 저었다. 고열에 정신을 놓은 사람을 응급실로 실어 나 르면서 안심을 해 보긴 또 처음이었다.

"정신 들어, 남궁?"

"선우야, 좀 괜찮아? 몸은 어때?"

"……."

겨우 열이 떨어지고 정신을 차린 선우는 자신을 둘러싼 사람들을 보고 다시 열이 오르는 기분이었다.

"……에에, 뭐예요, 다들……."

겨우 한마디 꺼내자마자 곧장 지원의 타박이 날아들었다.

"뭐긴 뭐야, 아침부터 누구 덕에 혼이 쏙 빠진 사람들이지. 여기 응급실이야. 과로에 영양실조, 스트레스, 감기 몸살이시란다."

"……어어……."

"그래도 그만하길 다행이야. 지원 씨 연락받고 갔을 땐 진짜 큰일이라도 난 줄 알았다니까."

"넌 그 덩치에 영양실조가 뭐냐, 잘 좀 챙겨 먹지. 송미주가 쫄쫄 굶기디? 사람은 바쁠수록 밥심으로 사는 거야."

미주.

그 이름에 뒷머리가 당겨 왔다. 선우가 서둘러 눈동자를 굴렸다. 소독약 냄새가 배어나는 하얀 커튼. 제 침대 난간에 매달리듯 달라붙어 있는 창백한 미주의 얼굴이 보인다.

"……미안해요, 누나."

마른 입술을 축이며 말을 건넸다. 미주는 엷게 웃으며 고개를 저었다.

─몸은, 이제 괜찮아?

"나 진짜 괜찮은데…… 아침부터 많이 놀랐죠."

"야, 놀라긴 내가 더 놀랐거든? 미주 쟤가 나한테 문자를 뭐라고 보냈는지 알아?"

옆에서 또 한차례 푸르르 떨던 지원이 미주의 손목을 잡아끌었다.

354

"난 미주 데리고 나가서 밥이라도 좀 먹이고 올 테니까, 오빠는 회사 어차피 지각이죠? 이미 늦은 거 여기서 10분 늦으나 30분 늦으나."

따지듯 묻는 지원의 모습에 주혁이 작게 웃음을 터뜨렸다.

"그래, 어차피 늦어서 좀 이따 가도 돼. 천천히 먹고 와. 여긴 내가 있을 테니까."

"아, 저기, 형도 식사하고 오세요. 전 진짜 괜찮은데……."

"남궁은 한 대 얻어맞기 전에 그 입 다물어라."

"어차피 난 아침 먹었어. 괜찮아."

지원은 밥 생각 없다며 버티는 미주를 기어이 잡아끌고 간이병상 커튼 밖으로 사라졌다.

그렇게 둘이 남고 나니 할 말도 없었다. 입술을 잘근대던 선우가 먼저 입을 열었다.

"저기, 형……. 오늘 감사해요."

"별말씀. 근데 몸은 진짜 괜찮은 거야?"

고개를 끄덕이고 있는데, 누군가가 다급하게 제 이름을 부르며 응급실로 들어섰다.

"선우야!"

뒤늦게 연락을 받고 12층 병동에서 내려온 영숙이었다. 선우의 어머니임을 확인한 주혁이 병상의 커튼을 걷어 내며 영숙을 침대로 안내했다.

"최주혁이라고 합니다."

머뭇머뭇 따라 들어온 영숙이 주혁의 명함을 받아 들며 얼떨떨한 표정을 지었다. 말쑥한 차림으로 등장한 제법 큰 회사의 팀장님. 배우를 하겠다며 집을 뛰쳐나간 철부지 아들 녀석과의 접점이 무엇일지, 이리저리 가늠해 보아도 도통 짚이는 구석이 없다.

"선우는 괜찮습니다, 어머님. 열도 거의 내렸고요. 만일을 위해서 하루 정도만 입원했으면 좋겠다고 하던데요."

"……예에."

"형이 응급실까지 데려다주셨어요, 엄마."

잠시 혼이 빠져 있던 영숙이 그제야 퍼뜩 정신을 차리고 허리를 굽혔다.

"아아, 정말 감사합니다……. 감사해요."

응급실 스테이션의 간호사가 멀찍이서 외치는 소리가 들려왔다. 남궁선우 씨 보호자분. 선우를 둘러업고 응급실을 방문했던 주혁을 찾는 것이었다.

저도 모르게 몸을 돌려 세우려는 주혁을, 영숙이 제지하고 나섰다.

"아, 저긴 제가 가 볼게요."

영숙이 재차 주혁에게 허리를 굽히며 종종걸음으로 자리를 뜨고 나니 다시금 짤막한 침묵이 찾아왔다.

선우가 침대에서 몸을 일으키며 입을 열었다.

"형."

"뭣하러 일어나. 그냥 누워 있어."

주섬주섬 몸을 일으키는 선우를 말리던 주혁은 결국 그 고집을
꺾지 못하고 한숨 어린 얼굴로 머리맡의 베개를 매만져 주었다.

"……있잖아요, 형."

커튼을 정리하는 주혁을 가만히 바라보던 선우가 머뭇머뭇, 마
른 입술을 축이며 말을 꺼냈다.

"미주 누나, 안 들리잖아요."

주혁은 대답 대신 고개를 끄덕였다.

"내가 뒤에서 아무리 소리쳐 불러도, 누나는 못 듣는 거잖아
요."

"……."

"형은…… 어떤 기분이었어요?"

목이 바짝 타들어 가는 것만 같다. 선우는 대답을 기다리지 않
고 말을 이었다.

"누나, 미국 간대요."

"……미국?"

뜻밖의 말에 주혁이 눈을 깜박였다.

"네, 미국요. 아마 이달 말 즈음일 거예요."

그렇게 말을 꺼내고 난 선우의 표정이 시무룩하게 가라앉는다.
주혁은 속으로 가볍게 한숨을 쉬었다.

"미주 안 잡을 생각이구나."

"공부하러 가는 거래요. 그걸 제가 어떻게 잡아요."

"그래……."

분위기가 한 번 어색해지고 나니 할 말도 사라지고 말았다.

……미국이란 말이지.

오빠와 어머니가 살고 있다는 미국. 아마도 이번에 가면 미주는 돌아오지 않을 것이다. 주혁은 그런 생각이 들었다.

"물 마실래?"

연신 마른침을 넘기는 선우를 향해 주혁이 물었다.

"어, 아니에요, 형."

화들짝 놀라 손사래를 치는 녀석을 보자니 어쩐지 짠한 기분이다. 주혁은 선우의 머리를 슥슥 쓰다듬었다.

"잠깐 기다려. 마실 것 좀 사 올게."

커튼을 젖히고 나오자 차게 굳은 얼굴의 영숙이 안절부절못하며 그 앞을 서성이고 있었다. 주혁은 인사 대신 가볍게 목례를 건넸다. 표정으로 보아, 영숙은 커튼 너머에서 나눈 이야기를 모두 들은 듯하다. 어미로선 달갑지 않은 소식일 터였다.

문득 선을 종용하던 제 부모의 얼굴이 떠올랐다. 미주를 몹시 못마땅해하던 두 분이었다. 주혁은 미간을 작게 찌푸리며 선우가 눈치채지 못하도록 재빨리 커튼을 여몄다.

매점은 어디에 있으려나. 쓸데없는 생각을 하며 응급실을 빠져나오는데, 어느새 종종걸음으로 뒤를 따라온 영숙이 주혁을 불러 세웠다.

"저기…… 최주혁 씨라고 했죠?"

흐트러진 얼굴의 영숙을 향해 주혁이 재차 고개를 숙였다.

"우리 선우…… 오늘 일은 정말 고마워요. 그러니까…… 저는……."

두서없이 말을 늘어놓는 영숙의 모습을 보며, 주혁은 습관처럼 손목시계로 시간을 확인했다. 열 시 이십 분.

뭐, 상담역으로는 충분한 시간이다.

"나가서 잠깐 차라도 한잔하시죠, 어머님."

주혁과 영숙이 로비의 자그마한 카페에 마주 앉았다. 주문한 음료를 가져오고 나서도 줄곧 말이 없는 영숙을 보며, 주혁은 커피를 한 모금 마셨다. 커피 향 사이로 희미하게 병원 냄새가 풍겼다.

"제게 미주 이야길 묻고 싶으신 거죠?"

부드럽게 건네 온 주혁의 말에, 영숙은 찬찬히 고개를 끄덕였다.

"그…… 미주라는 아가씨는, 우리 선우하고……."

"아마 사귀는 사이일 겁니다. 서로 많이 좋아하니까요."

영숙은 말없이 커피 잔을 만지작거렸다.

"짐작하시는 대로 귀가 들리지 않고요. 선천적인 장애는 아닙니다. 6년 전 교통사고로 신경을 다쳐서 청력을 잃었습니다."

"……잘 아시는 사이인가 봐요."

"네. 누구보다도 잘 압니다."

단호한 목소리에 놀란 영숙이 고개를 들었다.

"그래서 장담할 수 있습니다. 좋은 여자예요. 착하고 바르고, 능력 있는 작곡가입니다."

"……."

영숙은 다시 입을 다물었다. 무어라 대답하면 좋을까. 그런 가없은 아가씨가 어쩌다 우리 선우와 인연이 닿았나. 어제, 마주친 병원 복도에서 그리도 섧게 울던 여자의 모습을 떠올렸다. 우리 선우 때문에, 작은 아가씨가 그리도 아프게 울었던가.

가슴께가 묵직하다. 영숙은 저도 모르게 한숨을 토했다.

"그래서 어머님께 부탁드리고 싶습니다."

"……나한테요?"

"두 사람이 진지하게 교제를 하게 된다면, 미주의 귀를 이유로 반대하진 말아 주세요."

영숙의 눈동자가 흔들렸다.

"직접 만나 보고, 이야기를 나누고, 어머님의 눈으로 직접 송미주라는 여자를 보고 판단해 주셨으면 합니다."

주혁은 영숙을 향해 간곡히 부탁했다. 힘든 사랑을 시작하려는 두 사람에게 자신이 베풀 수 있는 최선이자 마지막 호의였다.

집으로 가겠다고 고집을 부리던 선우는 결국 하룻밤 입원하기로 했다. 입원하라는 주혁의 한 마디에 선선히 고개를 끄덕인 것이다. 미주의 설득에도, 영숙의 애원에도 요지부동이던 녀석이 단박에 꼬리를 말아 내리는 모습을 보며 지원이 기막혀했다.

주혁이 때늦은 출근을 하고, 연신 잔소리를 늘어놓던 지원도 뒤이어 극장으로 떠난 뒤. 병실에 홀로 남은 미주는 선우의 침대 자리를 살피는 영숙을 물끄러미 바라보았다. 그 바지런한 손길을 바라보다가, 미주는 어쩐지 집으로 돌아가야겠다는 생각을 했다.

─저는…… 이만 가 보겠습니다.

통하지 않을 수화를 건넨 뒤 허리를 꾸벅 숙인다. 도망치듯 병실을 빠져나가는 미주를, 선우도 영숙도 차마 붙잡지 못했다.

집으로 돌아온 미주는 소파에 웅크리고 누워 거실 한쪽 벽을 메우고 있는 목련무늬 벽지를 멍하니 응시했다. 아무것도 하지 않고, 아무것도 떠올리지 않으려 애썼다.

커피라도 끓일까. 무심코 떠올린 생각에 미주가 천천히 몸을 일으켰다. 주방으로 향하던 중, 테이블 위의 휴대폰에 힐끗 시선을 주었다.

수신된 메시지 5건.

[아직 병원?]

[집이야?]

[엔간하면 연락 좀 하지?]

[나 진심 화나려고 한다. 지금 당장 문자해!]

지원에게 도착한 문자메시지를 넘기는 사이, 낯선 번호가 눈에 띄었다.

[미주 씨, 선우 엄마예요.]

순간, 저도 모르게 심장이 철렁 내려앉았다.

우뚝 선 채로 떨리는 가슴을 진정시킨 미주가 조심조심 메시지를 확인했다.

[잠깐 만날 수 있을까요?]

늦은 저녁 시간이라 그런지 카페 내부는 한산했다. 미주가 조심
스러운 시선으로 주위를 둘러보았다.

한참을 망설인 끝에 간신히 답신을 보냈다. 두 시간 뒤, 병원에
서 그리 멀지 않은 카페. 외출 준비를 하며 습관적으로 핸드백 속
에 필담용 수첩을 챙겨 넣는 자신의 모습을 발견했을 때엔 잠시나
마 도망치고 싶은 마음도 일었다.

영숙이 먼저 미주를 발견했다. 입구에서 두리번거리는 미주를
소리 내어 부를까 하다가 이내 멈칫하고 만다. 들리지 않는 미주의
귀를 새삼 실감하곤 마음이 불편해졌다.

마침내 미주의 시선이 이리로 향했다. 영숙은 가볍게 목례를 건
네며 자리에서 일어났다.

"갑자기 불러내서 미안해요."

미주가 손을 내저으며 영숙을 향해 허리를 숙여 보였다. 미주에
게 의자를 권한 영숙이 제자리에 앉으며 또박또박, 분명한 발음으
로 말을 이었다.

"이렇게 나와 줘서, 정말 고마워요. 아아……, 제가 하는 말, 지
금 제대로 전달이 되고 있는지……?"

미주가 고개를 작게 끄덕이며 입술을 가리켜 보였다. 아아, 입
술. 영숙은 작은 감탄사를 내뱉었다.

"실례를 무릅쓰고 친구분께 연락처를 받았어요. 그, 최주혁 씨

라고…… 알죠?"

영숙은 병원에서 주혁과 이야기를 나눈 뒤 미주를 찾아온 것이라 말했다. 생각지도 못한 이름에 잠시 놀랐으나 이내 마음을 가다듬고 고개를 끄덕였다.

주혁의 얼굴을 떠올리자 깊게 가라앉은 추억 한 조각이 자르르 떨었다.

메뉴판을 든 점원이 테이블로 다가왔다. 미주가 익숙한 손짓으로 원하는 음료를 가리켜 주문하는 모습을 영숙은 물끄러미 지켜보았다. 모든 동작이 조심스럽다. 의자를 뺄 때도, 핸드백을 내려놓을 때도 미주는 소리 하나 내지 않았다.

주문한 아이스커피가 나왔다. 물기가 송골송골 맺힌 유리잔을 감싸 쥔 미주가 천천히 고개를 들었다. 희미한 미소를 드리운 영숙이 제 얼굴을 바라보고 있다.

미주는 수첩과 볼펜을 꺼냈다.

―수화로 대화하기는 불편하실 것 같아서 가져왔습니다.

"……그래요."

웃음으로 응수한 영숙에게 고개를 살짝 끄덕여 보인 뒤 다시 한 자 한 자 적어 내려갔다. 영숙의 시선이 펜을 놀리는 미주의 손을 좇았다.

―이제는 정말 죄송했습니다.

거기까지 쓴 미주가 문장 아래에 급히 덧붙였다.

―감사했습니다.

영숙이 테이블 위를 가볍게 톡톡 두드리자, 줄곧 시선을 수첩

위에 늘어뜨리고 있던 미주가 고개를 들어 제 얼굴을 바라보았다.

"아무 얘기나 괜찮아요. 내게 뭔가 하고 싶은 말이 있거든, 편하게 해요. 물론 편하지는 않겠지만……."

미주의 펜 끝이 여백 위에서 맴돌았다.

—저는.

—무슨 말씀을 드려야 한지.

—잘 모르겠어요.

천천히 적어 내려간 수첩을 영숙에게 내밀었다. 미주의 가지런한 필체를 한번 쓰다듬은 영숙이 작게 심호흡을 했다.

"우리 선우……."

영숙은 목이 타는 듯 급하게 물을 한 모금 삼켰다.

"……애 아버지가, 많이 엄하거든요. 그래서 선우는 어릴 적부터 항상 제 아버지가 시키는 대로만 살았어요. 나도 그랬고…… 평생 하나뿐인 아들 속내 한 번 들여다보지 못하고 살았어. 그래서인지는 몰라도, 애가 마음을 잘 못 열더라고. 자꾸만 사람들하고 거리를 두는 것 같고, 학교에서도 겉돌기만 하고……."

미주는 영숙의 이야기를 제 안에 찬찬히 주워 담았다.

"선우가 스무 살이 되고, 그렇게 집을 나가던 그날까지 나는…… 내 배 아파 낳은 아들이 여태 무슨 생각을 하고 살아왔는지, 나는 정말 아무것도 몰랐어요. 그래서 혼자 아팠나 봐, 걔가."

나 때문에 아픈가 봐. 나 때문에. 혼잣말처럼 이어지던 영숙의 말이 멈춘 뒤, 미주가 테이블 가운데 놓인 수첩을 제 앞으로 끌어당겼다.

─저는 선우를 공연장 무대에서 처음 보았습니다.

영숙은 종이 위에 가지런히 적어 내려가는 미주의 말들을 물끄러미 바라보았다. 어쩐지 글마저도 고요한 느낌이 든다.

─선우는 반짝반짝 빛이 나는 배우예요.

영숙이 테이블을 톡톡 두드려 미주를 불렀다.

"얘기 좀 해 줄래요?"

─……어떤 얘기를 해 드릴까요?

저도 모르게 수화로 물은 미주가 아차 싶어 황급히 수첩을 끌어당겼다.

영숙이 다시 톡톡, 미주를 불렀다.

"우리 선우 얘기요."

─…….

"미주 씨는 선우랑 뭐 하고 지냈어요? 영화도 보고, 밥도 먹고 그랬어요? 선우는…… 걘 뭘 좋아하던가요? 내가 아무것도 모르거든. 그 애가 뭘 좋아하는지, 뭘 보면 웃는지."

가슴이 버석거린다. 미주는 영숙의 주름진 얼굴을 잠시 바라보다가 가만히 펜을 집어 들었다.

─떡볶이를 좋아해요.

미주의 문장에 영숙이 혼잣말처럼 덧붙였다.

"그러고 보니 어릴 때엔 자주 만들어 줬던 것 같아요."

─글씨는 악필이고요.

"……맞아, 그랬지. 그래서 제 아버지한테 많이 혼났어."

─융통성 없다는 말도 많이 들어요.

"제 아빠 피가 어디 가겠어요."

─그런데, 착하고 다정해요.

"……."

─사실은 말도 엄청히 많아요.

"……."

─손은 약한 것 같아요.

─연습벌레예요.

─솔직해요.

─가끔 거짓말도 해요.

─다들 선우를 좋아해요.

─저도.

─선우를 많이 좋아해요.

많이 좋아해요. 꼭꼭 눌러 쓴 미주의 손글씨를 한참 동안 바라보던 영숙이, 사뭇 떨리는 입가를 지그시 눌렀다.

"……뭘 보면 웃는 앤지 내가 몰랐어요."

그런데 선우가, 미주 씨를 보면 정말 예쁘게 웃더라고.

결국 참던 눈물이 흐르고야 만다. 영숙이 마른 손으로 얼굴을 감싸 쥐었다.

"엄마는 주스 사러 간다더니 어디까지 갔다 온 거예요. 목말라 죽겠는데."

병실로 돌아오자마자 선우는 대뜸 골이 난 얼굴로 심술이다. 애는, 얼마나 기다렸다고. 영숙은 짐짓 태연스레 고개를 끄덕이며 매점에서 사온 음료수며 사과 몇 알을 주섬주섬 꺼내어 놓았다. 작은 투정도 반갑기만 하다.

"……아버지는."

그리 물어 오는 말에 심장이 툭 내려앉았다. 영숙은 눈길 한 번 주지 않고 휴대폰만 만지작거리는 선우의 모습을 가만히 바라보았다.

선우가 다시 입을 열었다.

"……좀 어떤데."

"똑같지, 뭐. 의사들도 지켜보자고만 하고."

"……."

"아버지, 보러 갈래?"

"……그러든가."

대수롭지 않게 대꾸한 아들 녀석은 여전히 휴대폰에 코를 박고 있다. 피용 피용. 게임 속 전자음이 간헐적으로 귓가에 달라붙는다.

"선우야."

"……."

"송미주 씨 좋아하니?"

선우의 손에서 휴대폰이 툭 떨어졌다. 잔뜩 놀라 이쪽을 돌아보는 제 아들은 마치 유령이라도 본 듯한 표정이었다.

"……엄마가 그걸 어떻게 알아요?"

"좋아하니?"

"……."

선우는 한동안 말이 없었다. 영숙은 대답을 재촉하지 않았다. 묵묵히 사과껍질을 벗기는 동안 두어 번 목이 메었다.

다 벗긴 사과를 막 가르려는데, 선우가 입을 열었다.

"좋아해요."

영숙은 사과를 갈라 접시에 담았다. 카페에서 미주와 나누었던 대화가 무심히도 떠올랐다. 자그마한 아가씨가 들려주던 선우의 이야기.

아가씨는 바르르 입술을 떨며 제게 말했다.

─선우를 많이 좋아해요.

영숙은 사과 한 조각을 집어 선우에게 내밀었다. 선우는 제가 내민 사과를 멀거니 바라보고만 있다. 그 모습에 문득 생각한다. 사과, 싫어했던가?

"곧 미국에 간다고 하던데……."

선우가 영숙의 사과를 받아 들었다.

"네, 알아요."

아삭, 사과를 베어 문 제 아들은 다시 말이 없다. 한숨을 내쉬며 사과 접시를 멍하니 바라보고 있는데, 선우가 조심스레 저를 불렀다.

"……엄마."

"어? 어, 그래. 사과 더 먹을래?"

"내가…… 미주 누나 좋아해서 싫어요?"

영숙은 대답하지 못했다.

"귀 안 들리는 사람이라서, 싫어요?"

"……모르겠구나, 나는."

차라리 만나 보지 말 걸 그랬다. 영숙은 미주의 얼굴을 떠올리며 그렇게 생각했다. 만나 보지 말 것을. 만나 보지 않았더라면 마음껏 싫어하고 미워했을 텐데.

"미국 간대요."

"……."

"근데, 가지 말라고 못 하겠어요. 너무 예뻐서…… 닳아 버릴까 봐 잡지도 못하겠어."

다시 목이 메어 와, 영숙은 말없이 두 번째 사과를 집어 들었다.

☆

모처럼 긴 꿈을 꾸었다. 꿈속에서 선우를 보았다.

'보고 싶어요.'

그때와 같은 얼굴로 환하게 웃으며, 너는 그때와 같은 말을 내게 건넸다. 보고 싶어요. 더듬더듬, 침대 옆 협탁으로 손을 뻗어 휴대폰을 찾는다.

[미주 씨. 괜찮다면…… 선우 아빠 만나러 와 줄래요?]

미주는 간밤에 도착한 영숙의 메시지를 한 글자 한 글자 눈에 담았다.

침대 위 이부자리를 정리하고 분주히 아침밥을 차렸다. 꼭꼭 씹
어 밥 한 그릇을 다 비우고 난 뒤 세수를 하고 간단한 화장을 했다.

집을 나서려다 거실 한 켠으로 고개를 돌렸다. 커다란 두 개의
여행 가방. 미국으로 떠날 채비는 진즉에 마쳐 두었다.

시선을 거둔 미주가 구두에 발을 꿰어 넣었다.

선우는 느지막이 잠에서 깨어났다. 깜박 잠이 든 모양이었다.
아직 단잠에 취해 부연 시야를 애써 모으며 주위를 둘러보았다.

"……."

익숙한 얼굴이 자신을 내려다보고 있다.

-잘 잤어?

"응……. 잘 잤어요."

선우는 배시시 웃었다.

-어머니는 퇴원 수속하러 가셨어.

"응."

-선우야.

미주의 부름에 선우가 눈을 두어 번 깜박였다.

-아버지, 깨어나셨대.

의사들은 희망적이라면서, 한자리에 모인 식구들에게 웃는 낯으
로 축하의 말을 건넸다. 위험한 고비를 넘겼으니 병세도 곧 차도를
보일 거라 했다. 하지만 선우의 눈에 비친 아버지는 여전히 힘겨워

보였다. 풍채가 좋단 소리도 종종 듣던 분이었는데, 병이 참 모질기도 한지, 보기 좋던 살집이 온데간데없다.

"선우야."

연신 눈물을 훔치던 영숙이 제 아들을 불렀다.

"······아버지가 찾으셔."

선뜻 발걸음을 떼지 못하는 선우의 떨리는 손을, 미주가 가만히 잡아 주었다.

영숙이 미주의 어깨를 톡톡 두드렸다.

"선우랑, 같이 들어가 봐요."

잠시 머뭇거리던 미주가 이내 마음을 굳힌 듯 가볍게 고개를 끄덕였다. 줄곧 바닥에 달라붙어 떨어질 줄 모르던 선우의 발이 미주의 손에 이끌려 한 발짝 움직였다.

마주한 부자는 한동안 말이 없었다. 오랜 침묵 끝에, 아버지가 먼저 입을 열었다.

"······사내자식 얼굴이 그게 뭐냐."

무뚝뚝한 인사였다.

굳게 다문 채 가늘게 떨리는 선우의 입매가 고집스럽다. 나 참, 누굴 닮아서는. 속으로 가볍게 혀를 찬다. 혼수상태에서 나흘 만에 깨어나 다시 만난 아들. 제게 쫓겨나듯 집을 나선 이후로 꼬박 다섯 해를 보지 못한 하나뿐인 아들이었다.

"얼굴색이······ 영 나쁘다. 밥이나, 챙겨 먹고······ 다니는 거야?"

"……그럼 굶겠어요."

힘겨운 듯, 드문드문 이어지는 아버지의 질문에 선우는 그만 목이 메어 퉁명스레 대꾸했다.

그런 제 아들을 가만히 바라보던 아버지의 시선이 곁에 선 미주를 향한다. 시선을 눈치챈 선우가 이번에는 먼저 입을 열었다.

"사귀는 사람이에요."

선우의 소개에, 미주가 서둘러 허리를 숙였다.

－저는 송미주라고 합니다.

선우가 미주의 수화를 거들고 나섰다.

"송미주예요. 교통사고로 귀를 다쳐서 안 들려요."

"……."

덤덤히 말을 잇고서도 떨리는 마음을 어찌하지 못한다. 연신 손톱 끝을 초조하게 매만지는 선우의 손을, 미주가 다시 한 번 강하게 감싸 쥐었다.

괜찮아, 선우야.

괜찮아.

"……나 괜찮아요, 누나."

아버지는 두 사람의 모습을 물끄러미 지켜보았다.

오랜만에 만난 아들은 얼굴에 많은 표정을 담고 있었다. 수많은 망설임과 한숨이 빚어낸, 쓰고도 달콤한 청춘이다. 곁에 나란히 선 아가씨를 바라보았다. 섬세한 얼굴 위로 단단한 아픔이 서려 있다. 또렷한 눈매에선 강인함이 엿보였다.

그만, 만감이 교차한다.

"……반가워요, 미주 씨."

선우야. 항상 아프게 밟히던 내 아들아.

"제가…… 선우, 애빕니다."

마냥 철부지 같던 네가, 이제는 어른이 되었구나.

선우의 눈시울이 기어코 달아올랐다. 미주는 바싹 말라 버린 아버지의 손을 붙들고 한참을 소리 없이 울었다.

그 후로 아버지의 병세는 빠른 차도를 보였다. 의사들의 호언장담 그대로였다. 제법 기력을 회복한 아버지는 여느 때처럼 영숙에게 호통을 치기도 하고, 싱겁기만 한 병원 밥에 매 끼니마다 불만을 표했으며, 쾌적하지 못한 병실 공기를 두고는 어린 간호사에게 쓴소리를 늘어놓았다.

저녁 시간이 되면 여지없이 바둑 삼매경이었다. 내켜 하지 않는 선우를 억지로 붙들어 앉히고 침대 위에 기어이 바둑판을 펼쳤다.

"전 바둑 같은 거 질색이라고요!"

정색하는 선우를 달래는 건 미주의 몫이었다. 그런 미주를 아버지는 무척 어여삐 대했다. 연극인지 배우인지 여하튼 광대놀음을 하겠다고 집 뛰쳐나간 놈이 신붓감 하나는 잘 데려왔다며, 뿔난 망아지 같던 녀석이 이나마 유들유들해진 것도 다 참한 아가씨 덕이라며 본인답지 않은 언사로 칭찬을 아끼지 않았다.

그런 아버지가 잠자듯 숨을 거둔 것은, 선우가 병실을 지킨 지 꼭 엿새째 되는 날 새벽이었다.

주름진 입가에 엷은 미소를 드리운 채 마지막 인사 한마디 없이 홀홀 떠나 버린 아버지를 두고 사람들은 호상이라 했다. 선우는 이해할 수 없었다. 사람이 죽었는데 호상이 다 무언가 싶었다. 기가 막혀 웃음도 눈물도 나지 않았다.

주혁과 지원이 나란히 병원 장례식장을 찾았다. 묵묵히 분향을 하고 영정을 향해 절을 올리며 시큰한 코끝을 훌쩍였다. 선우의 곁을 지키는 미주의 모습에는 나란히 작은 미소를 지어 보이기도 했다.

붐비는 사람들을 피해 복도 한쪽으로 물러나 있는 사이, 선우와 미주가 주섬주섬 옷매무새를 추스르며 두 사람 곁으로 다가왔다.

지원이 미주의 어깨를 툭 쳤다.

"얼굴은 왜 그 모양이야? 울었어?"

─ 아니야.

"아니긴 무슨……. 그래도 생각했던 것보다는 좋아 보이네. 오빠, 그러게 내가 뭐랬어요? 어린애도 아니고 앞가림 어련히 알아서들 할까. 사서 걱정을 해요. 아주 그냥 둘이 꼭 붙어 있잖아."

부러 호쾌하게 떠드는 지원을 향해 난감한 표정으로 웃던 주혁이 미주를 돌아보았다.

"괜찮아?"

미주는 조용히 미소를 머금은 채 고개를 끄덕였다.

"여기에서 이런 말 하는 것도 좀 그렇긴 한데…… 어쨌든 좋아 보여서 안심했어. 다행이야."

－고마워요, 오빠.

"선우야."

제 이름을 부르는 주혁의 부드러운 목소리에 줄곧 바닥에 시선을 떨구고 있던 선우가 부스스 얼굴을 들었다. 주혁은 해쓱한 얼굴의 선우를, 그저 말없이 제 품에 꼭 끌어안았다.

"힘내. 해 줄 수 있는 말이 그것밖에 없다."

"……."

"아버지, 좋은 곳으로 가셨을 거야."

"……고마워요, 형."

지난날, 틀림없이 제가 상처 입혔을 남자. 그 남자의 따스한 손길 속에서 선우는 작게나마 위로받는 기분이었다.

"고맙고…… 그리고…… 죄송해요."

살아간다는 것은 결국 끊임없이 다른 누군가를 상처 입히는 것일지도 모른다. 어쩌면 그 상처를 어루만지는 것이 우리의 인생이리라.

선우는 주혁의 품속에서 처음으로 소리 내어 울었다.

배웅하겠다는 미주를 억지로 들여보낸 뒤, 두 사람은 터덜터덜 장례식장 입구를 빠져나왔다. 극장까지 태워다 주겠다는 주혁의 제안에 고개를 저은 지원이 턱으로 자판기를 가리켜 보였다.

"아쉬우니 콜라라도 한 잔?"

"좋죠."

주혁은 벤치에 자리를 잡고 앉았다. 하늘이 쨍하다. 이제 더위도 막바지인 모양이었다.

양손에 캔 음료를 들고 돌아온 지원이 그중 하나를 건넸다. 언젠가 수영장에서 만났을 때 나누어 마셨던 음료다. 주혁이 엷게 웃었다.

"선우, 많이 힘든가 봐요."

"죽어라 속 썩인 아들이었잖아요. 배우 한답시고 집도 뛰쳐나오고…… 그래서 더 맘에 밟히는 거겠죠. 금방 기운 차릴 거예요."

뭐, 미주도 곁에 붙어 있으니까. 혼잣말처럼 중얼거린 지원이 주혁을 돌아보았다.

"두 사람 만난 소감은 어때요?"

"그냥 그래요."

따각. 손안에서 굴리던 캔 음료를 딴 주혁이 작게 한숨을 내쉬었다.

"막 가슴이 찢어지게 아플 줄 알았는데 그렇지도 않아요. 답답하기도 하고, 서운하기도 하고. 뭐 조금 이상하긴 한데……. 모르겠어요. 그냥 시원섭섭해요."

지원은 쿡쿡 소리 내어 웃었다.

"다 그런 거죠, 뭐. 언제 그랬는지도 모르게 사랑하고, 또 언제 그랬냐는 듯이 싹 사라져 버리고…… 웃기지 않아요? 사람 맘이란 게 참 웃겨요. 그렇게 가슴앓이하면서 속 태우고 아파했던 것도 전부 다 거짓말 같아."

어느새 담배를 꺼내 든 지원이 핸드백을 뒤적이며 라이터를 찾았다. 그 모습을 지켜보던 주혁이 제 주머니 속에서 지포라이터를 꺼내 지원의 입술에 물린 담배에 불을 붙였다.

"어라, 오빠 담배 피워요?"

"이사님 거예요. 상사 모시는 삶이 다 그런 거죠."

언젠가 제 담뱃불 시중을 들던 선우를 떠올린 지원이 쿡쿡 웃었다.

"두 남자한테 담뱃불 시중을 다 받아 보네."

"응?"

"아니에요, 오빠."

피식 웃으며 허공에 희뿌연 담배 연기를 뿜어낸다.

"덥다."

"그래도 이젠 제법 선선해졌어요. 그렇게 더웠는데……."

"기록적인 더위였죠."

"맞아요. 질릴 만큼 더웠어."

"환경 캠페인 뮤지컬이라도 해야 할까 봐요. 지구온난화가 아주 심각하다니까요. 그거 알아요? 이제 우리나라에도 아열대 식물이 자라고 있다는 거. 이제 장마 대신 우기와 스콜이 찾아오고 사계절도 없어져 버릴 거예요."

"환경문제에도 관심을 갖고 있는 줄은 미처 몰랐어요."

"당연한 거 아니에요? 지구 망하기 전에 내가 먼저 죽어야 되는데."

지원이 짓궂은 미소를 머금곤 반쯤 태운 담배를 발치에 떨어뜨렸다.

"좋아해요."

주혁이 피식 웃는다.

"안 된다니까."

"알아요. 나도 마지막으로 고백 한번 해 봤네요. 치사하게, 그것도 안 되나? 어? 아주 비싸기만 한 최주혁 씨. 나 뺑 찬 거 언젠가 후회하게 될걸요?"

"그러게요."

"또 또, 마음에도 없는 소리 한다. 그러니까 여자한테 차이는 거라고요."

"심하다. 상처에 소금 뿌리기예요?"

깔깔 소리 내어 웃던 지원이 빈 음료 캔을 쓰레기통에 던져 넣고는 가방을 둘러메며 일어섰다. 땀이 송송 배어난 이마 위를 한껏 선선해진 바람이 스치고 지나간다. 주혁은 다시 고개를 들어 드높은 하늘을 바라보았다.

여름이 끝나 가고 있었다.

내 안의 여름에게 안녕을 고했다.

그 여름과 함께, 내 사랑도 끝이 났다.

☆

"공항까지 배웅할 수 있을 것 같아요. 살았다. 럭키."

-됐어. 공연일도 바쁜데 뭐하러 그래.

"싫어요. 갈 거야. 내가 공항 못 갈까 봐 얼마나 마음 졸였는지
알기나 해요?"

이창학 사단은 〈홀릭〉으로 한창 지방 투어 중이었다. 정신없이
돌아가는 스케줄 속에서, 제발 반나절만 쉬게 해 달라고 감독님을
졸라 댄 이야기는 미주에게 굳이 하지 않았다.

"배웅 갈 거예요. 그리고 막 펑펑 울어야겠다."

-진짜?

"당연하죠. 한참을 못 볼 건데. 그 정도 심술은 부려야지."

비죽 입술을 내민 선우가 미주의 손을 조심스레 어루만지며 손
깍지를 끼웠다. 빈틈없이 맞닿은 따스한 체온에, 꼭 손가락으로 대
화를 나누는 것만 같아 마음이 간질거린다. 그간 몰랐던 설렘이다.
미주는 생긋 웃었다.

출국일은 순식간에 다가왔다. 시간이 빠듯한 선우를 위해 주혁
이 기사를 자처하고 나섰다. 미안한 마음에 몇 번이나 사양하려
했지만, 어디까지나 미주 배웅을 위한 거라며 따끔하게 꾸중만 들

었다.

사람들로 붐비는 국제선 출국장. 괜스레 코끝이 시큰해진 선우가 입술을 빼문다. 지원은 미주에게 잔소리를 쏟아 놓는 데에 여념이 없다.

"승주 오빠가 공항으로 마중 나온다고?"

─응.

"그리고 저번에 얘기한 거, 갈리아노 교수 말이야. 선영 샘이 미국에서 공연 올릴 때 같이 일했던 사람이래. 전화 넣어 둔다고 했어. 자세한 내용은 메일로 보냈으니까 읽어 보고, 서류 꼼꼼하게 챙기고……. 참, 포트폴리오는 제대로 가져가는 거지?"

─이 얘기 벌써 세 번째야.

"네가 좀 못 미더워야 말이지."

보다 못한 주혁이 더 잔소리를 늘어놓으려는 지원을 미주에게서 떼어 냈다.

"커플 작별 인사 방해도 정도껏 하자고요."

"그치만……."

"나랑 가서 커피나 한 잔 마시고 와요. 선우도 마실 것 좀 사다 줘?"

"아, 네. 저도 커피."

결국 지원이 주혁에게 끌려 나가고 난 뒤에야 겨우 둘만의 시간이 주어졌다.

"누나."

미주의 시선이 마치 대답하듯 선우에게로 미끄러졌다.

"이렇게 보고 있으니까."

뒤이은 말은 손짓으로 전했다.

-기분 좋아요.

미주에게 처음으로 배웠던 수화.

선우는 천천히 미주와 함께했던 한 계절을 되짚어 보았다. 뜨거웠던 여름, 길지 않은 시간 동안 치열하게 키워 왔던 제 사랑. 그 짧막한 여름 안에 참 무수히도 많은 추억이 담겨 있었다. 설레는 마음으로 나누었던 짧막한 필담, 맞잡은 손의 온도, 마주하던 시선, 이야기를 수놓던 미주의 손짓. 시리던 눈물까지.

선우는 그 모든 기억을 하나둘 갈무리해, 마음 깊숙한 서랍 속에 차곡차곡 집어넣었다.

"처음 만났던 날 기억나요? 누나한테 엄청 무례하게 굴었는데."

-정말……. 그땐 얼마나 놀랐다고.

"에이, 거짓말. 놀란 사람치곤 너무 태연했다."

옛일을 떠올린 선우가 소리 내어 웃었다.

"지금 생각해 보면, 그때 처음 반했던 것 같아요."

미주가 물끄러미 선우를 응시한다. 저 천진한 미소에 가슴이 벅차더랬다. 무대 위에서 어느 누구보다도 반짝이던 아이. 네가 좋았다. 제 세상 위를 마음껏 누비는 네가 좋았다. 커다란 날개를 가진 네가 좋았다. 한여름의 태양처럼 눈부시고 강했던 네게서 나는 사랑을 배웠고, 너와 발맞추어 걸을 용기를 얻었다.

선우는 미주와 말없이 한참을 마주 보았다. 당분간의 헤어짐. 가슴 아픈 전별사에 많은 말은 필요하지 않았다.

세상의 모든 것이 말(言)인 줄로만 알았다. 선우는 이제야 비로소 알 것 같았다. 말이 전부가 아니라는 것을. 세상에는 말보다도 훨씬 더 중요한 것들이 잔뜩 있었다.

"……누나."

처음부터, 말은 상관없는 거였다.

─다녀올게.

미주의 하얀 손이, 천천히 허공에서 움직였다. 선우의 시선이 말을 그리는 손끝을 좇았다.

─사랑해, 선우야.

9. 너의 목소리가 속삭이고 있어

9
너의 목소리가 속삭이고 있어

여기는 온통 크리스마스 분위기로 들떠 있어. 거리마다 흥겨운 캐럴이 흐르고, 길가엔 예쁜 전구가 반짝이는 트리 장식으로 가득해.

가끔, 한국과 뉴욕의 시차를 떠올려. 13시간. 비행기로 13시간을 꼬박 달려야 하는 나라에서, 선우 네가 나보다 먼저 맞이했을 그 13시간의 시간을 상상해 보았어. 땀 흘려 춤을 추고 있을까. 노래를 하고 있을까. 어쩌면 토근한 이불 속에 누워 곤히 잠들어 있을지도 몰라.

이렇게 네게 편지를 떠올 때면 오래전 인사동을 거닐었던 그날이 떠오르곤 해. 첫 데이트였지, 우리. 배부르게 밥을 먹고, 손을 잡고 걷고, 향긋한 차를 마시고, 처음으로 두 사람만의 노트를 사고.

그 노트를 빼곡하게 채웠을 무렵, 네가 말해 주었어. 내 수화가 참으로 예쁘다고. 내 말들이 참으로 예쁘다고. 그 말에, 나는 구원받는 기분이었어.

아무것도 들리지 않는 까만 어둠 속에서, 네가 나에게 빛나는 말을 주었어. 반짝반짝 빛나는 너의 소중한 말들을 보여 주었어.

그 모든 말들이, 내겐 구원이었어.

선우야.

나는 그래서 가끔 생각해. 들린다는 것은 뭘까. 말이란 뭘까. 사람을 감싸 안고, 때론 구원하기도 하고, 또 상처 입히기도 하는 이 세상의 수많은 말들. 듣지 기가 들렸더라면 나 역시 모르고 살았을, 세상의 그 수많은 말들 말이야.

하지만 나는 지금 그 모든 말들이 사랑스러워. 가끔은 거칠고, 가끔은 난폭하고, 또 가끔은 못 견디게 사랑스럽고, 소중하고, 가끔은 눈이 부시고.

메일을 쓰며 말을 고를 때면 항상 코끝에 여름이 걸쳐 있는 것만 같아. 바람 속에서도 조금은 끈끈하게 땀이 배어나던 그 파랗고 파란 날. 오렌지 빛의 태양. 신록의 냄새.

한국에서 너를 다시 만나면, 나는 보나 마나 네게 제일 먼저 무슨 말을 건네게 될까. 몇 번이고 고민하며 말을 골라 보아도 잘 모르겠어. 어쩌면 마음이 벅차올라 아무 말도 건네지 못한지도 몰라.

만약 그렇게 된다면 내 마음에 말을 쓸게.

그 여름날 우리가 그랬던 것처럼.

늦목에서.

얼마 남지 않은, 네게 돌아갈 날을 손꼽아 기다리며.

─미주─

☆

"축하해, 송미주."

지원이 얼떨떨한 표정으로 서 있는 미주의 등짝을 냅다 갈겼다. 양 볼을 붉게 물들인 미주는 여전히 반쯤은 넋이 나간 얼굴이었다.

"첫 공연의 소감이 어떻습니까?"

─ …… 모르겠어, 그냥 …….

"네에, 모르시겠답니다!"

주먹 쥔 손으로 마이크 흉내를 내던 지원은 미련 없이 호쾌하게 돌아섰다. 그러고는 잠시 부스럭거리는가 싶더니, 손에 들린 종이 봉투 속에서 무언가를 꺼낸다. 제법 큼직한 상자였다.

"이거. 열렬한 팬으로부터."

미주는 지원이 내민 선물상자를 받아 들었다. 포장은 투박하다. 덩치는 큰 데 반해 그 크기가 우스울 만큼 전혀 무겁지 않다. 대체 뭐가 들었을까.

미주가 조심스럽게 포장지를 벗겨 상자를 열었다. 상자의 내용물은 꽃다발이었다. 카드도 함께 동봉되어 있다.

송미주 음악감독의 첫 공연을 축하합니다.
허주혁 드림.

미주는 피식 웃음을 지어 가며 꽃다발을 꺼내 품에 안았다. 이 겨울에 용케도 구했네. 하여간 이 남자는 세월이 흘러도 여전하다. 미주는 엷게 웃어 가며 깊이 숨을 들이마셨다. 선연한 자줏빛의 작약 꽃다발이 더없이 싱그럽다.

3년 만의 귀국이었다. 그리고 손꼽아 기다리던 12월 20일. 마침내 미주의 첫 작품이 무대에 올라갔다. 그토록 바라고 원했던 오늘이건만, 미주는 아직 실감이 나지 않는 모양인지 표정이 영 떨떠름하다. 제법 괜찮았던 객석의 반응을 보아하니 일단 출발은 무난한 듯싶다.

"미주 너 조심해야겠어."

-뭘?

"요즘 남궁선우 인기가 절정이야."

사흘 전 귀국 날, 공항에서 짧은 포옹을 나눈 선우는 미국 공연을 위해 곧장 비행기에 몸을 실었다. 제가 한국 땅에 내리니 선우가 미국 땅을 밟는다. 미주는 그만 쿡쿡 웃고 말았다.

3년의 시간. 차곡차곡 쌓인 메일 만큼이나 차곡차곡 쌓여 간 그리움.

"너, 미국에서 바람 피웠니?"

－갑자기 무슨 소리야.

"아니 뭐. 3년이나 떨어져 있었는데 뭔 일 없나 해서."

－공부하느라 그럴 새도 없었어.

　흐응. 입술을 오물거리는 지원을 향해 미주가 미심쩍은 눈초리를 던졌다.

－왜. 한국에선 무슨 일이라도 있었나 봐?

"남궁은 내가 잠잘 시간 빼곤 쉴 틈 없이 굴렸으니까 걱정 마셔."

－배우 혹사시키지 마. 이 악덕업주야.

"어머? 쟤 스타 만든 거 나다? 두 사람 다 나한테 감사해야 돼."

　음악감독에서 연출가로 변신한 지원은 여러 공연을 히트시키며 승승장구하고 있다. 콧대도 꼭 그만큼 높아져서 그렇지 않아도 감당 안 되던 이분, 한층 더 악명 높은 감독님이 되신 모양이라고.

"선우 귀국이 모레던가?"

－응.

"첫공 놓쳐서 땅을 치고 있을 텐데. 오면 실컷 놀려 줘야겠다."

－심술은.

　미주의 핀잔에 지원이 혀를 쏙 내밀었다.

☆

바삐 오가는 사람들 틈 사이를, 떨리는 시선으로 부지런히 훑는다. 인천공항 국제선 입국장. 미주는 필라델피아를 출발한 비행기가 도착했음을 알리는 전광판을 다시 한 번 바라보았다.

포옹을 나누는 연인. 피켓을 들고 일행을 기다리는 금발머리의 청년. 어린 딸을 반기는 중년의 아버지.

"……."

문득, 미주가 뒤를 돌아보았다.

소리 없는 세계. 커다란 여행 가방을 짊어진 선우가 저를 향해 배시시 웃고 있다. 미주는 가만히 숨을 삼켰다.

고요한 풍경 속 네 입술이 움직인다.

"혹시, 들렸어요?"

– …… .

"한번 불러 봤는데."

– …… 응.

들렸어, 선우야.

나를 부르는 네 목소리가.

미주는 달려가 선우의 목을 와락 끌어안았다. 선우는 제 품 안 깊숙이 미주를 끌어당기며 귓가에 속삭였다.

"……아아, 이제야 만났다."

정말 정말 보고 싶었어요.

미주는 제 안에서 나직하게 번지는 울림에 한껏 귀를 기울이며, 온 힘을 다해 속으로 말을 건넸다.

나, 다녀왔어.

선우도 속으로 말을 건넨다.

어서 와요.

두 사람은 오래도록, 그렇게 한참을 끌어안은 채로 그간 주고받지 못했던 많은 말들을 마음속에 그렸다.

"건배!"

간만에 꽃집에 둘러앉은 네 사람이 미주의 공연을 축하하며 술잔을 높이 들었다.

"연출로 전향하길 잘했지. 하마터면 친구한테 밥그릇 죄다 **뺏길** 뻔했다니까."

툴툴거리며 저다운 칭찬의 말을 건네는 지원을 향해 미주가 가벼운 미소를 지어 보였다.

"공연 너무 좋더라, 미주야."

주혁의 말에 지원이 대번 발끈하고 나섰다.

"오빠, 연출은 나거든요? 그런 칭찬은 나한테 먼저 해 줘야지!"

"하하하."

"하필이면 송미주가 내 공연에 포트폴리오를 들이밀 줄 누가 알았겠어."

ㅡ나도 깜짝 놀랐다니까. 한지원 연출이라고 해서.

"혹시 한 감독님이 힘써 주신 거예요?"

"어머, 내가 미쳤니? 나 이래 봬도 공과 사가 칼같이 뚜렷한 사람이야."

그렇게 한참 동안 시답잖은 수다를 이어 가던 중, 돌연 지원이 정색하며 미주를 돌아보았다.

"그래서, 결혼은 언제 할 거니?"

미주의 볼이 순식간에 붉게 달아오른다. 덩달아 볼을 붉힌 선우가 흠흠, 목을 가다듬었다. 애걔…… 하여간 별꼴이야. 지원이 두 사람을 향해 밉지 않게 눈을 흘겼다.

"배우가 결혼하기엔 스물일곱이 좀 아까운 나이긴 하지만, 미주가 더 늙기 전에……."

－야, 한지원!

"감독님!"

동시에 핏대를 세우는 두 사람을 보며 지원이 흥 콧방귀를 뀌었다.

"내가 뭐 틀린 말 했니? 말 나온 김에, 주혁 오빠도 선 자리 그만 좀 걷어차고 얼른 장가가요. 벌써 서른일곱이야. 암만 능력 있음 뭐해, 곧 사십 줄인데."

"와, 한 감독님 독설이 업그레이드됐어."

입을 떡 벌리는 선우를 향해 지원이 삿대질을 한다.

"남궁, 넌 치사하게 혼자만 연애하지 말고 형님 좀 챙겨. 아직 괜찮을 것 같아도 저러다 훅 간다니까."

"내가 뭐 소개 안 해 줬는지 알아요? 형 눈 진짜 까다로워요! 내가 저 잘난 형님이 왜 연애를 안 하나 했는데, 안 하는 게 아니라 못하는 거였어."

"주혁 오빠가 좀 인간미 없는 편이긴 하지."

어느새 머리를 맞대고 수군거리는 두 사람을 향해 주혁이 휘이휘이 손사래를 쳤다.

"이럴 때만 참 마음이 잘도 맞는다니까."

결국 웃음을 터뜨리고 만다. 하하 호호 웃음꽃을 피우며 술잔을 비워 내던 지원이 다시 미주에게로 화제를 돌렸다.

"그래서, 언제 할 건데?"

– …… 몰라.

"빼기는. 프러포즈 받은 김에 빨랑빨랑 해 버려. 아껴 뒀다 뭐하게?"

프러포즈. 미주의 얼굴이 다시 붉게 달아올랐다.

공연이 한창 진행되는 극의 중반부. 연인이 다정하게 왈츠를 추며 둘만의 크리스마스 파티를 갖는다. 그리고 그 크리스마스 파티 도중, 사전에 관객으로부터 신청을 받아 깜짝 프러포즈 이벤트를 진행하기로 되어 있었다.

미주는 음향부스 뒤편에서 공연을 지켜보다가 기절할 만큼 놀랐다. 객석 중앙에서 벌떡 일어난 선우가 성큼성큼 무대로 향하는 것이었다. 어머, 저 사람 남궁선우 아니야? 한창 잘나가는 배우의 얼굴을 알아본 몇몇 관객들 사이에서는 작은 소란이 일었다.

부부를 연기하는 배우들은 무대 위로 올라온 선우를 둘러싸고 우스꽝스러운 마임을 선보이다가 예정된 각본대로 반지를 내밀었다. 프러포즈 이벤트를 신청한 관객이 준비하는 것으로, 오늘의 경우에는 물론 선우가 준비한 청혼반지였다. 지원이 귀띔해 준 덕에 오늘의 프러포즈를 준비할 수 있었다.

"자, 자! 이거 내가 특별히 주는 행운의 반지야! 여기 마음에 드는 여자 있으면 아무나 골라서 결혼하자고 해. 이 반지만 있으면 절대로 거절 안 당한다니까?"

남자배우의 능청스러운 연기와 함께, 부드러운 미소를 머금은 선우가 반지를 손에 들고 한 발짝 앞으로 나왔다.

선우는 잠시 숨을 고른 후에 천천히 입을 열었다.

"제가 사랑하는 여자는 귀가 들리지 않습니다."

말과 함께 움직이는 선우의 수화에 객석이 또 한번 술렁였다.

"하지만 제가 사랑하는 그 여자는 누구보다도 예쁘게 웃습니다. 누구보다도 예쁜 말을 그리는 아름다운 손을 가졌습니다."

선우의 수화를 멍하니 응시하던 미주는 왈칵 치밀어 오르는 울음을 애써 참아 내며 두 손을 모아 쥐었다.

선우야.

"귀는 들리지 않지만, 그 누구보다도 아름다운 음악을 만들어 내는 빛나는 재능을 가졌습니다. 오늘 공연에서 여러분이 감상하신 음악은 모두 제 애인이 만든 작품입니다."

숨죽이고 있던 객석에서 탄성이 터져 나왔다.

"송미주, 사랑해."

선우의 손짓 하나하나가 눈동자에 아프게 박혔다.

"좀 더 멋있게 청혼하고 싶었는데, 너무 떨려서 뭐라고 말하면 좋을지 잘 모르겠다."

멋있어요! 객석에서 짧은 환호가 터졌다.

반지를 손에 든 선우가 무대에서 내려왔다. 규모가 그리 크지 않은 소극장이라 객석 구석구석까지 한눈에 들어온다. 선우는 거침없는 발걸음으로 관객 사이를 헤치며 미주에게 다가갔다.

미주는 제 앞으로 다가온 선우를 그저 멍하니 바라보고만 있었다. 선우는 미주의 손을 끌어당겨 한번 부드럽게 감싸 쥔 후, 네 번째 손가락에 반지를 끼워 주었다. 반지는 그린 듯이 손가락에 꼭 맞았다.

"우리, 결혼해요."

대답하는 것도 잊은 채 선우를 올려다보았다. 눈에서 눈물이 넘쳐흘렀다. 주위에서 환호성과 함께 박수가 터져 나왔다. 손뼉을 치고 있는 사람들의 모습을 보고 나서야 그 사실을 알았다. 사람들은 이내 박수와 함께 구호를 외치기 시작했다.

키스해!

물론 미주의 귀에는 들리지 않았다. 선우는 미주를 향해 싱긋 미소를 지어 보인 뒤, 그대로 조심스레 입을 맞추었다.

☆

"안 떨려?"

- 하나도 안 떨려.

"거짓말은."

지원의 핀잔에 순백의 드레스를 입은 미주가 꽃처럼 화사하게 웃었다.

"신부 되면 안 예쁜 여자들이 없다더니 진짜 그 말이 맞나 봐. 예쁘다, 송미주."

지원의 말대로 어여쁜 봄의 신부는 무척이나 행복한 얼굴이었다. 입가에 떠오른 미소도 좀처럼 사라질 줄 몰랐다. 신부대기실에 간간히 얼굴을 내미는 하객들의 얼굴에도 덩달아 봄꽃 같은 미소가 번졌다.

그 사이로 반가운 얼굴이 고개를 내밀었다.

"누나!"

저녁공연 리허설을 앞두고 부랴부랴 달려온 동호였다.

"아니지, 감독님! 우와, 되게 예쁘다! 신부화장 두껍다더니 사실인가 봐요. 아무도 서른셋이라고 생각 안 할 거야."

말이 끝나기가 무섭게, 지원이 동호의 입술을 휙 잡아당겼다.

"지금 서른셋 운운하며 몹시 건방진 소리를 늘어놓은 게 바로 요 주둥이냐."

"아야야!"

"가뜩이나 늙어 가는 것도 서러운 판에 노인공경은 못 할지언정 가슴에 기름을 붓고 불을 질러?"

"아파요! 아프다고요, 감독님!"

지원과 동호의 실랑이를 보며 미주가 작게 미소 지었다.

그렇게 대기실에서 한바탕 난리를 치른 동호가 제 옷매무새를 가다듬으며 뱅그르르 돌았다.

"그나저나, 저 오늘 어때요? 이만하면 사회로 손색없어요?"

오늘 결혼식에서는 동호가 사회를 맡기로 했다. 만세삼창 정도로 곱게 퇴장시켜 주지는 않을 거라며 너스레를 떠는 배우님 모습에, 대체 어떤 주문을 던질지 내심 걱정이 되기도 하는 미주였다.

주례는 생략, 축가는 신랑이 직접 하겠다고 나섰다.

-잘 어울려요. 멋있어.

고개를 끄덕이는 미주를 향해 동호가 양팔을 힘차게 흔들었다.

"그럼, 이따 봬요! 파이팅!"

잔뜩 흥이 난 동호가 총총히 사라진 뒤 대기실로 또 한 사람이 얼굴을 쑥 내밀었다. 오늘의 신랑, 선우였다.

"그새를 못 참고 또 왔네, 또 왔어."

선우를 본 지원이 혀를 끌끌 찼다.

"그러다가 결혼도 하기 전에 신부 얼굴 닳아."

"설마 닳기야 하겠어요."

하하하, 어색하게 웃던 선우가 멀찍이 서 있던 주혁을 발견하곤 반색했다.

"아, 형도 와 있었네요? 언제 왔어요?"

"지금 막. 결혼 축하해, 선우야."

"고마워요, 형."

"미주도. 결혼 축하해."

– 고마워요.

진심 어린 축하의 말에 미주의 코끝이 시큰해진다. 선우는 그런 미주를 물끄러미 바라보다가 곁으로 다가서 물었다.

"기분은 어때요?"

– 좋아. 오늘 그 질문만 세 번째야.

"오늘 너무 예쁘다."

– 그 말은 아홉 번째.

"정말로 엄청 예쁜 걸 어떡해."

– 진짜?

둘의 대화를 지켜보던 지원이 뒤에서 몸서리를 쳤다. 전에는 답답하기 그지없던 커플이 여봐란 듯 닭살커플로 거듭났다.

"그럼 이따 봐요."

냉큼 나가 하객들이나 공손히 맞으라는 지원의 성화에 선우는 결국 못내 아쉬운 발걸음을 옮겼다.

– 응, 이따 봐.

"신랑 신부, 입장!"

지원의 부름을 받고 달려온 대학 동기들의 화려한 현악 4중주

398

연주에 맞추어 아름다운 신랑 신부가 천천히 예식홀 안으로 들어섰다. 떨리는 손은 선우가 꼭 잡아 주었다.

주례 대신, 선우의 아버지가 돌아가시기 직전 손수 써 두었다는 편지를 함께 낭독했다. 선우의 목소리와 미주의 수화가 나란히 식장 안을 채웠다.

인생이라는 긴 여정의 마라톤을 함께할 동반자로서 때로는 친구처럼, 때로는 형처럼 누나처럼 현명한 아내 자상한 남편이 되어 완주해 내길 바란다. 아름다운 말을 주고 아름다운 마음을 주는 부부가 되기를 기원하며.

사랑하는 아들과, 내 아들이 사랑하는 사람에게.

늘 완고했던 아버지가 진심으로 건네는 따스한 말 한 마디 한 마디가 선우의 가슴을 파고든다. 어느새 눈시울이 붉어진 선우의 손을, 이번에는 미주가 꼭 잡아 주었다.

"다음 순서는 뭐 다들 예상하셨던 대로 축가입니다."

동호의 재치 있는 진행에 하객들의 웃음이 터져 나왔다.

"인기 좀 높아졌다고 콧대가 하늘을 찌르는 신랑이 굳이, 수많은 사람들 제치고 굳이! 기어이 본인께서 노래를 하시겠답니다."

다시 한 번 폭소. 선우와 미주도 마주 보며 웃었다.

"요즘 아주 핫한 분이죠. 오늘의 신랑, 뮤지컬 배우 남궁선우 씨입니다!"

박수 소리와 함께 선우가 스탠드 마이크 앞에 섰다. 오늘을 위해 며칠 밤을 지새워 가며 수없이 연습했더랬다. 후우, 심호흡을 한 선우가 마이크를 잡고 천천히 입을 떼었다.

"너무 예쁜 신부가 도망갈까 봐, 참 핫한 나이에 서둘러 결혼식을 올리게 되었습니다."

다시 한 번 웃음소리가 새어 나왔다.

"송미주, 사랑한다!"

환호성과 반주에 맞추어 선우가 노래를 시작했다. 물론 꾸준히 배워 온 수화도 함께였다. 부르는 도중에 몇 번인가 목이 메어 오기도 했지만, 노래도 수화도 틀리지 않고 마지막까지 무사히 마쳤다. 괜찮은 솜씨였다고 생각한다.

노래를 마친 선우는 아름다운 제 신부를 향해 손으로 수줍게 수화를 그렸다.

－사랑해.

미주가 뒤이어 수화를 그렸다.

－나도 사랑해.

선우는 망설임 없이 다가가 미주를 끌어안고 입을 맞추었다. 아름다운 두 사람 위로 마치 축복처럼, 환희에 가득 찬 박수 소리가 끝없이 쏟아져 내렸다.

에필로그

에필로그

서울 외곽의 한적한 골목길 사이로 아담한 주택 하나가 눈에 띈다. 붉은 지붕을 올린 자그마한 단층집이다. 화려한 집들 사이에 자리 잡은지라 오히려 더 눈에 띄는 이곳이 바로 선우와 미주의 신혼집이었다.

아파트와 오피스텔을 각기 처분하고 나니 작은 집 하나를 지을 만한 여윳돈이 생겼다. 미주의 작업실이 딸린 마당 있는 집에서 살고 싶다며 선우가 서울 전역의 자투리땅을 찾아다녔다. 그렇게 해서 발견한 곳이 미아동의 한 주택가에 위치한 공터였다. 공사에 꼬박 일 년이 걸렸다. 그동안은 경기도 광주, 선우의 어머님 댁에서 지냈다.

광주에서 지내는 동안 미주는 영숙에게 많은 것을 배웠다. 고기

의 누린내를 없애는 방법, 감기에 잘 듣는 생강차를 끓이는 법, 옷
에 생긴 얼룩을 지우는 방법, 프라이팬을 손질하는 방법. 영숙의
입술을 보며 살림 노하우를 배울 때엔 시선을 마주하고 고개를 끄
덕이는 것 외에 별다른 말이 필요 없었다.

미주는 종종 영숙에게 편지를 썼다. 손짓 발짓과 필담만으로는
주고받을 수 없는 소소한 이야기들을 차곡차곡 모아 두었다가 모
두가 고요히 잠든 새벽이 되면 편지지에 글로 옮겼다. 그러고는 주
방 식탁 위에 슬그머니 놓아두었다. 그다음 날엔 같은 자리에 영숙
의 편지가 놓여 있었다.

정이 돈독해지는 고부간을 볼 때마다 선우가 소외감을 느낀다며
싫지 않은 소리로 툴툴대곤 했다.

집이 완공되어 광주 본가를 나올 때엔 미주도 영숙도 눈물바람
이었다. 생이별이라도 하는 거냐며 선우가 기막혀했다. 함께 미아
동 집으로 가자는 선우와 미주의 제안을, 영숙은 끝끝내 물리쳤
다.

"네 아버지가 지은 집이야. 선우 네가 태어난 집이고. 나는 죽
는 날까지 여기에서 살다가 갈 거다."

영숙은 차 트렁크 한가득 김치며 반찬거리를 싸 주었다. 좋아
했던 음식을 뭐 하나라도 빠뜨릴 새라 반찬통을 일일이 열어 보
며 꼼꼼히 챙겼다. 차 옆에 나란히 쪼그리고 앉아 한참 동안 반찬
을 들여다보는 제 아내와 엄마의 모습에, 결국 선우가 웃음을 터
뜨렸다. 저 반찬들을 다 넣으려면 냉장고가 두 개는 필요하겠다

싶었다.

한참을 달려 미아동 집에 도착하자마자 선우가 의미심장한 미소로 물었다.

"마음에 들어요?"

주혁에게 소개받은 건축사무소 소장을 달달 볶아 가며 세심하게 지은, 둘만의 소중한 보금자리였다. 덩달아 제 친구에게 달달볶인 주혁이 선우에게 몇 번이나 앓는 소리를 해 왔더랬다. 선우야, 제발 형 좀 봐줘라. 구조도 마감재도 선우가 하나하나 확인하고 골랐다. 자그마한 집 어디 하나 선우의 손길이 미치지 않은 곳이 없었다.

─정말로 우리 집이야? 세상에, 너무 예뻐!

팔짝팔짝 뛰며 아이처럼 좋아하는 미주를 바라보는 선우의 얼굴에 환한 웃음이 번졌다.

미주는 아담한 새 집이 마음에 꼭 들었다. 가구며 짐은 이미 며칠 전부터 조금씩 들여놓았다. 광주에서 가져온 반찬을 냉장고에 차곡차곡 채워 넣은 뒤 집 안 구석구석을 쓸고 닦았다. 거실이며 주방, 고즈넉한 침실도 마음에 들었지만 무엇보다도 미주의 마음을 사로잡은 것은 선우가 손수 꾸민 미주의 작업실이었다.

세 개의 방 중 하나를 내어 사방에 방음벽을 두르고 미주의 손때 묻은 소중한 피아노를 들여놓았다. 미디작업이 가능한 컴퓨터와 마스터 건반도 장만했다. 미주는 최근 모니터를 통해 음악의 흐름을 눈으로 볼 수 있는 미디작업에 푹 빠져, 지원의 집과 스튜디

오를 드나들며 열심히 공부 중이다.

미주는 선우가 만들어 준 작업실에서 한참을 머물렀다. 그리고 조심스레 새하얀 피아노 건반 위에 손을 얹었다.

들리지 않아도, 손가락이 움직였다.

미주의 손은 아직 기억하고 있었다. 습관처럼 연주했던 그 선율들을, 제 손가락의 움직임을. 그날 미주는 무척이나 좋아했던 베토벤의 비창 소나타 전 악장을 모두 연주해 냈다. 몇 군데 실수도 있었지만 흠잡을 데 없이 아름다운 연주였다.

벽에 기대어 미주의 피아노 연주를 감상한 선우가 조용히 박수를 쳤다. 상기된 볼의 미주가 원피스 자락을 들어 올리며 단 한 명의 관객에게 인사했다.

아마, 생애 최고의 연주였다고 생각한다.

지원에게 문자메시지가 날아든 것은 새 집으로 이사 온 지 일주일째 되던 날, 청소를 마친 뒤 홀로 느긋하게 커피를 마시려던 참이었다.

[한 시간 뒤 동호네들과 도착 예정! 집들이합시다. 맛있는 저녁 부탁해♡]

오려면 좀 미리 연락을 줄 것이지. 미주는 속으로 투덜거렸지만 곧 들이닥칠 불청객들이 내심 반가웠다. 분명 연습 중 잡담을 나누다가 즉흥적으로 떠올린 계획일 터였다. 미주는 극장에 나가 있는 선우에게 메시지를 보내 갑자기 생겨 버린 집들이 일정을 알렸다.

선우는 석 달 뒤 무대에 올라갈 이창학 감독의 새 작품을 준비하고 있다.

장을 보기에도 시간이 마땅치 않았다. 미주는 냉장고를 뒤져 남은 음식 재료들을 꺼냈다. 과일과 채소가 조금 남아 있어, 급한 대로 스파게티와 샐러드를 만들기로 마음먹었다. 선우에게는 퇴근길에 먹을거리와 술을 사 오라고 부탁해 두었다.

정확히 한 시간 뒤. 초인종이 울렸다. 번쩍이는 램프를 확인한 미주가 앞치마에 젖은 손을 문지르며 서둘러 현관으로 향했다.

"누나, 우리 왔어요!"

"신혼부부용 집들이 선물 사 왔다!"

문을 열자 두루마리 휴지를 양손에 한가득 들고 서 있는 동호와 얼굴이 낯익은 몇 신인 배우, 핑크빛 선물 상자를 품에 안은 지원이 손을 한들한들 흔들고 있었다. 미주가 그만 피식, 웃음을 터뜨렸다.

─웬 휴지를 그렇게 사 왔어?

"원래 집들이 선물로 휴지만큼 실용적인 게 없다니까요. 두고두고 쓰면 되고."

지원이 끼어들었다.

"내 선물은 뭐게?"

─뭔데?

맙소사. 지원의 선물은 보는 이가 민망할 정도로 야한 속옷 한 벌이었다.

"이 정도면 밤에 힘 좀 팍팍 쓰지 않겠어?"

─너, 정말!

얼굴이 새빨개진 미주를 보며 지원이 한참을 깔깔 웃어 댔다.

집 안 이곳저곳을 구경시켜 주는 사이, 선우가 도착했다. 미주가 서둘러 스파게티 면을 삶고 샐러드를 내왔다. 선우가 근처 일식집에 들러 포장해 온 초밥과 술도 식탁에 올렸다. 먹음직스러운 스파게티가 등장했을 때엔 다들 감탄을 금치 못했다.

"이거 인스턴트 소스가 아니라 직접 만든 거야. 요리를 얼마나 잘하는지 몰라."

선우가 미주 대신 자랑스럽게 이야기했을 때엔 식탁 위로 야유가 빗발쳤다. 아무리 신혼부부라지만 너무하네. 형, 너무 애처가 티 내는 거 아니에요? 그런 핀잔마저도 듣기 좋은지, 선우는 연신 싱글벙글 흐뭇한 미소를 감추지 않았다.

식사가 시작되고서는 줄곧 화기애애한 분위기 속에서 이야기꽃이 만발했다. 무엇보다도 단연 모두의 관심을 산 주제는 지원의 연애사였다.

"가만 보니까 걔가 밀당의 고수야. 은근히 여자를 제 손 위에 올려놓더라니까?"

"그러니까, 그 꽃다운 연하남의 정체가 대체 누군데요."

"비밀."

"에이, 진짜!"

어디에선가 알게 된 연하의 배우가 지원에게 호감을 보이더란다. 쾌활하고 솔직한 성격의 연하남은 지원에게 매일같이 적극적으로 대시 중이시라는데, 코웃음을 치는 지원도 그리 싫지만은 않은 눈치였다. 아무래도 조만간 귀여운 커플 하나가 탄생할 것 같은 예감이 든다.

시끄러운 손님들은 자정이 가까워져서야 돌아갔다. 미주를 도와 주방 뒷정리를 마친 선우가 젖은 손을 수건으로 닦으며 거실로 나왔다. 산처럼 쌓여 있는 두루마리 휴지도 그때 발견했다. 웃음이 절로 터져 나왔다.

—동호가 사 온 거야.

"당분간 휴지는 살 필요 없겠네."

선우의 시선이 두루마리 휴지 옆의 상자에 닿았다.

"저 분홍색 상자는?"

—별거 아니야!

미주가 황급히 달려가 상자를 숨긴다.

"대체 뭔데 그래요?"

호기심이 동한 선우가 미주와 실랑이를 벌이는 사이, 상자가 열리면서 내용물이 바닥으로 쏟아져 내렸다. 하늘하늘하게 속이 비치는 새카만 망사에 붉은 레이스. 심상치 않은 소재를 발견한 선우가 눈썹을 모으며, 제 손바닥보다도 작은 그 천 조각을 조심스럽게 집어 들었다.

"……설마 이게 속옷의 용도인 건 아니죠?"

—그게, 지원이가 사 온 거야. 하여간 못 말린다니까.

얼굴이 새빨갛게 달아오른 미주가 선우의 손에 들린 팬티를 홱 낚아챘다. 오호라, 작게 감탄한 선우가 고개를 끄덕거렸다.

"과연, 용도를 알 만해."

－지, 지금 무슨 생각 하는 거야?

미주를 향해 돌아선 선우가 짓궂게 웃었다.

"무슨 생각이긴. 당연히 신혼부부의 본분에 충실한 생각이죠."

생각보다 훨씬 능글맞고 음흉하다. 미주는 결혼하고 나서 새삼 또 한 번, 선우의 새로운 면면들을 알아 가고 있었다.

미주를 제 품에 끌어당긴 선우가 길게 입을 맞춰 왔다.

그렇게, 붉은 지붕의 집에서 한 계절이 흘렀다. 콘크리트 담장 주위에 심어 두었던 담쟁이덩굴은 그사이 벽을 타고 제법 자라나 푸른 잎새가 수놓아진 그럴싸한 그림을 만들어 냈다. 작은 마당 한 편의 손바닥만 한 정원에는 미주가 봉숭아를 심었다. 꽃이 피면 잎을 따서 손톱에 꽃물을 들일 생각이다.

매일 느지막한 아침이면 미주는 공연장으로 향하는 선우를 대문 앞까지 배웅한다. 다녀올게요. 선우가 인사하면 미주는 미소로 대답하며 선우의 모습이 시야에서 완전히 사라질 때까지 손을 흔들었다. 반복되는 익숙한 일상이었다.

오전 11시. 담청색 대문이 열렸다.

트레이닝복 차림의 선우가 대문 사이로 모습을 드러냈다. 선우의 뒤를 따라 앞치마를 두른 미주가 총총 걸어 나온다.

"다녀올게요."

인사를 건넨 선우는 미주의 미소를 확인한 뒤 만족스러운 얼굴로 뒤돌아섰다.

그렇게 막 두어 걸음을 옮겼을 무렵이었다.

"……."

다녀오세요.

등 뒤에서 들려온 낯선 목소리에, 선우가 제 귀를 의심하며 천천히 뒤돌아섰다. 미소 어린 미주의 얼굴이 보였다. 선우는 마른침을 삼켰다.

눈동자에 비친 미주의 입술이 선명하게 도드라져 움직인다.

"……나녀오세요."

조금은 어눌하고 서툰 발음으로, 미주가 또박또박 말했다. 다녀오세요.

선우는 한동안 말을 잇지 못했다. 자리에 우뚝 멈춰 선 채로, 한참 동안 미주를 가만히 바라보았다. 여전히 해맑은 미소를 머금은 미주가 눈앞에 오롯이 서 있다. 가슴속에서 무언가가 왈칵 치밀어 올랐다.

줄곧 네 목소리를 상상했었다. 너의 목소리는 얼마나 사랑스러웠을까, 얼마나 부드러웠을까, 얼마나 따스한 온도를 지녔을까. 그렇게 언제나, 나는 네 목소리를 상상해 왔다.

선우는 미주를 향해 천천히 미소 지었다.

"응, 다녀올게요."

감동과 환희로 벅차올랐던 그 순간.

처음으로 귓가에 울려 퍼진 네 목소리는 마치 천사의 속삭임 같았다.

— The end

작가 후기

　꽤 오래전 시작했던 글을 끝맺는 데 제법 오랜 시간이 걸렸고, 한 권의 책으로 엮어 내기까지 또 그만큼의 오랜 시간이 걸렸습니다. 작년에도 비슷한 후기를 쓴 기억이 있는 걸 보니 타고난 게으름과 변덕은 나이를 먹고서도 쉬이 고쳐지지 않는 모양입니다.

　당시에 어떤 마음으로 이 글을 시작했는지도 가물가물할 지경이라 후기를 쓸까 말까 많이 망설였습니다만, 제가 작가 후기를 즐겨 읽는 부류의 인간인지라 저와 같은 취향을 갖고 계실 몇몇 분들을 위해 짧은 글이나마 써 보고자 마음먹었습니다.

☆

　당연한 일이겠지만, 저는 늘 소리에 둘러싸여 살아가고 있습니다. 어쩌면 남들보다는 조금 더 많은 소리 속에서 살고 있는지도 모르겠습니다. 이건 순전히 제 직업 탓입니다.

"서울은 소음의 도시야."

7년간의 독일 유학생활을 마치고 돌아온 친구가 귀국 첫날 제게 건넨 말입니다. 어딜 가도 항상 소음이 끊이질 않는다면서, 두 귀가 혹사당하는 기분이 든다고 하더군요.

그때 처음으로 제가 무감각하게, 그리고 당연하게 흘려듣고 지내 왔던 주위의 모든 소리들이 무척 폭력적이라는 생각이 들었습니다. 원치 않아도 음악 소리가 들리고, 도로에서는 차들의 경적이 끊이질 않고, 아무렇지도 않게 타인의 대화가 들려오는, 부지런히 돌아가는 이 분주한 세상.

시끌벅적한 분위기의 한 프랜차이즈 카페에서 어떤 커플을 만난 것도 그 즈음의 일입니다. 저는 실례인 줄 알면서도 한참 동안 그 커플을 바라보았습니다. 두 사람은 수화로 대화 중이었습니다. 수화는 전혀 모르지만 표정과 손짓만으로도 오가는 말의 분위기를 읽을 수 있었습니다. 꽤나 격렬한 말다툼이었던 듯합니다.

당시 느꼈던 기분을 뭐라고 정확하게 표현하기는 어렵지만······ 시끄러운 카페 안에서 유일하게 소리가 존재하지 않던 그 테이블이 제 눈에는 가장 생생하게 살아 있는 장소로 보였습니다.

미주는 그날의 경험에서 태어났습니다. 장황한 설명에 싱겁기만 한 결론입니다.

☆

　저는 늦은 밤에만 글을 씁니다. 세상이 가장 고요한 시간이기 때문입니다. 전자기기를 끄고 창문까지 모두 닫고 난 뒤 고요 속에서 글을 쓰다 보면, 문득 정적을 깨며 불쑥 찾아드는 자그마한 소음들이 제 세상의 침입자처럼 느껴지곤 합니다. 그럴 때마다 저는 미주의 세상을 상상해 보았습니다. 모든 것이 등 뒤에서 소리 없이 다가오는 낯설고 무섭기만 한 세상.

　어쩌면 그래서 더 애틋하게 느껴졌던 글 속 미주에게, 그리고 선우와 주혁에게, 또 지원에게 이제 안녕을 고합니다. 흐후후. 그러고 보면 참 무더운 여름이었습니다.

　이제 이 글은 제 손을 떠났습니다. 아무쪼록 부족한 아이들이 고운 손에 들려 예쁘게 읽히길 조심스레 소망합니다.

☆

　물론, 저는 소리와 함께 살아가는 이 세상이 사랑스럽습니다.

-2015년 9월 20일의 고요한 새벽에, 홍반야-

1판 1쇄 찍음 2015년 9월 22일
1판 1쇄 펴냄 2015년 9월 30일

지은이 | 홍반야
펴낸이 | 정 필
펴낸곳 | (주)뿔미디어

기획 · 편집 | 안리라

출판등록 | 2002년 9월 11일 (제1081-1-132호)
주소 | 경기도 부천시 원미구 소향로 17, 303(두성프라자)
전화 | 032)651-6513 / 팩스 032)651-6094
E-mail | scarlets2012@hanmail.net
블로그 | http://blog.naver.com/dahyangs
홈페이지 | http://bbulmedia.com

값 9,000원

ISBN 979-11-315-6649-7 03810

※파본은 구입하신 서점에서 교환하여 드립니다.